KB012215

데스마치에서 시작되는
이세계 광상곡
20

나나
무표정한 호문클루스.
루루
쿠보크 왕국 출신.
아리사의 언니.
리자
주황 비늘 종족의 소녀.
사토
이세계를 헤매고 있는
서른 줄 프로그래머.

미아
말수가 적고 음악을 좋아하는 엘프.
타마
고양이 귀 종족의 소녀.
포치
강아지 귀 종족의 소녀.
아리사
쿠보크 왕국의 옛 왕녀. 전생에 일본인.

"기다리셨죠, 하야토 님."

사토의 손에는
낯익은 성검이 있었다.
메자르트 공이 쓰고 있던
성검 블루트강이다.

"이 몸의 등 뒤를 맡기지."

"네, 맡겨 주세요."

데스마치에서 시작되는 이세계 광상곡 20

★★★

아이나나 히로

Death Marching to the Parallel World Rhapsody

Presented by Hiro Ainana

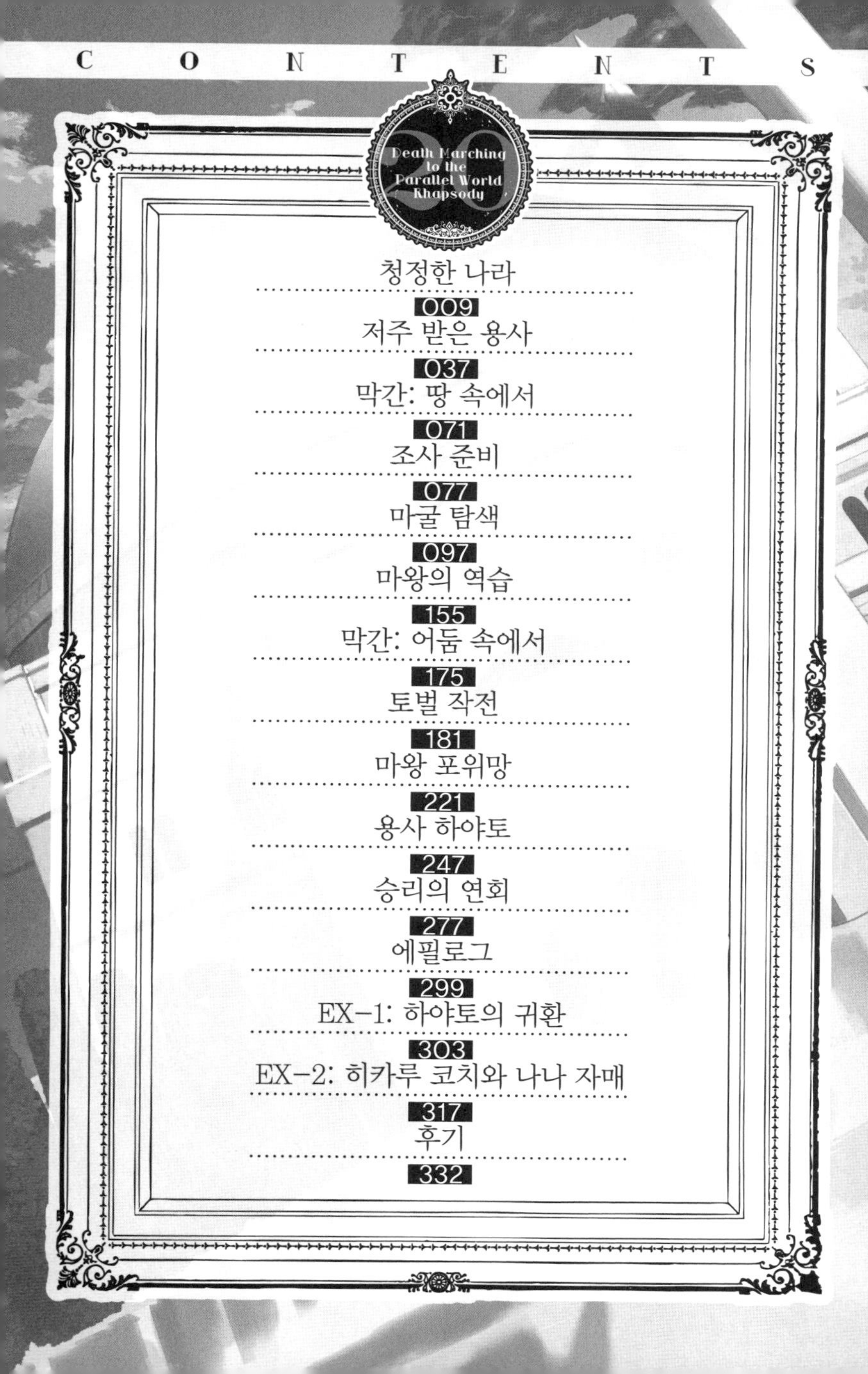

C O N T E N T S

청정한 나라

"사토입니다. 너무 맑은 물에서는 물고기가 살지 못한다고 합니다만, 지나치게 결벽한 동료가 있으면 커버하느라 고생입니다. 법령을 준수하는 거야 당연하지만, 사소한 규칙을 지나치게 엄수해서 주변 사람들과 삐걱댔던 경험이 있어요."

"밤하늘~?"

"낮이었는데 밤이 된 거예요!"

하늘 가득한 별을 올려다보며, 하얀 머리칼을 단발로 자른 고양이 귀 고양이 꼬리의 어린 소녀 타마와 다갈색 머리를 보브컷으로 자른 강아지 귀 강아지 꼬리의 어린 소녀 포치 두 사람이 놀랐다.

"시차가 있구나."

하얀 숨결과 함께 현대지식을 가진 예전 일본인다운 중얼거림을 흘린 것은 불길하다고 여겨지는 보라색 머리칼을 가진 전생자 아리사다.

"여기는 대사막의 서쪽 끝이니까, 방금 전까지 우리가 있던 쿠보크 왕국에서 상당히 떨어져 있어."

파리온 신 같아 보이는 파란 머리칼의 어린 소녀에게 「이번

대의 용사를 도와줘」라고 부탁을 받아, 용사 하야토가 있는 파리온 신국에 가려고 여기까지 전이했다.

전이한 장소는 내가 유닛 배치가 가능한, 대륙 서쪽 끝에 있던 도시 핵의 방이다.

그곳에서 아리사의 공간 마법을 사용해 대사막으로 나왔다.

"달이 아름답네요.[#1]"

아름다운 달마저도 질투할 법한 초월적인 미모를 가진 검은 머리칼의 미소녀 루루가 사막의 달을 올려다본다.

"그렇네."

그렇게 대답하고서, 일본 문학의 일화를 떠올렸다.

뭐, 이세계 태생인 루루가 알 리도 없으니까 그냥 넘어갔다.

"미아도 마음에 들었니?"

"응."

내 물음에 멍하니 대답한 것은 엘프인 미아다.

밤하늘을 올려다보는 그녀가 살짝 고개를 끄덕이자, 트윈테일로 묶은 머리칼이 흔들리며 엘프의 특징인 조금 뾰족한 귀를 간질였다.

"마스터. 온도 센서의 이상을 확인. 체온 저하를 방지하는 것을 권장합니다."

에두르는 말투로 「춥다」고 말한 것은 생후 1년쯤 되는 호문클루스인 금발 미녀 나나다.

#1 달이 아름답네요 일본의 문학가 나쓰메 소세키의 일화. "I love you."를 "달이 아름답네요."라고 표현한 덕분에, 일본에서는 오늘날까지 사랑을 고백하는 관용적 표현으로 자리 잡았다.

다른 애들도 추워 보이기에, 스토리지에 보관해둔 방한복을 나눠줬다.

낮과 달리 밤의 대사막은 상당히 기온이 떨어지는 모양이다.

"주인님, 주위에 숨어 있던 마물을 처리하고 왔습니다."

늠름한 표정으로 보고해준 것은 주황 비늘 종족인 리자다.

황황한 달빛이 그녀의 종족적 특징인 목덜미나 손목의 비늘에 반사됐다.

내가 격려하자, 그녀의 꼬리가 찰싹찰싹 모래를 때렸다.

"여기서부터는 비공정으로 갈 거야?"

"글쎄……."

지금 당장, 용사 하야토와 그의 종자들에게 심각한 피해는 없었다.

마커 일람에 있는 용사의 정보를 읽어 보니 다소 체력과 스태미나의 저하나 증감은 있지만, 마왕 토벌을 하려는 용사 파티로서는 그렇게 이상할 것 없다.

현재 위치도 「파리온 신국」이 아니라 「마굴」이라고 되어 있으니, 마왕 토벌을 위해서 마굴이란 곳을 공략하고 있는 거겠지.

우리들의 조력이 필요해지는 건 조금 더 나중일지도 모른다.

"파리온 신국 근처까지는 내 공간 마법으로 갈 거야."

섬구로 이동하여 전이 포인트를 만들고, 공간 마법 「귀환전이」를 반복해서 가는 게 간편하다.

"거기서부터는 육로로 평범하게 입국하자."

일단 그의 관계자가 있을 파리온 신국의 수도로 가서, 거기서 용사 하야토가 어디 있는지 알아볼 생각이다.

관광성의 자료를 기초로 파리온 신국 앞까지 이동하여, 그곳까지 동료들을 데리고 왔다.

"어머? 여기도 사막? 대사막이랑 별로 떨어진 곳이 아닌 거야?"

"아니. 소국 두 개 분량 정도는 떨어져 있어. 여기는 띄엄띄엄 있는 작은 사막이야."

상공에서 봤더니, 파리온 신국은 「만리장성」이 떠오르는 「장성결계」라는 벽으로 둘러싸여 있었다.

관광성의 자료에 따르면, 파리온 신국은 국토의 30퍼센트가 사막이며 50퍼센트가 황무지인 험난한 국토인가 보다.

"모처럼 사막에 왔으니까 낙타를 타고서 도시로 가보자."

"낙타? 뭐, 낙타형 골렘이라면 금방 만들 수 있지만……."

"어차피 해가 뜰 때까지는 도시의 문도 안 열리잖아?"

그것도 그렇네— 일출까지 3시간쯤 남았나?

지금은 긴급성도 낮은 모양이니까, 기다리는 시간을 즐기는 것 정도는 상관없겠지.

나는 주위에 있는 모래를 재료 삼아 사람 수만큼의 돌 낙타— 낙타형 골렘을 만들었다.

"사토."

"이거 봐~?"

"**아비라안 낫토**인 거예요."

미아, 타마, 포치 셋이 벨리댄스 같은 의상을 입고 나타났다.

비키니 상의에 비쳐 보이는 소재의 판타롱을 입고, 찰랑찰랑 흔들리는 비즈 장식이나 코인 장식을 몸에 둘렀다.
이 추운 날씨에 감기 걸릴라 주의를 주려고 했는데, 주위의 공기가 따뜻하다.
아리사가 불 마법으로 주위의 온도를 올린 거겠지.
"에헤헤~ 섹시하지?"
같은 차림으로 나타난 아리사가, 조금 창피한 기색으로 포즈를 취했다.
"넷 다 귀엽네."
내가 칭찬하자, 뒤에서 다른 아이들도 옷을 갈아입고 나타났다.
"마스터. 저도 귀엽습니까라고 묻습니다."
"조금 창피해요."
"둘 다 예뻐."
굴곡이 좋은 나나가 입으니 파괴력이 상당히 높다.
어른이 되어가는 루루는 조금 배덕감이 있네.
"저 같은 자가 이런 의상을 입는 것은……."
"리자도 잘 어울려."
슬렌더한 리자가 입으니 늠름한 이미지다.
검무를 추면 분명히 잘 어울릴 거야.
"그러면, 가자."
돌 낙타가 다리를 접어서 앉아도 아리사나 미아는 등자까지 닿질 않아서 허리를 붙잡아 태워줬다.
동료들이 타는 것을 확인하고 돌 낙타를 출발시켰다.
"달빛이 내리는 사막을 낙타에 타고 줄지어 나아가다니, 아라

비안 나이트의 세계에 들어온 기분이야."

"진의 반지나 마법의 램프 같은 것도 준비해볼까?"

마법의 융단으로 이동하는 것도 즐거울지 모른다.

우리는 그런 대화를 나누면서, 장성결계가 수호하는 파리온 신국의 영역에 도착했다.

일단 「모든 맵 탐사」의 마법으로 파리온 신국을 조사했다.

시가 왕국과 마찬가지로 나라가 몇 개의 맵으로 나뉘어 있는지, 파리온 신국 동관문령이라는 맵밖에 드러나지 않았다.

인간족이 주체로 전체의 60퍼센트, 모래 종족이라는 처음 보는 아인이 30퍼센트 정도를 차지한다. 나머지 10퍼센트는 다종다양한 비늘 종족과 수인으로 구성되어 있는 것 같다. 요정족도 있지만 조금밖에 없다. 마족이나 전생자는 없는 것 같다.

그리고 시가 왕국의 왕도에서 소동을 일으킨 마왕 신봉 집단 「자유의 빛」 구성원을 몇십 명 발견해서, 상세 정보를 적은 종이를 동관문령의 태수 — 파리온 신국에서는 성구장이라고 한다 — 에게 「물질 전송」 마법으로 보내뒀다.

내가 처리해도 괜찮겠지만 동관문령의 법률을 모르고, 구성원이 아닌 협력자를 적발하는 게 번거롭기도 해서 성구장에게 떠넘기기로 했다.

◆

"상당히 긴 외벽이네."

"관광성 자료에 따르면 『장성결계』라고 하나 봐. 파리온 신국의 영도를 한 바퀴 빙 두를 정도로 길다는데."

드디어 문이 보인다.

"파리온 신국 출입은 나라에 세 군데 있는 관문 도시의 문으로만 할 수 있나봐."

눈앞의 문은 동관문 도시에 들어가는 것이다.

관문 도시를 둘러싼 벽은 「장성결계」를 구성하는 벽의 절반 정도 높이밖에 안 된다.

"『장성결계』에 데지마처럼 툭 튀어나온 도시라…… 의외로 벽을 무너뜨리면 거인의 얼굴이 나오는 거 아닐까?"

"그건 아니겠지."

아리사가 대인기 거인 만화의 소재를 말하기에 적당히 대답했다.

동관문 도시로 들어가는 데는 딱히 수속도 없고, 문 앞에서 기다리고 있던 사람들과 함께 개문과 동시에 안으로 들어갈 수 있었었다. 제법 관용적인 도시로군.

교역로 중간에 있는 탓인지, 갖가지 복장을 입은 사람이 많다.

그 안에서 대다수를 차지하는 건 연말에 왕도에서 「마신의 찌꺼기」 사건을 일으킨 호즈나스 추기경과 비슷하게 터번 같은 천을 머리에 두른 중동풍 패션인 사람들이다. 이 근처에서는 염료가 비싼 건지, 색조가 별로인 검소한 옷이 많았다.

"좋은 냄새~?"

"포치는 알 수 있는 거예요! 이건 양 아저씨 고기를 굽는 냄새인 거예요."

"후후후, 포치는 아직 멀었군요. 향신료의 향기가 강해서 알기 어렵지만, 이것은 염소 냄새입니다."

도시에 들어가자마자 나오는 광장에서 나아가는 큰 길에는, 아침 식사나 가벼운 식사를 파는 매대에서 흘러드는 맛있을 것 같은 냄새와 판매원들의 힘찬 목소리가 가득했다.

이곳의 공용어는 파리온 신국어라서 모두에게 번역 반지를 장비시켰다.

"거기 이국의 형씨! 파리온 신국 명물인 염소 고기를 쓴 밥볶음 어때!"

가게 주인이 커다란 냄비의 뚜껑을 열자, 버터와 향신료의 향기가 흘러나왔다.

좋은 냄새가 식욕을 자극한다. 가게 주인이 어필하는 염소 고기 말고도, 잘게 다진 대추야자나 이 지방의 낯선 야채 같은 것도 들어 있나 보다. 다행히 원형을 알 수 있는 벌레는 없었다.

생쌀로 만든 모양인지, 중화식이나 볶음밥이 아니라 필라프 같은 요리였다.

"배고프이~?"

"너무 좋은 냄새라서 포치는 어떻게 될 것 같은 거예요."

"하하하. 오늘 아침 밥은 매대에서 먹을까?"

"네, 네, 찬성!"

우리는 필라프를 메인으로 여러 가지 요리를 골라 아침 식사를 했다.

이 근처에서는 손으로 먹는 게 보통인 것 같지만, 후두둑 흘러서 먹기 어렵기 때문에 지참한 숟가락을 썼다.

조금 분하니, 파리온 신국에 머무르는 사이에 손으로 먹는 방법을 마스터하고 싶군.

"이 하얀 건 뭘까?"

"요구르트 같은 모양과 식감이지만, 맛은 참깨두부 같네?"

"이 난으로 떠서 먹는 모양이에요."

루루가 먹는 법을 가르쳐 주었다.

AR표시에는「파리프 콩의 페이스트」라고 되어 있다. 아랍 요리인 하모스 같은 느낌이다.

"마스터, 이쪽은 맵다고 고합니다."

나나가 새빨간 수프를 보여줬다.

"뉴!"

"코가 아파지는 거예요!"

"새빨갛네요. 고추 같은 향신료가 잔뜩 들어간 것 같아요."

"제법 맛은 있습니다만, 이걸 먹으면 땀이 솟아 나옵니다."

추운 지방에서 먹고 싶은 느낌의 요리다.

"순무랑 월과 샐러드."

"헤에, 깎아낸 치즈를 뿌려뒀구나."

미아가 발견한 것은 컬러풀한 샐러드였다. 밀로 얇은 껍질을 둘러서 먹는 모양이다.

레몬 계통의 신 맛이 나는 드레싱을 뿌렸고, 사각사각한 식감과 어우러져서 땀이 삭 마르는 것 같은 기분이 들었다. 여주 같은 쌉싸름한 야채가 악센트가 되어 있는 모양이다.
"역시 고기가 최강인 거예요."
"우이우이~?"
50센티미터쯤 되는 길이의 꼬치에 고기가 듬뿍 꽂혀 있었다.
"꼬치 끝이 다른 사람을 찌르지 않도록 주의하세요."
"네잉."
"네 인 거예요."
리자의 주의에 활기차게 손을 들고 고개를 끄덕이는 두 사람을 예뻐하면서 나도 꼬치고기를 먹어봤다.
조금 특색이 강하긴 하지만, 미아가 발견해온 샐러드와 교대로 먹으면 딱 좋게 냄새가 사라진다.
요리가 모두 자기주장이 강하지만, 이국정서가 풍부해서 느낌이 좋다.
용사 하야토랑 합류해야 하지만, 조금만 더 관광을 즐기고 싶네.

◆

"어째서야! 나는 아빠를 만나러 갈 거야!"
"시끄럽다, 입 다물어! 어떤 목적이 있든 간에, 입문 허가증이 없는 자는 들여보낼 수 없어."
혼잡한 도시 안을 관광하면서 장성결계의 문으로 가자, 전방에서 소년과 문지기로 보이는 남자의 말다툼 소리가 들렸다.
"저 애송이한테는 무리겠지."

"그렇지. 입문 허가증을 사려면 대금화가 10닢이나 필요해. 제 몫을 하는 상인이라도 힘든 액수지."

"신전에서 수행을 쌓으면 입문 허가증이 발행되잖아?"

"무리야 무리. 그쪽은 10년이나 엄격한 수행을 쌓아야 한다고 하더라."

"무인은? 신전 병사가 되기 위해서 들어갈 수 있지 않아?"

"『재능 있는 자』는 들어갈 수 있다고 들었는데?"

"기술자는 어느 도시라도 대환영이잖아. 마법사나 기술자도 들어갈 수 있다던데."

"뭐, 어느 쪽이든, 저 애송이랑은 인연이 없겠지."

문의 소동을 보고 있던 남자들의 대화가 들렸다.

"일하는데 방해된다. 입문 허가증을 얻은 다음에 다시 와라."

문지기가 밀어낸 소년이 우리들 앞에 넘어졌다.

까끌까끌한 황토색 피부를 한 가녀린 소년인데, 아까 「모든 맵 탐사」로 발견한 모래 종족이라는 종족인 모양이다.

"괘, 괜찮은 거예요?"

"안 다쳤어~?"

타마와 포치가 달려갔다.

"이 정도는 멀쩡해. 걱정해줘서 고마워. ―그 귀 진짜야?"

"뉴!"

"소녀의 귀를 멋대로 만지면 안 되는 거예요?"

주저 없는 손짓에 귀가 닿은 타마가 백스텝으로 소년과 거리를 벌렸다.

놀라는 소년에게 포치가 손가락을 척 내밀며 「이놈!」 하면서 타일렀다.

"미, 미안해. 싫어할 줄 몰랐어."

"난쿠루나이사~."

타마가 폭 눕혔던 귀를 사삭 흔들면서 소년을 용서했다.

"어머, 다쳤잖아. 미아."

"응, 맡겨."

문 앞의 혼잡한 장소에서 벗어나, 미아가 물 마법으로 소년을 치유했다.

"고마워. 너, 쬐그만대 굉장하구나."

소년이 지나치게 솔직한 태도로 미아를 칭찬했다.

미아의 엘프 귀에도 흥미가 있는 것 같지만, 아까 타마의 반응을 보고 반성한 건지 주저 없이 만지지는 않았다. 나쁜 애는 아닌가 보다.

—어라?

AR표시에 나타난 소년의 이름이 「라이트」였다.

파리온 신국은 「스」나 「트」로 끝나는 이름이 많으니까 이상한 게 아닐지도 모르지만, 영어처럼 보이네.

전생자일지도 몰라서 만약을 위해 확인해봤지만, 수상한 칭호는 없고 특수능력— 유니크 스킬도 없다. 스킬도 「직감」이라는 별난 것 하나뿐이었다.

"아까 문지기랑 다투던데, 어째서 문 너머에 가고 싶니?"

"아빠를 찾으러 갈 거야."

"아버지를?"

"응. 엄마가 유행병으로 죽어버렸어. 아빠한테 엄마의 마지막 말을 전하러 갈 거야."

"아버지의 행방은 알고 있니?"

"성도야.『현자님』의 권유를 받아서 성도로 가서 소식이 없어."

성도라는 것은 파리온 신국의 수도인 성도 파리온을 말하는 거다.

"아버지를 보면 너에 대해서 말을 해줄게. 이름이 어떻게 되지?"

"아빠 이름은 이유스아크. 희한한 이름이지? 아빠는 이국 태생이라고 했어."

라이트 소년이 그렇게 말했지만, 이제 막 이 나라에 온 나는 어떻게 희한한지 잘 모르겠다.

이름을 알았으니 검색을 해봤는데, 이 맵이나 하나 앞에 있는 맵에서「이유스아크」라는 인물은 발견하지 못했다.

"주인님, 이 애를 성도까지 같이 데리고 갈 수는 없을까요?"

마음씨 착한 루루는 라이트 소년의 처지를 동정하는 모양이다.

"너, 못생겼는데 좋은 녀석이구나."

은혜를 원수로 갚는 라이트 소년의 버릇없는 발언에 루루의 얼굴이 흐려졌다.

"이 바보 자식~."

아리사가 라이트 소년의 머리에 꿀밤을 먹였다.

"아파라~. 너 난폭하구나."

"루루를 못생겼다고 말했으니까 그렇지. 남한테 상처 주는 말을 하면 안 돼."

"너, 상처 받는 거야?"

라이트 소년의 말에 루루가 작게 고개를 끄덕였다.

"그렇구나, 미안. 나 엄마한테도 자주 혼났어. 『너는 입으로 말하기 전에, 뭐라고 말할지 생각을 좀 해라!』라면서. ……엄마는 언제나 잔소리를 했어. 나는, 나는 엄마한테 맨날 혼나기만 해서……. 더 혼내도 되니까, 어마가 건강해져스면 해는데에……."

어머니를 생각하며 울음을 터뜨린 라이트 소년 주위에서, 타마와 포치가 안절부절못한다.

아리사가 내민 손수건으로 눈물을 닦고, 옛날 만화에 나오는 사람처럼 페엥 코를 풀었다.

"마스터, 동행을 허가할까요라고 묻습니다."

"그래— 옷깃만 스쳐도 인연이라고 하니까, 성도까지 데리고 가주자."

돈으로 해결할 수 있는 것 같으니까.

◆

"간단히 통과했네."

결론부터 먼저 말하면 문을 넘는 것에 돈은 필요 없었다.

내 시가 왕국 관광 부대신의 메달리온을 제시하기만 했는데도 통행이 허가됐고, 내가 후견인이 된다고 하자 라이트 소년도 수행원의 한 명 삼아 입문 허가증이 발행됐다.

"너 훌륭한 사람이구나. 저 문지기가 막 굽신굽신했어."

"예스으~?"

"주인님은 아주아주 높은 훌륭한 사람인 거예요."

라이트 소년이 흥분한 기색으로 말하자, 타마와 포치가 기쁜 기색으로 대답했다.

"이쪽에도 도시가 있다고 고합니다."

안쪽 도시는 수수한 복장을 한 신전 관계자나 상단을 짠 상인들의 비율이 많았다.

어쩐지 엄숙하다고 할까? 종교색이 느껴지는 거리 풍경이다.

문지기에게 들었던 성도로 가는 역마차가 있다는 도시 변두리로 갔다.

"낮아?"

미아가 말한 것처럼, 장성 결계의 안쪽에 있는 도시를 감싸는 벽이 낮다.

"정말이다. 저렇게 낮으면 마물이 공격하면 위험해."

라이트 소년이 벽을 보면서 말했다.

"카하하하, 그런 걱정은 필요 없어."

호쾌해 보이는 체형을 한 상인이 라이트 소년의 말을 듣고서 이야기에 끼어들었다.

"이 파리온 신국은 파리온 신의 청정한 힘 덕택에 마물이 없다."

헤에, 그거 굉장하네.

듣고 보니 맵 검색에도 분명히 마물이 검색되지 않는다.

신들은 생각보다도 굉장한 걸지도 모르겠어.

"마굴이라고 불리는 지하 유적에는 있지만, 그런 장소에 가지만 않으면 안전해."

맵 검색을 해도 지하 유적은 발견되지 않았지만, 인간 사이즈부터 마차 사이즈의 작은 공백지대가 상당히 많이 발견됐다. 이 공백지대가 마굴의 입구겠지.

"그래서, 마굴과 떨어진 장소를 지나는 우리들 상단은 **무조건 안전**해."

우리들이 탈 예정인 성도로 가는 역마차는 그의 상단에 동행하는 모양이다.

그 밖에도 기술자들을 태운 마차나 신전 병사 수습인 애들을 태운 마차가 있다. 수습 아이들은 한결같이 어떠한 기프트— 선천성 스킬을 가지고 있었다.

"어쩐지 플래그 같네."

"문제없어."

"예스 미아. 마스터가 있는 한, 위험은 없다고 단언합니다."

신뢰가 두텁고 기쁘군.

"안전하다고 단언하는 것치고는, 호위병을 꼬박꼬박 붙인 모양이군요."

"마물이 없어도 도적 같은 건 있을 지도 모르니까요."

의문스러워하는 리자에게 루루가 그럴 듯한 답을 했다.

"카하하하, 이 성스러운 왕국에 도적 같은 불경한 녀석들은 없어. 신심이 없는 어리석은 자에게는 파리온 신의 천벌이 내려서 『사막에 생긴 마굴에 빠지는』 꼴이 될 테니."

지옥에 떨어진다는 거랑 비슷한 표현일까?

"어쨌든, 내 상단은 괜찮다. 안전하고 안심할 수 있으니, 느긋하게 여행을 즐기는 것이 좋을 것이야."

그런 식으로 상인이 플래그를 마구 세운 탓인지—.

"—괴물이다아아아아!"

모래연기를 두른 미이라 같은 마물 집단이 공격해왔다.

◆

"주인님, 저 녀석들 스테이터스 봤어?"

초조한 기색의 아리사가 작은 소리로 나에게 귓속말을 했다.

"지금, 확인한 참이야."

AR표시를 보니 모래 미이라는 「사진병(砂塵兵)」이라는 레벨이 3~6쯤 되는 마물인데, 물리 공격 내성이나 재생이라는 종족 특성을 가졌다.

뭐, 그런 건 딱히 됐다.

"곡도가 안 듣는다! 베어도 피 대신 모래가 나올 뿐이야."

"메이스도 마찬가지야! 몸을 부숴도 재생하잖아!"

상단을 호위하는 용병들이 마물 집단을 상대로 고전하는 모양이지만, 용병들 쪽이 레벨이 높고, 미스릴 검을 가진 사람이나 마법 스킬을 가진 사람도 있으니까 어떻게든 되겠지.

그보다도 문제는 칭호란에 있던 사진병이 마왕 「사진왕」의 권속이라는 정보다.

아리사가 초조한 기색으로 귓속말을 한 것도 그 칭호를 봤기 때문이겠지.

역시, 이 나라에 마왕이 있는 건 확정인가 보군.

"마스터, 용병들이 사진병의 제거에 성공했다고 보고합니다."

그건 참 잘 됐군—.

"뉴~?"

두리번거리며 모래 언덕 너머를 신경 쓰는 타마의 반응과 거의 같은 타이밍에, 레이더에 무수한 빨간 광점이 발생했다.

"적이다!"

조금 늦게 같이 타고 있던 라이트 소년이 외쳤다.

역시 희귀한 「직감」 스킬을 가진 애답군. 타마의 적 발견에는 뒤떨어지지만 미아의 정령 감지에 가까운 속도로 적의 접근을 깨달았다.

처음 습격에서는 반응이 없었으니, 스킬 발동이 조금 불안정한 모양이군.

"괴물들의 증원이 왔다!"

사진병을 쓰러뜨린 것도 잠시, 모래 언덕 너머에서 처음의 수십 배나 되는 새로운 적이 나타났다.

방금 전의 미이라 같은 녀석들에 더해, 전갈 인간 같은 녀석들도 있다. 모습은 다르지만, 둘 다 「사진병」인 것 같다.

"도망쳐!"

"안 돼. 포위됐다!"

"큰일이다! 어떻게든 해봐라!"

용병들의 말에, 상단을 지휘하는 상인의 안색이 파래졌다.
"주인님. 이번에는 우리들이 손대도 되지?"
아리사가 요정 가방에서 긴 지팡이를 꺼내며 물었다.
"필요 없어."
"우이우이~."
"저쪽에서 발굽 소리가 들리는 거예요."
타마와 포치가 가리키는 모래 언덕 너머에서, 파리온 신국의 신전기사들이 모습을 드러냈다.
처음 사진병에게 습격을 받았을 때 상인 중 한 명이 신호탄을 쏘아 올렸으니 그걸 보고 지원하러 온 거겠지.
"기사님이다!"
"신전기사님들이 와주셨다!"
용병들이나 상인들도 원군을 깨달았는지, 희망에 찬 표정으로 기사들에게 손을 흔들었다.
"실력이 상당하군요."
싸움을 지켜보던 리자가 감탄한 기색으로 중얼거렸다.
신전기사들은 시가 왕국의 정예인 성기사급의 검술을 선보이며 사진병들을 섬멸했다.
기사들은 모두 보유 스킬이 많고, 괜한 스킬이 전혀 없었다. 분명히 엄격한 계율에 따른 수행을 한 거겠지.
"굉장해~ 기사님 굉장해~."
라이트 소년이 신전기사의 활약에 눈빛을 반짝거렸다.
"주인님, 저 사람을 보세요. 긴 깃털 장식의 투구를 쓴 분이요."

루루가 누구를 가리키는지는 금방 알 수 있었다.

깃털 장식 투구의 신전기사가 파란 빛을 띠는 검을 가지고 있었으니까.

“성검이구나.”

블루트강이라는 이름의 성검이다.

아마 과거의 소환 용사들이 남긴 성검이겠지.

성검이 가진 힘은 강력해서, 근처를 스치기만 해도 사진병들이 모래로 돌아갔다.

신전기사들은 순식간에 사진병을 토벌하고, 부상을 입은 용병들을 신성 마법으로 치유해 주었다.

“고맙습니다요, 용사님.”

상인이 성검을 가진 메자르트라는 이름의 신전기사에게 감사를 표했다.

용사라고 부른 것은 그가 성검을 가지고 있기 때문이리라.

“—용사?”

깃털 장식 투구의 바이저를 올린 기사 메자르트가, 비꼬는 기색으로 입가를 비틀었다.

“우리들은 명예로운 신전기사다. 시간이 지나도록 마왕을 끝장내지도 못하는 한심스런 녀석과 똑같이 보지 마라.”

“죄, 죄송합니다요.”

거칠게 내뱉듯 말하는 기사 메자르트에게 상인이 꾸벅꾸벅 고개를 숙였다.

기사 메자르트는 그것을 한 번 본 다음, 부하를 이끌고 물러

갔다.

용사 하야토랑 무슨 마찰이 있는지도 모르겠군.

"어쩐지, 마지막의 마지막에 싫어지는 녀석이었네."

아리사가 물러가는 기사 메자르트의 뒷모습에 「메~롱」 하면서 투덜거렸다.

파리온 신국에서 용사 하야토의 싸움은 마왕이 아닌 방면으로도 펼쳐지고 있는 모양이다.

나한테 바라는 도움이 어느 방면인지 고민하는 동안에 우리들을 태운 마차가 파리온 신국의 수도, 성도 파리온에 도착했다.

◆

"떠들썩하네."

역마차를 내려서, 입국 심사를 마친 우리들은 하얀 돌로 만들어진 성도의 문을 통과했다.

모든 맵 탐사를 써서 맵 검색을 했더니, 역시 「자유의 빛」이 만연하고 있었다. 나중에 신뢰할 수 있는 사람을 알게 되면 통보해야겠군.

왕도에서 「마신의 찌꺼기」 사건을 일으킨 호즈나스 추기경처럼, 내 메뉴 정보마저도 속이는 위장 아이템을 가진 사람이 사법 관계자에 없다고 장담할 수는 없으니까. 실제로 그와 같은 위장 아이템 「도신의 장신구〔위작〕」을 가진 시프나스라는 이름의 주교가 있기에 마커를 달아뒀다.

"시원해~?"

"응, 정령 잔뜩."

도시 안은 도시 핵의 힘을 사용해 쾌적한 습도와 온도로 조정되고 있는 것 같다.

강렬했던 햇살도 한여름과 초여름 정도의 차이가 있다.

"성도에 잘 오셨습니다!"

"지치셨지요. 이쪽에서 맑은 물과 식사를 무료로 나눠드리고 있습니다."

"파리온 신의 자비를 향수해 주세요."

보기 좋은 외모를 가진 젊은 신관들이 문을 통과한 신도들에게 말했다.

"우왓, 굉장해~! 저런 진수성찬이 공짜래!"

그 통 큰 대접에, 라이트 소년이 들뜬 목소리를 내면서 대접해주는 식사를 나눠주는 장소로 날아갔다.

물과 납작한 빵을 나눠주는 모양이다.

기쁜 기색으로 빵을 깨무는 라이트 소년을 신관들이 상냥한 눈으로 지켜보았다.

"저쪽에 구운 생선도 있는 거예요."

"대추야자도 있어~?"

먹보 2인조도 재빨리 조사를 해온 모양이다.

"황무지 중심에 있는 것치고는 식량이 풍부하군요."

"여기는 물이 풍부한 것 같다고 고합니다."

리자와 나나가 주위를 둘러보았다.

"귀족님들은 안 먹어?"

"글쎄. 그래 기왕이니까 조금 먹자."

다 함께 대접해주는 요리를 맛본 다음에 용사의 종자가 있는 도시 중앙부의 대성당으로 향했다.

네 개의 높은 탑을 사방에 배치한 거대한 돔 형태의 대성당은 도시 안이라면 어디서든 보이는 랜드마크인 것 같다.

"어쩐지 낙원 같은 장소네요."

중앙길을 따라 대성당으로 가고 있는데 루루가 그런 감상을 말했다.

길에서 보이는 사람들은 온화한 미소를 짓고, 가로수에는 하얀 꽃이나 파란 꽃이 피어 있었다.

"오늘은 무슨 이벤트라도 있는 걸까?"

아리사가 말한 것처럼, 대성당 앞의 광장이 콘서트 회장처럼 혼잡했다.

"그런 것치고 부상자나 상태가 안 좋은 사람이 많아."

대성당에서 무료 치료 대회라도 하나?

"교황님이다! 교황님이 납셨다!"

누군가 외치자, 사람들이 그 자리에서 일제히 무릎을 꿇고 기도를 시작했다.

우리들이나 상황을 파악 못한 몇 명이 남겨져서 괜히 눈에 띄는 형태가 됐지만, 덕분에 교황이 있는 곳까지 시야가 트였다.

사방을 높이 치켜든 천으로 가리고 있기 때문에 모습은 안 보이지만, 맵 정보에서 그 안에 파리온 신국의 자자리스 교황이 있다는 걸 알 수 있었다. 분명히 「기원 마법」을 쓸 수 있다고 했던 사람이다.

—응?

교황의 추종자 중에 신관이라기보다 마법사 같은 느낌의 검은 로브가 있다. 후드를 깊숙하게 눌러 써서 얼굴이 거의 안 보이지만, 입가의 주름을 보니 연배가 있는 남성 같았다.

고도의 인식저해 아이템을 가지고 있는지 감정 스킬로는 스테이터스를 보기 힘들지만, AR표시에 따르면 레벨 50이나 되는 마법사인가 보다. 복장으로 성직자가 아니라는 건 알았고, 칭호에 「현자」라는 게 있으니 교황의 사적인 상담관일지도 모른다.

아마, 솔리제로라는 이름의 그가 라이트 소년이 말했던 현자님이겠지.

"우뉴~."

마법사의 정보를 읽고 있는데, 타마가 내 다리에 얼굴을 비벼댔다. 인파에 취한 것일까, 어쩐지 불안해 보인다.

주위의 환성에 시선을 되돌리자, 천 너머에서 파랗고 청정한 빛이 말려 올라가더니 그 빛이 주위로 퍼지는 참이었다. 빛과 함께 천이 펄럭이고 그 너머에 있던 교황의 모습이 보였다. 하얀 수염이 풍성하고 온화한 얼굴의 노인이었다.

"상처가 나았다!"

"오옷, 기침이 멎었어."

"딸이 눈을 떴어!"

빛을 쬔 사람들의 상처나 병이 나은 모양이다.

"고맙습니다, 고맙습니다."

"교황님은 파리온 신의 사도가 틀림없어."

"""교황님, 만세! 파리온 신에게 영광 있으라!"""

교황은 천으로 둘러싸인 채 퇴장했다.

물러갈 때 힐끔 보인 교황은 신자들의 열광에 조금 난처한 느낌이었다. 의외로 내성적인 사람일지도 모르겠군.

"아빠의 힘 같아."

라이트 소년이 교황 쪽을 바라보면서 중얼거렸다.

"이런 힘을 가지고 있었어?"

"비슷한 힘이야. 이렇게 강하진 않지만."

아리사의 물음에 라이트 소년이 대답했다.

"혹시, 아빠는 교황님한테 제자로 들어갔을지도 몰라!"

라이트 소년이 외치더니, 내가 말릴 틈도 없이 인파 너머로 사라져 버렸다.

내 맵 검색으로는 소년의 아버지는 성도 안에 없었다.

"가 버렸네. 데리고 올까?"

"아니, 그건 됐어."

애당초 성도까지 동행한다는 거였으니까 여기서 헤어져도 문제는 없지만, 작은 아이를 혼자 방치하는 건 조금 걱정된다.

용사 하야토의 종자와 면회한 다음에, 라이트 소년을 보살펴 줄 법한 사람을 찾아봐야지.

"그건 그렇고 교황의 마법은 굉장하네. 극치에 이른 신성 마법이라는 건 이렇게 강해?"

"방금 그건 유니크 스킬이야."

내 맵 정보에 따르면 교황의 특수능력— 유니크 스킬란에 「만능 치유(힐 올)」라는 것이 있었다.

"전생자라는 거야?"

"아니, 천 너머가 힐끔 보였는데. 수염이나 터번에서 삐져 나온 머리칼은 보라색이 아니었어."

물론, 용사의 칭호도 없었다.

호즈나스 추기경처럼 한 줌만 머리칼이 보라색일지도 모르지만.

"뭐, 파리온 신국의 교황이니까, 용사처럼 신에게 유니크 스킬을 받았을 수도 있으려나?"

"그것도 그렇네. 저런 힘이라면 열렬한 신자도 늘어나겠어."

고개를 끄덕인 아리사 너머에서, 귀를 파르르 떤 타마와 미아가 하늘을 올려다보았다.

"뉴?"

"사토."

그 시선 끝에서 공중에 수면이 파도치는 것 같은 이펙트가 나타나고, 은색의 배가 대성당 곁에 나타났다.

"주인님, 저거……!"

"그래, 틀림없어."

용사 하야토가 가진 배, 차원 잠행선 쥘 베른이다.

"대성당 옆에 나타나다니 불경하구나!"

"파리온 님의 총애를 방패 삼다니, 무례하기 짝이 없구나!"

"사가 제국에 엄중하게 항의해야겠군!"

광장에 있던 주교들이나 신전기사가 쥘 베른을 올려다보며 노성을 질렀다.

"교황님의 방으로 뛰어들었다!"

용사 하야토의 종자들이 쥘 베른의 해치에서 베란다로 뛰어들고, 베란다와 해치 사이에 널빤지 같은 것을 걸었다.

이어서 다른 종자에게 어깨를 빌린 용사 하야토가, 위태로운 발걸음으로 널빤지를 건너는 게 보였다.

용사 하야토의 몸에서 검은 연기 같은 것이 나온다.

저건 좋지 않은 것이다.

"무슨 일이 있었나 봐."

"그래, 조금 곤란한 사태야."

나는 동료들을 재촉하여, 대성당의 입구로 발길을 옮겼다.

저주 받은 용사

"사토입니다. 회사에서는 누가 빠져도 보완할 수 있도록 개인 의존성을 줄이는 것이 이상적이라고, 높은 사람이 말했습니다. 물론 현실은 개인에 의존하는 부분을 좀처럼 줄일 수가 없단 말이죠."

"얘들아 가자!"

나는 동료들의 대답을 기다리지 않고 대성당으로 들어섰다.

"타마, 왜 그러는 거예요?"

"뉴~."

돌아보자, 대성당에 들어가는 걸 주저하는 타마를 리자가 옆구리에 끌어안는 게 보였다.

분명 용사 하야토에게서 나오는 검은 연기가 싫은 거겠지.

마음은 알겠지만, 그렇다고 용사 하야토를 내칠 수는 없다.

나는 타마를 리자에게 맡기고, 용사 하야토 곁으로 서둘렀다.

다행히 대성당 안은 혼란의 도가니라서 중간에 막는 자 없이 용사 하야토가 있는 층으로 달려갈 수 있었다.

"어째서 교황 성하를 불러주실 수 없는 건가요!"

"교황님은 방금 전에 병이나 상처에 괴로워하는 민초를 치유한 참이라, 적어도 며칠은 힘을 쓰실 수 없으십니다."

여성들이 고위 신관을 몰아세우고 있다.

그녀들은 용사 하야토의 종자인 사가 제국의 메리에스트 황녀와 장이족(長耳族, 부치) 궁병 위이야리다.

"하야토에게는 『저주 제거(리무브 커즈)』가 필요. 로레이야 이상의 뛰어난 사용자가 필요해."

궁병 위이야리가 메리에스트 황녀를 지원했다.

"메리, 교황은 아직이야?! 로레이야가 증상을 억누르는 것도 한계야."

"여기서 주절주절거리고 있으면 끝이 없어. 내가 교황의 멱살을 잡아끌고 오겠어!"

와일드한 인상을 가진 글래머러스한 여성 두 명이 방에서 뛰쳐나왔다.

용사 하야토의 종자인 호랑이 귀 종족 루스스와 늑대 귀 종족인 휘휘다.

"기, 기다리시오, 종자 나리! 그러한 무례한 짓은 우리들 신전기사가 용납하지 않소!"

"하! 스킬도 제대로 못 쓰는 속성 재배 자식이 우리들 앞을 막을 수 있다고 생각하지 마."

용사가 걱정되는지, 당장이라도 검을 뽑을 것 같다.

지금 깨달았는데 루스스의 왼팔이 없다. 마왕과의 전투에서 팔꿈치 아래를 잃은 모양이다.

"메리에스트 님!"

나는 인파 뒤에서 메리에스트 황녀에게 말을 걸었다.

사람들의 시선이 나에게 모였다.

"……사토? 어째서 여기에?"

"파리온 신의 계시를 받고 왔습니다."

사기 스킬의 도움을 빌어서 그럴 듯한 이유를 들었다.

그 파란 머리칼의 수수께끼 어린 소녀가 누구인지는 알 수 없지만, 용사 하야토를 돕기 위해 나를 여기로 보냈으니 정말로 파리온 신일 가능성이 높았다.

"하급이지만 엘릭서도 있습니다."

하급이 아닌 엘릭서는 비스탈 공작령에서 「용의 숨결(드래곤 브레스)」에 당해버린 시가8검 「풀 베기」 류오나 여사를 구하는데 써버렸다.

엘릭서를 직접 만들기 위한 중간 소재는 모두 모여 있으니, 한 번 보르에난 숲으로 돌아가서 연성해와야겠어.

"정말이야, 사토?!"

"당장 하야토에게 써줘!"

루스스와 휘휘가 내 손을 붙잡고 방 안으로 끌어들였다.

"린! 로레이야! 사토가 하급 엘릭서를 가지고 왔어!"

이 방은 교황의 개인실인가 보다. 넓은 방 구석에 있는 응접세트의 긴 의자에 용사 하야토가 누워 있었다. 낯빛이 흙빛이었다. AR표시에 뜨는 그의 상태가 「부정」이 되어 있다. 저주에 의한 「저주」하고는 조금 다른 것 같다.

용사 하야토를 눕혀놓은 긴 의자 앞에는 용사의 종자인 「천파의 마녀」 린그란데 양과 나긋한 인상의 신관 로레이야가 있었다.

"에, 엘릭서?!"

"엘릭서를 어서!"

린그란데 양이 이쪽으로 손을 뻗었다.

그 미모에 한 줄기 상처 자국이 흐르고, 오른쪽 눈에는 안대를 하고 있었다. 마왕과의 싸움이 상당한 격전이었나 보다.

그런 그녀의 손에, 품속을 경유해 스토리지에서 꺼낸 하급 엘릭서 두 개를 떨어뜨리지 않도록 쥐어주었다.

린그란데 양과 신관 로레이야가 이쪽으로 몸을 돌리자, 여태 보이지 않았던 용사 하야토의 환부가 보였다.

갑옷을 벗겨내 드러난 오른팔이 피부를 잃은 것처럼 근육섬유가 드러나 있고, 혈관이 검푸르게 떠올라 다른 생물처럼 꿈틀거렸다.

그 팔 부근에서 검은 연기가 흐르고, 그 안에 번개 같은 흑선이 흔들리고 있었다.

—어쩐지 불길한 느낌이 든다. 타마가 다가가는 것을 싫어할 만하다.

그리고 이 검은 선을 나는 본 적이 있다.

시가 왕국의 왕도에서 「마신의 찌꺼기」를 쓰러뜨렸을 때, 천룡의 비늘에 파고들려고 한 잔재랑 꼭 닮았다.

"하야토! 입을 벌려봐, 엘릭서야."

린그란데 양이 용사 하야토의 입에 하급 엘릭서를 흘려 넣자, 마법진 같은 것이 환부를 둘러싸는 것처럼 나타나 검은 연기를 지워버리고 팔을 건강한 상태로 재생시켰다.

"아아, 하야토……."

린그란데 양이 감격한 것처럼 용사 하야토의 이름을 불렀다.

그러나 그녀를 비웃는 것처럼, 번갯불 같은 흑선이 기세를 되찾아 용사 하야토의 팔을 이형으로 바꾼다.

"—안 돼!"

곧장 또 하나의 하급 엘릭서도 투여했지만, 방금 전의 반복이 될 뿐이었다.

"사토! 엘릭서는 이제 없어?"

아직 있지만, 용사 하야토의 부담이 늘어날 뿐이다.

나는 그의 옆으로 나아갔다.

"사토, 독기시."

뒤에서 미아가 조언해줬다.

린그란데 양이나 신관 로레이야가 눈동자를 보지 못하게 고개를 숙이고 독기시를 발동하자, 검은 선 끝이 무수하게 갈라져 용사 하야토에게 엉켜 있는 것이 보인다.

라라키에 사건 때 만난 반유령(하프 고스트) 레이아네를 괴롭히던 저주와 비슷했다.

그거라면 경험이 있다.

나는 흑선에 손을 뻗었다—.

"—기다려!"

그 손을 신관 로레이야가 붙잡아서 막았다.

"그걸 만졌던 기사가 죽었어. 눈에 보일 정도로 짙은 저주야."

「마신의 찌꺼기」 사건 때, 흑선의 잔재에 닿아 뒤집혀 죽은 마물의 모습이 뇌리를 스쳤다.

"괜찮아요. 경험이 있습니다."

나는 품 속을 경유해 스토리지에서 위장 장비인 장갑을 꺼냈다.

여흥용으로 만든 건데, 손등에 오리하르콘의 실로 마법진을 꿰매어서 마력이 흐르면 마법진이 빛나며 떠오른다.

나는 마법진 장갑을 끼고 성인을 만들 때의 감각을 떠올리며 마력을 주입했다.

"—파란 마법진?"

"네, 저주를 떨치는데 쓰는 성구입니다."

사기 스킬의 도움을 빌어서 말하자, 신관 로레이야도 내 손을 놓아주었다.

다른 종자들도 나에게 맡겨주는 모양이라, 새삼 용사 하야토에게 손을 뻗었다.

오싹하고 소름이 돋았다.

이건 그냥 저주가 아니다. 「저걸 만지지 마라」 하고 위기감지 스킬이 어마어마한 기세로 경고를 보낸다.

무심코 손을 떼고 싶었지만, 그럴 수는 없었다.

여기서 손을 떼면, 눈앞에서 괴로워하는 친구가 확실하게 죽어버린다.

나는 저주 내성 스킬을 믿고서, 저주 해제 스킬이나 저주 받아치기 스킬을 의식하면서 용사 하야토를 구하고자 흑선을 붙잡았다.

머리끝부터 발끝까지 망자의 군세가 원망에 찬 소리를 지르며 다가오는 환각이 보였다.

나는 팔에 성인을 두르고, 그것들을 모두 정화했다.

손가락 끝이 차갑다. 장갑 때문에 안 보이지만, 내 손가락도 저주에 침식당하기 시작한 모양이다. 너무 시간을 끌 수는 없다.

나는 저주 해제 스킬의 도움을 빌어서 용사 하야토에게서 흑선을 떼어냈다. 그렇게는 하지 못할 것이라는 듯이 흑선도 저항하여, 하야토의 정신과 육체에 저주의 뿌리를 펼치려고 한다.

"끄아아아아아아아아아아아아아아아!"

활발해진 저주가 용사 하야토를 공격한다.

나는「마력 치유」스킬의 도움을 빌어서, 저주의 뿌리를 내 마력으로 감쌌다. 용사 하야토의 표정이 미약하게 느슨해지고 절규가 멎었다.

그러나, 저주의 뿌리는 가시 같은 것을 뻗어서 마력의 막을 돌파하려고 발버둥 치기 시작했다.

"끄으으으으으으으으으으으으으으!"

용사 하야토의 악문 입가에서 피가 흘렀다.

―이대로는 위험하다.

아까와 마찬가지로, 저주의 뿌리를 감싸는 마력의 막을 성스러운 힘으로 변환했다.

저주의 뿌리에서 돋아난 가시가 성스러운 힘에 데여 위축됐다.

―좋아.

용사 하야토의 몸을 좀 먹는 저주의 뿌리를 한 가닥 한 가닥 정성스레 떼어낸다.

"으아아아아아아아아아아아아아아아!"

저주의 뿌리가 마지막 발버둥을 친다.

용사 하야토가 절규를 지르고, 온몸에서 피를 뿜어냈다.

내가 지시할 것도 없이 린그란데 양이 마법약을 뿌리고, 신관 로레이야가 발동을 보류하고 있던 신성 마법으로 상처를 치유했다.

용사 하야토의 몸에 독기가 잔류한 탓인지 상처의 치유가 늦다. 독기가 신성 마법의 효과를 저해시키고 있는 것 같다.

나는 독기를 떨쳐내기 위해 평소에는 봉해두고 있던 정령광을 해방했다. 이 나라에는 정령시 스킬을 가진 사람이 없으니까 전력전개다.

그것이 공을 세웠는지, 신관 로레이야의 치유 마법이 본래의 효과를 발휘하기 시작했다.

—지금이다.

주위의 연계에 감사하면서, 나는 용사 하야토의 심장을 조이고 있던 저주의 뿌리 본체를 떼어냈다.

흑선을 붙잡은 손끝에서, 꾸물꾸물 저주의 뿌리가 꾸물거린다. 떼어낸 정도로는 소멸하지는 않는 모양이다. 상당히 끈질기군.

나는 떼어내도 계속 저항하는 저주 덩어리에 집중했다.

정령광을 쐬어도 사라질 기색이 없다. 투망처럼 펼쳐져서 나를 감싸려고 하는 흑선을, 잠금쇠를 풀어낸 햇살 막이용 망토로 더욱 감쌌다.

물론, 그런 걸로 실체가 없는 저주인 흑선을 어떻게 할 수 있을 리 없다.
내 목적은 따로 있다.
망토가 흑선을 감싼 순간, 그 안에 스토리지에서 뽑아낸 신검을 꺼낸 것이다.
신검에 닿은 흑선은, 가열한 프라이팬에 물방울을 떨어뜨린 것 같은 소리를 내고서 칠흑의 칼날에 빨려 들어가 사라졌다.
재빨리 신검을 스토리지에 수납하고, 망토는 땅에 떨어지게 놔뒀다.
어느샌가 이마에 떠올라 있던 땀을 소매로 닦고서, 작게 한숨을 흘렸다.
"끝난, 거야?"
"네. 이제는 로레이야 공의 진단을 기다려야겠지만, 이미 하야토 님에게서 불길한 기척은 느껴지지 않아요."
넋이 나간 궁병 위이야리에게 고개를 끄덕였다.
잠시 쇠약 상태겠지만, 용사 하야토의 체력이라면 금세 회복할 거야.
"얼른 가주세요."
내가 말하며 궁병 위이야리의 등을 밀어주자, 떨어져서 보고 있던 다른 종자들도 용사 하야토의 곁으로 달려갔다. 그를 둘러싼 사람들 곁을 벗어나, 몰래 장갑 안쪽을 확인했다.
—검다.
손가락의 제1관절까지 검게 변색돼 있었다.
천룡에게서 「마신의 찌꺼기」의 조각을 떼어낸 다음의 검은 팔과 같은 증상이다.

역시, 방금 그건 「마신의 찌꺼기」가 남긴 잔재와 같은 것인 모양이다.

"괜찮아아~?"

"주인님, 무슨 일이야?!"

내 이변을 깨닫고 동료들이 달려왔다.

"괜찮아."

대처 방법은 알고 있다.

손가락을 잘라내고 상급 마법약으로 재생시키면— 어라?

검게 변한 손가락의 어둠이 손톱으로 이동하고 있었다.

무슨 일이 있었는지 모르겠지만, 손가락보다는 손톱이 낫지. 최대까지 올린 고통 내성 스킬을 유효로 바꾸고, 찌이익 뜯어낸 다음 자기 치유 스킬로 재생했다.

그래도 조금 아프지만, 손가락 끝을 부딪친 정도의 둔한 아픔이 한순간 들었을 뿐이라서 동료들도 눈치채지 못했다.

흑선의 저주가 스며든 손톱은 스토리지에 수납하고, 동료들과 함께 용사들 곁으로 돌아갔다.

◆

"사토! 고마워! 정말로 고마워!"

린그란데 양이 나를 끌어안고서, 눈물을 흘리며 나에게 몇 번이나 감사를 했다.

아리사와 미아가 뒤에서「으그그」하는 소리를 흘리는 건 신경 쓰이지만, 딱히 끼어들지는 않는 모양이다.

“사토, 고마워!”

“정말 고맙다!”

루스스와 휘휘 두 사람이 린그란데 양 위에서 허그를 한다.

“나도 감사할게.”

쿨한 궁병 위이야리는 와서 끌어안지는 않았지만, 진지한 표정으로 감사 인사를 했다.

“손은 아무렇지도 않은가요?”

“네, 이렇게요.”

걱정하는 표정의 신관 로레이야가 내 손을 보았다.

장갑의 마법진이 마력을 너무 주입해서 타버렸지만, 검게 변해 떼어낸 손톱도 재생되어 있으니 평소와 같은 손이다.

“성구가 지켜준 거군요.”

“네. 용사님의 도움이 됐으니 성구도 만족하겠죠.”

여흥에는 쓸 수 없었지만, 이 정도로 사람들 보는 앞에서 활약했으니 장갑도 만족했을 게 틀림없다.

“정말로 덕분에 살았어요. 아까 준 하급 엘릭서도 포함해서, 나중에 사가 제국에서 감사장과 사례를 반드시…….”

내 손을 잡은 메리에스트 황녀가 종자를 대표하여 용사 구조의 대가에 대해 말했다.

“신경 쓰지 마세요.”

감사장이나 사례는 필요 없지만, 여기서 그런 말을 하면 괜히 마찰이 생기니까 짤막하게만 말해뒀다.

"이게 대체 무슨 소동이냐! 여기가 교황님의 방이라는 것은 알고서 저지르는 무례인가!"

혈관이 끊어질 것 같은 표정의 고위 신관이 방으로 뛰어들었다.

그의 뒤에 몇 명의 신전기사와 신전병들이 따르고 있었다.

"추기경 예하. 이번에 용사님의 목숨이 걸려 있었던지라, 무례에 대해서는 관용을 베풀어주시면 감사하겠습니다."

메리에스트 황녀가 추기경에게 대응했다.

"관용이라고?! 교황님께서 상냥하신 것에 기대어서—."

"그쯤 하시지요, 도브나프."

"교, 교황님!"

입구를 메우고 있던 신전병들이 갈라지고 나타난 것은 아까 대성당 앞에서 사람들을 치유한 하얀 수염의 자자리스 교황이었다.

"신께서 내리신 치유의 힘을 쓸 수는 없지만, 신성 마법으로 도울 수 있지 않을까 하여 찾아왔습니다만…… 보아하니, 조금 늦은 모양이네요?"

"교황 예하의 마음씀씀이, 용사 하야토 님을 대신하여 감사 올립니다."

소탈한 교황 앞에서 메리에스트 황녀가 고개를 숙였다.

"용태가 회복됐다면, 얼른 용사를 데리고 나가면 될 것을—."

"도브나프. 그렇게 말하지 마세요. 용사님은 신의 적인 마왕과 싸우다가 부상을 입으신 겁니다."

교황이 그렇게 추기경을 타이른 다음, 「메리에스트 공, 용사님이 회복하실 때까지 내 침실을 쓰세요」 하고 방을 나섰다.

아무리 그래도 「네, 알겠습니다」라고 할 수는 없어서, 위험한 상태를 벗어난 용사 하야토를 휘휘와 궁병 위이야리가 들것에 실어 그에게 주어진 구역으로 이동했다.

◆

"로레이야, 하야토는 언제 눈을 뜨는 거야?"

"마왕의 저주로 쇠약해졌으니까요. 잠시 잠들어 있을 거예요."

루스스의 질문에 신관 로레이야가 대답했다.

"당신들도 마왕과 싸우느라 지쳤죠? 여기는 시녀들에게 맡기고 조금 자도록 하세요."

메리에스트 황녀가 재촉했지만, 종자들은 용사 하야토가 걱정되는지 아무도 방에서 나가지 않았다.

결국 메리에스트 황녀가 자리를 지키는 것을 용납하고, 갑옷을 벗은 편한 차림을 하라고만 말했다.

"그러고 보니 사토. 아까 『신의 계시를 받아서 왔습니다』라고 했는데, 신탁이라도 받았어?"

옷을 갈아입고 돌아온 린그란데 양의 질문에 고개를 끄덕이고, 신탁 같은 것을 받은 상황을 얘기했다.

"—로레이야."

함께 듣고 있던 메리에스트 황녀가 신관 로레이아에게 말을 걸자 그녀는 천천히 고개를 좌우로 흔들었다.

"신탁의 무녀에게 그런 이야기는 들은 적이 없어요."

신관 로레이아가 딱딱한 목소리로 말했다.

"신화에서 논하는 파리온 신은 어린 여자아이의 모습이라고 합니다만, 무녀들이나 하야토에게 들은 파리온 신은 파란 빛의 화신입니다. 그 애의 예언 덕분에 하야토가 살아난 것은 분명하지만, 저는 그 애가 파리온 신의 화신이라고 생각하지는 않아요……."

"본인도 파리온 신이라고 말하지 않았으니, 신탁의 힘을 가진 정령이나 요정이었을지도 모르겠군요."

나는 사기 스킬의 도움을 빌어서 말을 맞추었다.

상당히 인상이 달랐지만, 구두랑 싸울 때 도와준 수수께끼 어린 소녀였을지도 모르고.

"있지. 마왕이랑 싸운 거지? 어떤 마왕이었어?"

묵직한 분위기를 떨쳐내는 것처럼, 아리사가 밝은 목소리로 물었다.

"한 마디로 말하면—."

아리사의 의도를 짐작한 휘휘가 곧장 대답했다.

"—도망을 잘 쳐."

"어?"

"대신할 적을 남기거나, 잡졸을 부르거나 해서 금방 도망쳐버려."

뜻밖의 대답에 말문이 막힌 아리사에게 루스스가 휘휘의 말을 보충하는 이야기를 했다.

"하지만, 강하기는 강하거든? 내 팔도 이런 상태고, 휘휘의 팔이나 다리도 한 번 잘렸었어."

"아파~?"

"마법약 뿌려서 상처를 막았으니까 아프진 않아."

걱정하는 타마에게 루스스가 웃으며 대답하자, 벽에 기대어 있던 궁병 위이야리가 조용히 중얼거렸다.

"이번에는 위험했어. 하야토가 없었다면 전멸했을지도."

그것을 들은 리자가 물었다.

"마왕이 이번에는 도망치지 않은 건가요?"

"아니, 도망쳤어. 마왕이 도망칠 때 던진 구슬이 깨지고, 하야토가 저주를 받았어."

대답은 휘휘가 했다.

내 맵 검색으로도 마왕이 검색되질 않으니까, 이미 내가 확인한 파리온 신국 맵의 바깥에 있는 거겠지.

"마왕은 무서운 녀석인 거예요?"

"겉으로 보기에는 모래색의 전갈하고 인간을 붙여놓고 커다랗게 만든 느낌이야. 앞으로 기울인 자세에다 꼬리가 길어."

"뱀처럼 움직이면서 줄었다 늘었다 하는 긴 꼬리로 사각에서 다리를 노리니까 주의해야 돼."

루스스와 휘휘가 포치와 타마에게 마왕에 대해 가르쳐 주었다.

손짓과 몸짓으로 설명하는 루스스의 중간부터 끊어진 팔이 눈에 들어왔다.

"재생시키지 않는 건가요?"

조금 신경 쓰여서, 루스스에게 물어봤다.

"마왕이 뜯어냈을 때 저주를 받았는지, 로레이야의 상급 마법으로도 낫질 않았어."

"내 눈도 마찬가지야. 나중에 교황님의 『성스러운 빛』으로 치유할 수 없는지 시험을 부탁드려야지. 안 된다면 그래도 상관없고."

린그란데 양이 말하면서 안대에서 삐쳐 나온 상처 자국을 손가락으로 더듬었다.

손으로 가리면서 독기시로 봤는데, 린그란데 양과 루스스의 환부에 독기의 흔적이 남아 있었다. 그 흔적도 내가 보는 사이에 흐려졌다. 내가 아까부터 전개하고 있던 정령광이 정화한 모양이다.

"시간이 지나서 저주가 흐려졌을 지도 몰라요. 마법약을 한 번 써보세요."

내가 말하고, 작은 병으로 나눠 담은 상급 마법약을 린그란데 양과 루스스에게 건넸다.

팔을 잃은 루스스에게는 큰 병에 든 농축 영양 보급제를 함께 건넸다. 이걸 함께 마시지 않으면 일시적으로 쇠약해지니까.

"혹시, 상급 회복약? 이런 귀한 걸 시험 삼아 쓰는 건―."

"괜찮아요. 아직 열 개 이상 있으니까, 신경 쓰지 말고 써주세요."

내가 말하자 린그란데 양과 루스스가 마법약을 들이켰다.

"―크우우우우."

"―으으으으으으."

린그란데 양이 안대로 덮인 눈을 누르고, 루스스가 소파에 몸을 던지면서 몸부림쳤다.

재생할 때 뭔가 아프면서 가렵단 말이지.

"생겼다! 내 손이 생겼어!"

"보여. 아직 조금 흐릿하긴 하지만, 보여! 고마워, 사토!"

웃는 표정의 두 사람이 나를 끌어안았다.

갑옷을 입고 있던 아까와 달리, 행복하기 짝이 없는 감촉이 좌우에서 내 얼굴을 감싼다.

낙원은 여기에 있는 걸지도 몰라.

"길티."

"잠깐! 조신함이 부족해!"

안정의 철벽 페어가 신속하게 끼어들었다.

나는 실락원의 기분을 맛보면서 두 사람을 달랬다.

"쪼그맣지만 여자구나."

"미안해, 두 사람. 딱히 사토를 뺏어가지 않을 거니까 화내지 마."

루스스가 웃고, 린그란데 양이 아리사와 미아에게 사과했다.

"나도 다리를 한 번 더 잘라내고 다시 붙일까? 어쩐지 위화감이 있어."

팔을 굽혔다 폈다 하는 루스스를 보고, 휘휘가 그런 아플 것 같은 말을 꺼냈다.

"이을 때 어긋났어?"

"그건 괜찮은 것 같은데, 어쩐지 힘이 빠질 때가 있어."

술리 마법으로 투시해봤더니, 휘휘의 무릎 관절 부분에 작은

돌 조각 같은 것이 보였다. 이게 위화감의 원인이겠지.

전에 키메라 병사들한테서 「침」을 뽑았을 때 요령으로 제거하려고 해봤지만 잘 안 된다.

마법약으로 유착되어버린 탓에 몸의 일부로 판정되는 걸지도 모르겠네.

"조금 봐드릴까요?"

"할 수 있어?"

"네, 거기에 맞는 도구가 있어요."

치유의 룬을 자수한 장갑을 격납 가방 경유로 스토리지에서 꺼냈다.

이건 아리사가 왕립 학원의 실습에서 만든 장갑이다. 찰과상 정도라면 몇 번 쓰다듬기만 해도 나으니까 포치와 타마가 넘어졌을 때 따위에 잘 쓰고 있다.

"다리를 내밀어주세요."

"성희롱."

"아니야, 미아. 무릎을 치료하는 하는 것뿐이야."

분명히 처음에 말하는 식이면, 성희롱 같았을지도 모른다.

"뭐, 다리를 쓰다듬는 정도는 상관없어."

소파에 앉은 휘휘가 섹시한 동작으로 부츠에서 발을 빼더니 내 쪽으로 내밀었다.

역전의 전사가 연상되는 상처자국이 여기저기 있지만, 유연한 다리가 상당히 매력적이다.

"그러면 치료를 시작합니다. 힘을 빼주세요."

나는 마력 치유 스킬을 발동해서 휘휘의 관절에 유착된 작은 돌 조각을 분리했다.

분리만 끝나면 다음은 간단하다. 마법적인 염동력인 「이력의 손」으로 작은 돌 조각을 감싸서, 그대로 스토리지에 수납한다.

"끝났습니다. 위화감은 없나요?"

"벌써 끝났어?"

휘휘는 소파에서 일어서더니, 몇 번 정도 굽혔다 폈다를 한 다음 전투의 형태를 반복해서 감촉을 확인했다.

"굉장하다, 위화감이 없어졌어! 사토 제법인데?"

휘휘가 팡팡 내 등을 두드리면서 칭찬해주었다. 조금 아프다.

이 다음에 궁병 위이야리의 팔꿈치나 신관 로레이야의 어깨를 마찬가지로 보게 되었다. 후자는 매혹적인 계곡에 시선이 가지 않도록 주의하는 게 조금 힘들었다.

"용사님이 눈을 뜨시면, 도망친 마왕을 추적하시는 건가요?"

"추적한다고 할까, 또 한 번 찾아다니는 느낌이야."

"전이가 특기인 마족이 협력하고 있는 것 같아서. 사가 제국의 공간 마법사는 흔적을 추적하는 것도 못해."

그 말에, 아리사가 「공간 마법이네……」 하고 작게 중얼거렸다.

"어디로 도망쳤는지는 모르는 건가요?"

"아마, 마굴 어딘가 일 거야."

"어째선지 마왕 녀석이 파리온 신국의 국경 밖으로 안 나가."

루스스와 휘휘가 내 질문에 대답했다.

"마왕과 만난 건 세 번. 처음 두 번은 만나자마자 도망쳤어."

"어라? 더 만나지 않았어?"

휘휘의 의문에 메리에스트 황녀가 대답했다.

"다 가짜였어. 가짜하고는 아홉 번 정도 만났었나? 겉보기에는 마왕과 똑같지만, 모두 사진병과 융합한 중급이나 하급 마족이었어."

"사진병이라는 건, 그 모래 같은 거지?"

아리사의 물음에 대답한 건 린그란데 양이었다.

"그래. 그건 약한 건 정말로 약하지만, 마왕의 권속이야."

그 사진병 탓에 마왕의 기척이 마굴 전체에 퍼져서, 바람 마법이나 공간 마법으로도 마왕이 숨어 있는 마굴을 알아내기 어려운 모양이다. 독기 농도를 계측하거나 점성술을 이용하거나 해서 범위를 좁힌 다음에 인해전술로 찾는다고 했다.

"마굴이라는 게 그렇게 잔뜩 있어?"

"알려진 것만 해도, 1만 곳 정도의 출입구가 있다고 하던데?"

그거 굉장하군. 분명히 파리온 신국의 맵에는 작은 공백지대가 많기는 한데.

"1만이면 많네. 마력 웅덩이치고는 많으니까, 유적 같은 거겠지만."

"이 나라에는 옛날에 마신옥이라고 불리는 미궁이 있었다고 해."

—마신옥.

불길한 네이밍이네.

"마신은 달에 봉인되어 있는 거 아냐?"

"역시, 그렇게 생각하지."

"우리들만 그런 거 아니었구나."

아리사의 의문을 들은 루스스와 휘휘가 기뻐했다.

"아니야?"

"『마신을 봉인한 감옥』이 아니라, 『마신이 만든 감옥』이라는 의미라고 해."

말은 안 했지만, 마왕은 마신옥에 수감되어 있는 **무언가**를 해방시키기 위해서, 파리온 신국에서 도망치지 않는 것이 아닐까—라는 불길한 상상을 해버렸다.

무슨 일이 있어도 「마신의 찌꺼기」 같은 위험한 건 안 나오면 좋겠는데.

"지금은 마신의 이름을 기피해서 『마굴』이라고만 불리고 있어."

"천 수백 년 정도 전까지는 미궁이 있었다고 해. 지금 있는 마굴은 그 미궁이 붕괴한 다음의 잔해라고 하고 있어."

내 뇌리에 「미궁 핵」을 부숴서 붕괴해 버린 쿠보크 왕국의 미궁이 스쳤다.

그런 느낌으로 무너지고 천 수백 년 지나면, 이런 식으로 되는 거겠지.

마굴은 나라 전체에 출입구가 있고, 개중에는 이어져 있는 출입구도 많다고 한다. 전부 천 수백 군데 가까운 구조체를 가졌다고 했다.

크고 작은 갖가지 규모가 있고, 특히 커다란 다섯 군데의 어딘가에서 마왕이나 가짜와 마주치고 있다고 한다.

◆

"용사님! 용사님은 무사하신가!"

헐레벌떡 서두르는 소리가 들리고 검은 갑옷의 기사가 방으로 뛰어들었다.

AR표시에 따르면 사가 제국의 기사인 모양이다. 신사다운 수염이 잘 어울린다.

"뤼켄 공. 용사님은 무사합니다. 지금은 쉬고 계시니, 커다란 소리는 삼가 주세요."

신관 로레이야가 흑기사를 타일렀다.

"오오, 미안하군. 아르카디아로 날아왔는데, 조금 늦은 모양이군."

아르카디아라는 건 사가 제국의 고속 비공정 이름인 모양이다.

고전 명작 애니메이션[#2]의 영향으로 함수에 해골 마크를 상상해 버렸지만, 아무리 그래도 그렇지는 않겠지.

"으으음? 어찌하여 용사님의 방에 어린 아이가?"

흑기사가 우리를 내려다보면서 누구에게랄 것 없이 물었다.

"사토는 하야토의 은인이야."

"은인?"

"처음 뵙겠습니다, 기사님. 저는 시가 왕국 무노 백작의 가신인—."

#2 고전 명작 애니메이션 일본의 고전 애니메이션 『캡틴 하록』 시리즈. 이 시리즈에 등장하는 전함의 이름은 아르카디아이다.

"시가 왕국? 그 배신자 용사가 만든 나라의 인간이 뭘 하러 왔나!"

내 자기소개를 가로막으면서 흑기사가 외쳤다.

그건 그렇고 「배신자 용사」?

그것이 왕조 야마토— 히카루를 가리킨다는 것은 금방 이해했다.

그가 시가 왕국을 싫어한다는 것도.

히카루를 업신여긴 것은 용서하기 어렵지만, 「중이 미우면 가사까지 밉다」를 넘어서 「가사가 미우니까 중을 매도한다」 같은 타입에게 무슨 말을 해도 소용없겠지.

어차피 반론해도 상대가 기뻐할 뿐이다.

"계시를 받고서, 용사님의 도움이 되고자 왔습니다."

"네놈 같은 애송이가 뭘 할 수 있나?"

"그만 두세요, 뤼켄!"

린그란데 양이 나와 흑기사 사이에 끼어들었다.

"그러고 보니 귀공도 시가 왕국 출신이었지."

"그게 어쨌는데? 지금 나는 시가 왕국의 공작 영애이기 전에, 용사 하야토의 종자야."

"린, 중재하러 들어간 당신이 시비를 걸면 어떻게 하나요. 뤼켄, 위이가 사토를 용사님의 은인이라고 한 걸 듣지 못했나요?"

"……전하."

잘나 보이는 흑기사도, 사가 제국의 황녀에게는 거스르지 못하는 모양이다.

"미안해요, 사토. 뤼켄의 무례는 제가 사과하겠어요."

신경 쓰지 않는다고 말한 다음, 그녀의 입장을 생각하여 「사과를 받아들이겠습니다」라고 대답했다.

"……우우."

엿듣기 스킬이 작은 신음 소리를 포착했다.

아무래도, 너무 소란을 피워서 용사 하야토를 깨워버린 모양이다.

"하야토!"

"린인가…… 여기는 어디지? 성도인가? 마왕은 어떻게 됐지?"

용사 하야토가 자신을 들여다보는 린그란데 양에게 물었다.

아직 의식이 몽롱한 모양이다.

"마왕은 도망쳤어. 기억 안 나?"

"아니, 기억나는군. 또, 출발점으로 돌아와 버렸나……."

용사 하야토는 분한 표정으로 잘 안 올라가는 손을 강하게 움켜쥐었다.

아직 치료한지 얼마 안 된 참이라 팔이 마비된 모양이다.

그 시선이 이쪽을 보았다.

"—사토?"

"오랜만입니다, 하야토 님."

가볍게 인사했다.

"그가 마왕의 저주를 제거해줬어."

"그렇군. 정말 고맙다, 사토."

용사 하야토가 남자다운 미소로 감사 인사를 했다.

“우연히 해주에 쓸만한 도구를 가지고 있었을 뿐입니다.”

이상한 별명이 붙을 것 같아서, 사기 스킬의 도움을 빌어 그의 저주를 해제한 공적을 장갑 덕분이라고 말해뒀다.

“용사님.”

“뤼켄이군. ―미안하지만 또 조사 협력을 부탁한다.”

“맡겨 주십시오. 휘하의 정찰대를 조사에 파견하겠습니다.”

용사 하야토의 부탁을 받은 흑기사가 잘난 표정으로 종자들을 둘러보았다.

내가 아는 한 용사 파티에는 척후가 없으니까, 마왕이 있는 장소의 조사는 서포트 멤버에게 외부 위탁을 하는 모양이다.

“그러면, 곧장 정찰대에 출발을 명하고 오겠습니다.”

“―기다려요.”

뛰쳐나가려는 흑기사를 메리에스트 황녀가 말렸다.

“당신의 부대도 지쳤을 겁니다. 마왕의 흔적을 조사하고 있는 세이나 일행이 돌아올 때까지 대기하세요.”

“제 부하들 중에 나약한 자는 없습니다. 그리고 그 꼬맹이 종자 나리가 마왕의 흔적을 발견할 수 있을 것 같지는 않군요. 지금까지 그런 것처럼, 우리들은 우리들의 정찰대끼리만 탐색을 하겠습니다.”

공도에서 만나지 않았기 때문에 면식은 없지만, 세이나라는 사람은 용사의 종자인 모양이다.

“또 단독으로 조사를 하겠다는 건가요?”

“그렇습니다.”

"그걸로 정찰대가 얼마나 피해를 입었는지 잊었나요?"

"싸움에는 희생이 따르는 법입니다."

메리에스트 황녀의 쓴 소리도, 흑기사에게는 마이동풍이었다.

"조사가 힘든가요?"

옆에 있던 린그란데 양에게 물었더니 그녀가 대답했다.

"그래. 마굴은 미궁처럼 안이 복잡한 데다가, 적이나 징그러운 함정이 많으니까."

그렇군. 그렇다면 나도 조사에 참가하는 게 좋겠다.

"하야토 님, 부족한 몸이지만 저도 돕겠습니다."

"―실전도 모를 법한 시가 왕국의 귀족이 뭘 할 수 있나!"

내가 협력하겠다고 나선 순간, 흑기사가 가시 돋친 목소리로 부정했다.

자기 역할이 침범 당했다고 느낀 모양이다.

"이래봬도 탐색자니까요. 미궁 안을 찾아다니는 것은 특기입니다."

엄밀하게 따지면 마굴은 미궁 그 자체가 아니지만, 비슷한 거다.

모든 맵 탐사 마법과 메뉴의 맵 기능을 조합하면 평범하게 찾는 것보다 몇 배는 빠르게 찾을 수 있다.

뭣하면, 흑기사들을 돕는 포지션 정도만이라도 상관없다.

"내 정찰대에도 탐색이 특기인 바람 마법사나 척후들이―."

"―뤼켄."

더욱이 불평을 하려는 흑기사를 막은 것은 메리에스트 황녀의 부축을 받으며 일어선 용사 하야토였다.

"이 몸은 사토의 합류를 받아들일 생각이다."

"용사님께선 우리들의 힘을 의심하시는 것입니까!"

"물론, 너희들의 힘은 신뢰하고 있어. 그렇지만, 이 몸은 사토도 똑같이 신뢰하고 있다. 그는 이 몸의 친구야."

흑기사가 불만스러워 보였지만, 용사 하야토가 이렇게까지 말하자 그 이상 불평을 할 수는 없는 모양이다. 그는 마굴에 남겨둔 부하들에게 용사가 무사한 것을 보고하러 가겠다고 말하더니 방을 나섰다.

"힘을 빌려줘, 사토."

"네. 부족한 힘이나마 전력을 다하겠습니다."

나를 향해 내미는 용사 하야토의 손을, 나는 단단히 마주 쥐었다.

◆

"우후후, 멋진 우정인걸요."

아리사가 대외적인 숙녀 말투와 태도로 용사 하야토에게 말을 걸었다.

"용사님, 인사 올리겠습니다."

"마이 허니!"

용사 하야토가 아리사를 보고 기쁜 기색으로 웃었다.

"열 나~?"

"큰일 난 거예요."

아리사 뒤에 있던 타마와 포치가 아리사의 이마에 손을 대고서 당황했다.

그런 두 사람은 자리의 분위기를 읽은 리자가 회수해 주었다.

"그대가 문병을 오다니 활기 100배—."

기쁜 기색으로 웃으며 대답하던 용사 하야토가 말하던 도중에 굳어버렸다.

"왜 그러시나요?"

그렇게 묻는 아리사에게 대답하지 않고, 용사 하야토의 고개가 빙글 이쪽으로 돌았다.

"사토! 너, 무슨 짓을 했지!"

비틀비틀거리며 나에게 다가왔다.

"설마, 너…… 허니들한테 마인약을 쓴 건가?"

"—아뇨?"

갑자기 왜 그러지?

그리고, 얼굴이 가까워.

"그럼, 어째서, 이 애들 레벨이 54나 되는 거야!"

용사 하야토가 경쾌한 소리가 날 것 같은 기세로 팔을 흔들며 뜨거운 어조로 물었다.

처음에는 의미를 이해 못했지만, 마인약에 레벨이 오르기 쉬워지는 효과가 있다는 것을 떠올리고 용사 하야토가 착각한 이유를 깨달았다.

그건 그렇고, 쇠약 상태니까 무리하지 말라니까.

"미궁에서 수행했어~?"

"엄청엄청 열심히 한 거예요!"

"주인님의 멋진 지원과 장비 덕분입니다."

아인 소녀들이 나 대신 대답해 주었다.

"세리빌라 미궁에서 마물이 고갈될 것 같은 기세로 연전을 하거나, 마물의 영역을 섬멸하거나 했을 뿐입니다."

이야기가 성가셔질 것 같아서, 무노 백작령의 도시 탈환 작전이나 왕도의 붉은 밧줄 사건에서 대활약한 것은 덮어 두었다.

"그랬었구나……. 의심하는 것 같이 말해서 미안."

고개를 숙이는 용사에게 동료들이 즐거운 기색으로 수행 내용을 말했다.

타마와 포치가 금지 사항을 발설할 것 같을 때는 아리사와 미아가 능숙하게 이야기를 돌려 주었다.

"진짜냐."

"지독해."

"사토도 참 겉보기와 다르게……."

어째선지 이야기가 진행되면서 용사 하야토의 종자들이 기겁하는 표정으로 중얼거렸다.

나로서는 안전 마진을 확보하며 효율 좋은 수행을 했다고 생각하는데, 이야기만 들어보면 안전을 도외시하고서 잠도 안 자고 쉬지도 않으며 특훈을 한 것처럼 들릴지도 모르겠군.

뭐, 아리사랑 루루가 고기 축제나 낮잠 타임에 대해서 언급했으니까 괜찮겠지.

"무사하신가요, 하야토 님!"

자그마한 여성이 방으로 뛰어들어왔다.

아리사와 루루의 중간쯤 되는 키라서 어린 아이가 뛰어들어온 건가 오해했는데, 얼굴은 연령에 어울리고 바디 라인의 굴곡도 충분하니까 금방 어른 여성이라는 걸 알았다.

"어서 와, 리로. 나는 괜찮아."

"—다행이야."

용사 하야토가 무사한 모습을 확인한 여성이 안도의 한숨을 쉰 다음, 스커트 자락이나 흐트러진 머리칼을 사삭 정리했다. 당황했던 표정도 머리칼을 정돈하는 것과 동시에 사라졌다.

"실례했습니다. 쥘 베른이 대성당 상공에 나타나고 교황 예하의 방에 정박했다고 들어서, 하야토 님에게 큰일이라도 일어난 것이 아닌가 생각하여……."

"죽을뻔한 건 정말이야. 사토 덕분에 살아났지."

"—사토?"

고개를 갸웃거린 여성의 시선이 나를 포착했다.

"사토, 소개할게. 이 녀석은 리로. 두 사람 있는 서기관 중 한 명이고, 이 몸의 동료야."

그녀도 용사 하야토의 종자인가 보다. 그 밖에도 노노라는 말수 적은 서기관이 있는데, 지금은 사가 제국으로 물자의 보충 교섭을 하러 갔다고 한다.

"처음 뵙겠습니다, 리로 씨. 저는 시가 왕국 무노 백작가 가신, 사토 펜드래건 자작이라고 합니다."

"정중한 인사 고맙습—."

"자작?!"

서기관 리로의 말을 가로막으며 린그란데 양이 놀란 소리를 냈다.

"린, 인사를 하는 도중이에요."

"미안, 리로. 그보다도, 자작이라는 건 뭐야? 공도에서 만났을 때는 명예사작이었잖아."

"이런저런 일이 있어서 연시의 왕국회의에서 승작했습니다."

"이런저런 일이라는 건 뭔데? 『계층의 주인』을 쓰러뜨렸다는 건 아까 저 애들한테서 들었지만, 그래도 명예남작이나 영세 준남작이 타당하잖아?"

얼버무리려고 했지만, 린그란데 양의 추궁이 느슨해지지 않아서 공개되어 있는 공적을 이야기했다. 주로 마족 퇴치나 미적 퇴치 이야기다.

"그 정도 힘이 있다면, 꼭 협력을 받고 싶어요."

"걱정 마, 리로. 이미 사토의 협력은 받기로 했어."

용사 하야토가 남자다운 표정으로 엄지를 세웠다.

"역시 하야토 님. 멋진 인맥입니다."

서기관 리로가 「여러분의 방을 준비하겠습니다. 세세한 의논은 나중에 해요」 하고 말하며 방을 나섰다.

그녀가 방으로 돌아오기 전에, 방의 구석에 놓여 있던 마법 장치가 지리리리링 울렸다.

『여기는 세이나. 하야토는 괜찮아?』

마법 장치에서 조금 가벼운 느낌의 여성 목소리가 들렸다.
저건 통신용 마법장치인가 보다.
『그래, 괜찮아.』
『하야토! 다행이야~. 계속 걱정했단 말야~.』
『그보다도, 무슨 단서는 있었어?』
『그게 전혀 없어. 열심히 찾아봤는데, 마왕의 흔적은 추적할 수 없었어. 정찰대도 철수한다고 하니까, 나도 같이 돌아갈게~.』
『알았어. 돌아오는 길도 방심하지 마.』
『물론이지! 내 사전에 「방심」이라는 글자는 없으니까!』
린그란데 양이 「세이나는 척후 담당인 동료야」라고 가르쳐 주었다.
그 대화가 끝나는 타이밍에, 서기관 리로가 돌아와서 용사 하야토에게 잠시 잠들도록 권하고 종자들도 휴식을 취하도록 지시했다.
그녀는 용사 파티의 매니지먼트를 담당하는 모양이다.
그런 그녀에게 라이트 소년 일을 상담했더니, 그를 챙겨줄 만한 사람을 소개해줬다. 성도에는 그런 시스템이 충실한 모양이다.
나는 권하는 대로 방을 나서기 전에, 감사를 담아서 용사 하야토와 종자들에게 체력회복용 영양 보급제를 나눠주었다.

막간: 땅 속에서

"아직도 3할밖에……."

어둠 속, 고대의 제단에서 흘러나오는 수상한 빛 속에서 남자는 홀로 작업에 전념하고 있었다.

"상태 어떻드나~."

"—폐하."

등 뒤에서 말을 거는 사투리 말투에 남자가 돌아보았다.

그곳에는 아무도 없다. 아니, 주위의 어둠보다도 어두운 그림자 같은 실루엣이 어둠 속에 있었다.

"폐하는 먼 폐하고. 지금 내는 하잘 것 없는 궁관이대이."

"농담도 잘하십니다. 정보 수집을 위해서 만든 가짜 신분 따위는, 귀인왕 폐하의 고귀한 영혼 앞에서는 먼지 같은 것에 지나지 않습니다. 이 몸, 이 마음, 이 영혼은 모두 폐하께 바칠—."

"—그만."

그때까지는 어쩐지 가볍게 말하고 있던 소탈함이 사라지고, 날카로운 목소리로 남자의 말을 가로막았다.

"존경이나 경외는 괜찮지만, 『신앙』은 안 된다."

"—그랬었지요. 제가 이런 실수를…… 용서해 주십시오, 폐하."

"그러니까, 폐하는 관두라꼬. 계속 그러면 그짝도 『예하』라

부르는 수가 있대이?"

"저에게는 그렇게 불릴 자격 따위 없습니다."

"그렇나? 뭐 좋다. 내도 고블린이다. 귀인왕 같은 무시무시한 이름으로 불리는 것보다는, 그냥 고블린이 잘 어울린대이."

"참으로 무시무시한 고블린도 다 있습니다."

남자가 희미한 웃음을 지었다.

"너무하는구마. 내는 이래 큐트한데."

그림자에서 들리는 헛소리에, 남자는 침묵을 지켰다.

"우짜꼬. 개그가 실패해뻿네. 성녀 님한테 위로라도 함 받아야긋다."

"또 농담을 하십니다."

"성녀 님은 건강히 지내드나?"

"**시즈카**라면, 늘 있는 곳에 틀어박혀 나오질 않습니다."

"머 화라도 났나?"

"아뇨. 그 자는 사람을 싫어하니까요. 필요할 때 지시한대로 일해주니 문제는 없습니다."

"기계가 아이라 사람 아이가. 사람은 소중하게 다뤄야 한대이."

"알겠습니다. 진척에 영향이 나오지 않는 범위에서, 그 자의 요망에 응하도록 하겠습니다."

남자는 그림자의 충고를 받아들였다.

"진척은 어떻나?"

"진척은 아직 3할입니다."

"생각보다 늦어진 거 아이가?"

“네, 저의 『매료』나 **모방한** 가짜 『강제』 스킬로는, 마왕— 사진왕을 마굴에 묶어두는 것이 고작인지라…….”

“말을 안 듣드나?”

“마굴의 독기를 짙게 만들기 위해 주변 도시를 습격하도록 명해도, 살인을 기피해서 좀처럼 실행하지 않습니다.”

“마왕에게 인도적인 정신 같은 건 안 어울리는구마.”

“정말 그렇습니다. 『강제』 스킬을 모방한 요워크 왕국의 궁정마술사를 납치해와서, 사진왕을 다시 묶어두는 편이 빨리 목적을 달성할 수 있을지도 모릅니다.”

“아아, 그건 안 될끼다.”

그림자의 대답에 남자가 신기하다는 표정으로 말을 재촉했다.

“요워크 왕국의 궁정마술사는, 죽어뿌렀다.”

“—지금 죽었다고 하셨습니까?”

“맞다. 미궁의 주인까지 디놓고, 미궁까지 마카 뿌사져뻿다. 기껏 유녀 마왕을 키울라꼬 토우야 씨가 재생시키준 미궁아이가. 근데 암껏도 몬 하고 사라져뻿다.”

그림자의 말은 사투리가 심하여 남자는 의미를 절반도 이해 못했지만, 뉘앙스를 봐서는 「새로운 마왕을 키우기 위해서 재생한 미궁이, 미궁의 주인이 된 궁정 마술사와 함께 토벌됐다」라는 의미로 이해했다.

“그리 됐다면, 지금의 방침 그대로 진행하는 수밖에 없겠습니다.”

“지금은 어떤 느낌으로 하고 있는기가?”

“독기 농도를 올리기 위해 마굴의 각처에 사진병의 생산을 늘리고, 사진왕을 토벌하러 오는 용사나 그 추종자를 쓰러뜨리도록 지시하고 있습니다."

남자는 마왕이 자기 부하인 것처럼 말했다.

"사진왕까지 용사한테 토벌 당하는 거 아이가? 이번 대의 용사는 꽤 우수하대이?"

"걱정은 없습니다. 사진왕은 도망을 잘 치니까요. 그리고 녹색 나리에게 빌린 하급이나 중급 마족들을 호위로 붙였고, 사진왕이 도망치는 곳은 녹색 나리가 직접 지키고 있습니다."

"녹색 나리라니, 상급 마족은 너무 믿으면 안 된다카이. 그 자슥들은 마왕에게 충성을 맹세하는 것처럼 보여도, 지 취향이나 지 사정이 최우선 아이가. 특히 녹색은 손절하는 게 빠르니까 주의하그래이."

"충고 감사합니다. 녹색 나리의 목적도 이번에는 우리들과 마찬가지니, 목적을 이룰 때까지는 배신하지 않겠지요."

"그라믄 뭐 됐구마."

그림자가 어깨를 으쓱거렸다.

"용사를 기아스로 묶을 수는 없는기가?"

"기아스의 발동 조건을 갖추는 장소에 용사나 종자를 유인하는 것은 어려울 거고, 무엇보다도 용사나 종자는 역겨운 파리온신의 가호와 『신이 내린 부적』을 가지고 있으니까요……."

"아아, 그라고 보이까네 매료도 안 듣는구마. 그라믄 하는 수 없긋다."

지금 그건 됐다. 말하고서 그림자가 이야기를 바꾸었다.

"그란데 **그거**는 안 쓰나? 우리 쪽에서 준 그거 말이다."

"『찌꺼기』의 조각 말씀이군요. 사진왕에게 주었습니다만, 지금은 쓰는 것을 거부하고 있습니다. 요전에는 용사에게 던져서 하나를 낭비해 버렸지요."

"그건 아이다. 그 『오염』은 보통 약이나 마법으로는 몬 고치고, 교황 씨의 유니크 스킬로도 쉽지 않을 끼다. 용사도 몬 움직이고 있지 않드나?"

"아뇨. 마침 찾아온 시가 왕국의 귀족이 가지고 있던 신기로 해주해 버렸다고 합니다."

"우째, 때가 안 좋구마……."

"그 신기도 해주와 맞바꾸어 부서졌다고 하니까, 두 번째는 없을 겁니다."

"그래? 그럼 예비는 있나? 없으믄, 우리 쪽 거 좀 줄 테이까. 번성 미궁이랑 악마의 미궁에는 옮겨뿌렸지만, 타로우 씨네는 아직 안 가져갔다."

"아뇨. 아직 다섯 개가 남아 있습니다. 사진왕이 낭비하지 않도록 둘은 제가, 나머지는 녹색 나리에게 맡겼습니다."

"또 그기가? 그짝은 마족을 너무 신용한대이."

그림자의 충고에 남자는 조용히 고개를 숙였다.

"뭐, 충고는 했다. 또 상태를 보러 올 테이까, 힘내서 해보그래이."

그렇게 말하더니, 그림자는 어둠 속으로 녹아서 사라졌다.

"반드시, 기대에 부응하겠습니다."

남자는 그림자가 사라진 어둠에 공손하게 인사를 했다.

"귀인왕 폐하를 위해서, 마신옥의 봉인을 반드시 풀어내겠습니다."

남자의 말은 어둠 속으로 녹아 사라졌다.

조사 준비

"사토입니다. 무능한 사람일수록 회의를 하고 싶어한다고, 동료 중 누군가가 말했습니다. 회의를 하면 문제점이 해결되지 않아도 어쩐지 일한 기분은 들기 때문일지도 모르겠어요."

""""쿠로 님, 어서 오세요.""""

용사와 헤어져, 미궁도시의 「담쟁이 저택」에서 부족할 것 같은 약품을 재생산한 다음에 왕도의 에치고야 상회로 찾아왔다. 아무리 그래도 엘릭서는 하루아침에 만들 수 없으니 오늘은 준비만 했다.

한밤인데도 불구하고 화사한 금발 미녀 에르테리나 지배인과 고요한 미모를 가진 은발 미녀 티파리자를 비롯하여, 상회 간부들은 정력적으로 일을 하고 있었다.

돌 늑대를 좋아하는 미소녀 간부 로우나는 전직 괴도인 샤루루룬과 함께 출장을 가서 부재중인가 보다.

"피핀에게 일을 부탁하고 싶다. 쓸 수 있나?"

"네. 중요한 일은 아직 주지 않았습니다."

"그거 잘 됐군. 피핀은 파리온 신국에 있는 사가 제국의 용사를 지원시킨다."

"용사 나나시 님이 아니라, 용사 하야토 님의 지원인가요?"
"그래. 파리온 신국에서 마왕의 존재가 확인됐다."
"피핀의 능력은 우수하지만, 도저히 마왕 토벌에 도움이 될 것 같지는 않습니다만……."
"걱정할 것 없다. 피핀에게는 용사를 노리는 암살자의 처리를 부탁할 생각이다."
직접적인 자객이라면 용사 하야토가 뒤쳐지는 일은 없을 거라 생각하지만, 성도나 주둔지에서 식사에 즉효성의 독을 섞으면 위험하다. 무엇보다도 매끼 신경을 곤두세우고 있으면 스트레스가 생기니까.
피핀은 그러한 상황에 대한 대책으로 활용할 생각이다.
"그런 일이라면 적임이군요."
"날짜가 바뀔 무렵에 데리러 오지. 준비를 시켜둬라."
"알겠습니다."
이걸로 용사 하야토의 독살 대책은 끝.
"뭔가 보고할 것은 있나?"
"목적을 말씀 안 하셨지만, 시가8검 류오나 님이 오셨습니다."
지배인은 뭔가 경계하고 있는 것 같지만, 아마 하급룡한테 타버린 다음에 엘릭서로 치유해준 건으로 용사 나나시에게 인사를 하러 왔을 뿐이겠지.
대단한 용건은 아니니까 신경 쓸 것 없다고 말해도, 지배인의 표정은 밝아지지 않았다.
지배인과 류오나 여사는 타입이 다르니까, 뭔가 신경 거슬리는 일이 있었을지도 모른다.

보고를 하려는 듯 기다리는 티파리자에게 시선을 돌렸다.

"쿠로 님의 소개장을 가지고 이민 희망자가 찾아왔기에, 우선적으로 개척 마을로 보냈습니다. 준비해둔 개척 마을은 거의 꽉 찼기에, 이민 모집을 일시적으로 정지했습니다."

"이민 희망자 가운데 기술자가 있어서, 희망자를 에치고야 상회에서 고용했습니다. 이민에서 넘친 자들은 에치고야 상회에서 준비한 주택가에 살도록 하고, 일일 고용의 일거리로 생활을 보내고 있습니다."

"아직도 지원자는 많을 것 같나?"

"네, 조건이 지나— 좋기 때문에 선발해야 할 정도입니다."

그렇게 많나…….

무노 백작령 이민 계획을 앞당기는 편이 좋을지도 모르겠다.

일단은, 개척 마을을 열 개 정도 더 늘려두자.

"또한, 광산의 본격 가동이 시작됐습니다. 귀금속은 왕국으로, 철이나 납 같은 것은 상업 길드에 시세로 매각하고 있습니다. 모두 일정 수를 상회에서 저장하고 있으니, 필요하시다면 말씀해 주세요."

나는 티파리자에게 받은 장부를 확인했다. 순조로운 것 같아 다행이군.

"쿠로 님. 쓸 길이 없는 자산을 왕도나 주변 도시의 빈 건물 구입에 사용했습니다. 아울러, 각각의 건물에서 일할 인원도 폭 넓게 모집하려고 생각하고 있습니다."

본점의 기밀 사항만은 현재의 인원만 공유하도록 말해둔 다음, 상회의 규모 확대를 허가했다.

"경비 부문 확충을 위해, 미궁도시에서 스미나를 비롯한 정예를 불렀습니다."

에치고야 상회 세리빌라 지점의 미궁 탐색 부문장인 스미나도, 왕도의 본사에 합류한 모양이다. 세리빌라 지점의 미궁 탐색 부문은 스미나의 제자가 이었다고 한다. 그녀들도 카리나 양이나 나나 자매들에게 개방한 구역을 쓸 수 있도록 해둬야겠군.

"방적업에서 과잉 생산된 실이나 천을 소비하기 위해, 에치고야 상회 안에서 복식 부문을 설립했습니다. 하청의 삯바느질을 일시 고용하고 싶습니다만 괜찮을까요?"

"좋다. 쓸만한 인재라면 정식 고용으로 바꿔도 된다. 최종 판단은 지배인에게 맡기지."

"비공정 부문은 소형 비공정 1호기가 롤아웃했습니다. 쟈하드 박사가 공력 기관의 설계도를 계속 수정하기 때문에, 박사 전용의 선체를 준비했습니다."

조수인 아오이 소년과 함께 밤낮을 가리지 않고 시험 제작을 반복하고 있는 모양이다.

요즘에는 상회에서 고용한 마법 도구 기술자나 선박 기술자들도 끌어들여서, 비공정의 마개조가 진행되는 모양이다. 재미있으니까 자금이나 인재를 더 써도 된다고 허가해뒀다.

"쿠로 님, 연금 부문도 분기도시의 안 일행을 불러서 확장하고 싶습니다만—."

“금속 세공 부문도 인원을 늘리고 싶어요! 부탁드립니다, 쿠로 님!”

“발명 부문은 드디어 상품화 할 수 있는 아이디어가 응모되고 있습니다. 본점에서 판매고를 살피며 양산하고 싶다고 생각합니다.”

각 부문을 담당하는 간부 아가씨들이 차례차례 보고나 허가를 요청한다.

가끔 방침을 제시하기만 하고, 대부분 허가했다.

위험한 내용이라면 지배인이나 비서 티파리자가 막아줄 테니까.

에치고야 상회에서 일을 마친 다음 왕도 저택에서 늦게까지 깨어 있는 히카루의 반주에 어울려주고, 미궁도시의 양육원에서 유학 보낸 아이들의 하숙 생활을 들었다.

처음에는 내숭을 떨던 아이들도, 지금은 히카루를「히카누나」라고 부를 정도로 친해진 모양이다. 히카루의 웃음에도 그늘이 사라졌으니, 그녀에게 하숙의 관리인을 부탁한 건 틀리지 않은 모양이다.

히카루에게 왕도의 근황도 들었다.

비스탈 공작령에서 반란을 일으킨 트리엘 군은 폐적되어 시골에서 연금 생활을 보내는 모양이다. 비스탈 공작에 대한 벌은 막대한 전쟁 비용의 지불에 더해서, 몇 가지 권리를 왕국에 양도하는 걸로 결판이 났다고 한다.

예전 시가8검인 고우엔 씨는 다음달 중순에 범죄노예 부대 무라사키와 함께 벽령으로 출발한다.

새로운 시가8검도 정해져서, 「붉은 귀공자」 제릴 씨와 「풍인」 바우엔 씨 두 사람이 취임했다. 마지막 제8석은 성기사 「백모」 켈른 경이 아니라 공석으로 놔뒀다. 다음 선발은 1년 뒤였다.

파리온 신국에 마왕이 있다는 이야기를 들은 히카루가 자기도 간다고 말했지만, 용사 하야토가 감당 못하게 되면 협력을 요청한다고 해서 납득시켰다. 저녁에 만든 마법약을 히카루에게 조금 나눠주고, 에치고야 상회에서 피핀을 회수한 다음 파리온 신국으로 돌아갔다.

◆

"역시 앓아누운 다음에는 매실죽이지."

용사 하야토가 큼지막한 사이즈의 백자 그릇에 든 매실죽을 호쾌하게 먹었다.

어제 그의 방을 떠날 때 뭔가 먹고 싶은 아침 식사가 없냐고 물었더니, 죽이나 흰쌀이 먹고 싶다는 요청을 받아서 루루와 둘이서 만든 것이다.

동료들과 함께 맛을 봤는데, 걸쭉함도 그렇고 소금 간도 그렇고 최고의 죽이 만들어졌다고 자부하고 있었다.

미아는 물론, 고기를 좋아하는 타마와 포치도 절찬해주었다.

"파리프 콩의 페이스트나 요구르트도 좋지만, 역시 일본인은 쌀을 먹어야지."

용사 하야토는 쌀파인가 보군.

그는 사가 제국에 소환된 지 오래 됐으니까, 고향의 맛에 굶주렸을 거야.

"흰쌀과 전갱이 소금구이도 있습니다만 어떠신가요?"

"오우! 먹을래!"

빈 그릇을 메이드에게 건네고, 내가 든 쟁반을 받아 든 용사 하야토가 기쁜 기색으로 날달걀을 깨서 밥에 뿌리더니 간장도 뿌린다. 그걸 본 메이드와 동석하고 있던 메리에스트 황녀가 미묘한 표정을 지었지만, 딱히 쓴 소리를 하지는 않았다.

김을 간장에 찍은 것도 좋아했다. 김은 시가 왕국의 왕도를 나서기 전에 지트베르트 남작에게 받은 가니카 후작령의 숨은 특산품이다. 다음에 그를 만나면 인사를 해야겠는걸.

잠시 젓가락 소리와 용사 하야토의 「맛있다~」라는 환희 소리가, 방에 메아리 쳤다.

"잘 먹었습니다."

용사 하야토가 만족스런 기색으로 손을 마주쳤다.

전갱이 소금구이가 있던 그릇은 깔끔하게 살을 발라낸 하얀 뼈만 남아 있었다. 껍질은커녕, 곁들인 간 무도 남기지 않고 먹었다. 기뻐해주니 다행이야.

또한 그를 보필하는 사가 제국의 인원이 우수한 건지, 지금까지 독살을 꾸미는 인간은 발견되지 않았다. 내 기우일지도 모르지만, 경계해서 나쁠 것은 없으니 피핀에게 그림자 속에서 지켜보도록 명해두었다.

"별로 차린 건 없었습니다."

내가 말하고, 루루가 타준 차를 용사 하야토에게 건넸다.

차를 마시고 한숨 돌린 용사 하야토가 앞으로의 이야기를 꺼냈다.

"오늘 낮에 있는 회의에 사토도 참가해줘."

"—회의, 요?"

"그래. 마굴은 넓어. 이 몸들이나 뤼켄이 이끄는 사가 제국의 지원 부대만으로는 마왕을 찾을 수가 없지. 그래서 파리온 신국의 첩보 부대나 병사들의 도움을 빌리는 거야."

그걸 위한 사전 회의가 있다고 한다.

"절충하는 건 주로 리로랑 메리 두 사람이니까, 듣고 있기만 해도 돼."

뜻밖에도 린그란데 양은 절충에 참가 안 하는 모양이다.

이유를 물었더니 웃으며 말한다.

"린은 바보를 싫어하니까."

머리가 굳은 인물을 상대하면, 반드시 싸우게 되어버리는 거겠지.

"하야토, 절충하는 건 우리들 역할이니까 괜찮지만, 회의 시간에 자는 건 참아야 돼."

"노력할게."

"에잇! 만약 잠들면 일주일간 쌀 금지야."

"그, 그것만큼은 봐줘. 커피 금지는 참을 수 있지만, 하루에 한 번 정도 쌀을 안 먹으면 힘이 안 나."

뿔이라도 돋은 것 같은 메리에스트 황녀의 협박에 용사 하야토가 굴복하여, 「회의 시간에 안 잔다」라고 약속했다.

뭐, 생산성이 없는 회의는 졸리긴 하지.

◆

"—그러하오니, 우리들 제3신관병단은 2개 소대의 차출이 한도입니다."

"뭣이라고! 네놈들은 치안이 좋은 신관 거리 담당 아닌가! 난폭한 자가 많은 기술자 거리 담당인 우리들도 4개 소대나 차출하는데, 뭘 그렇게 아끼고 있나."

"마왕이 나오지 않는지 감시하는 거라면, 근처 마을에서 고용한 자에게 맡겨도 되지 않습니까?"

"바보 자식, 마굴에서 사진병이라도 나오면 평범한 마을 사람은 한입 거리도 안 되지 않나!"

"신관병에게 손실이 나오는 것보다, 마을 사람 몇 명이 더 싸게 먹히지 않습니까?"

"네놈이 그러고도 성직자인가! 파리온 신의 천벌이 내릴 것이다!"

"흥, 담당 구역의 부자들에게 개인적인 기부를 받고 있는 귀공이 그런 말을 하는가?"

"뭐라고?"

사전에 공작을 하는 문화가 없는지, 회의가 흐트러져서 점점 본론을 벗어나 뜨거워진다.

참고로 신관병단에서 차출된 병사들은 무수히 많은 마굴의 출구에서 동향을 감시할 예정이다.

"그만 둬라! 어리석은 것들!"

테이블을 쾅 치면서 일어선 것은 화려한 갑옷을 입은 신전기사단장이었다.

군인 계통의 훈남 마초맨인데, 전에 사진병에게서 상단을 구해준 신전기사와 마찬가지로 높은 레벨과 많은 스킬을 익히고 있었다.

"차출 부대 수는 사전에 통지한 그대로다. 이미 성하의 사인을 받았지. 이의 신청은 성당 집행국으로 하라."

찌릿 노려보자, 신관병단의 단장들이 안색이 파래져서 자세를 바로잡았다.

"용사여."

신전기사단장이 그 흉악한 시선을 용사 하야토에게 돌렸다.

"우리들 파리온 신국이 공출하는 병력은 총 1천 명. 신도들에게서 차출한 물자는 눈이 돌아갈 정도다. 이 정도의 부담을 주고서도, 우리들에게 해수 찾기와 구경만 하는 허수아비 노릇을 하라고 하는가?"

"모키리스 각하, 그 말씀은—."

"종자 따위가 나서지 마라! 나는 용사와 이야기를 하고 있다!"

발언하려는 서기관 리로를, 신전기사단장의 노성이 막았다.

서기관 리로 대신 메리에스트 황녀가 신전기사단장의 상대를 하려고 일어서는 것을, 용사 하야토가 한 손을 들어서 막고 자기가 대신 일어섰다.

“맞다. 파리온 신에게 마왕을 토벌하는 사명을 받은 것은 이 몸들이다. 당신들의 협력에는 감사하지만, 무리해서 죽으러 갈 필요는—.”

“우리들을 우롱하는가! 마왕 따위가 무어란 말인가!”

용사 하야토의 말을 들은 신전기사단장이 혈관이 끊어질 것 같은 표정으로 소리쳤다.

“성녀님께 파리온 신의 가호를 받은 성스러운 기사에게, 마왕을 쓰러뜨리는 것 따위는 어린애 장난이나 마찬가지다!”

—성녀님?

조금 신경 쓰이는 단어다.

서로를 매도하는 것이 식상한 참이라 맵 검색을 해봤더니, 성도 파리온 안에 있는 신전 하나에 성녀라는 칭호를 가진— 노부인이 있었다.

성녀라고 하면 테니온 신전의 무녀 세라처럼 미소녀가 이미지 되는데, 이 세계의 성녀는 테니온 신전의 무녀장처럼 노령인 사람들뿐인 것 같다. 하긴 무녀장님은 성녀의 칭호에 걸맞은 분이긴 하지만.

“흥, 보여주기 검술밖에 모르는 종이 용이 잘난 척하기는.”

이 자리로 의식을 되돌리자, 드디어 분노가 가라앉아가는 신전기사단장에게 흑기사가 괜한 말을 해서 분노에 기름을 들이붓고 있었다.

“녹막이 검은 갑옷밖에 못 입는 시골 기사는 닥치고 있으라!”

“사가 제국의 최첨단 기술로 만들어진 흑강의 갑옷을, 녹막이

철갑취급 하는가!"

부추기는 말을 되받은 흑기사가 소리쳤다. 그는 이런 것에 내성이 낮은 모양이군.

참고로 이때 그들의 대화를 잘 이해 못했었는데, 나중에 린그란데 양이 「강철의 정비를 못하는 가난뱅이 기사가 검은 녹막이를 바른다」라는 속설이 있다고 가르쳐줘서 이해했다.

흑기사가 말하는 흑강이라는 것은 최근에 막 개발된 연성 합금인데, 희귀한 아다만타이트를 함유한 특수한 강재라고 한다. 듣자니 주류인 미스릴 합금보다도 튼튼하다고 했다.

"두 분, 그쯤 해주시게. 도브나프 추기경 예하가 자리에 계신다네."

뒤늦게 찾아온 추기경과 주교가 잘난 태도로 상석에 앉았다.

어느샌가 현자도 앉아 있었다. 전에 봤을 때와 같은 검은 후드를 깊숙하게 써서 얼굴을 가리고 있다. 전에는 입가에 주름을 보고서 연배가 있는 남성이라고 생각했는데, AR표시에 따르면 그 정도 연령은 아닌 것 같다. 원숭이 수인족이라는 종족이니까, 입가의 주름은 종족적인 특징일지도 모른다.

희귀한 그림자 마법을 비롯해서 메이저한 지수화풍의 마법 4종을 가졌고, 영창 단축이나 명상 같은 실전적인 보조 스킬, 더욱이 장술이나 회피 같은 전투계통 스킬도 가지고 있었다. 조금 스킬이 많긴 하지만, 마법사 혹은 마법전사 같은 느낌의 스킬 구성이다.

칭호는 「현자」를 비롯해서, 「교황의 조언자」나 「탐구자」, 「진리를 바라는 자」 등의 현자다운 칭호가 모여 있었다. AR표시를 봐서는 마왕신봉 집단「자유의 빛」구성원은 아닌 것 같다.

회의 다음에 시간이 생기면, 그에게 라이트 소년의 아버지에 대해서 물어봐야겠군.

"서기관, 나와 추기경 예하께 의제를 설명하라."

주교가 잘난 기색으로 서기관에게 명했다.

그는 마왕 신봉 집단인「자유의 빛」의 구성원이라는 의혹이 짙은 시프나스 주교다.

그의 언동에는 이래저래 주의를 해야겠는걸.

"자세한 것은 서기관에게 들었다. 용사여, 파리온 신국의 요구는 마왕 토벌에 신전기사단의 정예 여섯 명을 참가시키도록 하라."

"추기경, 나라의 주춧돌인 신전기사들을 쓸모없이 죽게 만드는 것은—."

"쓸모없지 않다. 신적인 마왕을 토벌하여 세계 평화를 유지하는 것은 국제이니."

용사 하야토의 말을 가로막으며, 추기경이 잘라 말했다.

"위대한 파리온 신의 이름을 가진 나라에 나타난 마왕을 토벌하는 것에, 성스러운 신전기사들이 누구 한 사람 참가하지 않는다는 것은 나라의 권위가 걸린 문제다."

뭐, 추기경이 하는 말도 이해는 되지만, 목숨을 거는 건 그가 아니라 신전기사들이란 말이지.

"그러나—."

"우리들 신전기사들 가운데 목숨을 아끼는 자는 없다. 하물며 마왕 토벌의 성전에 겁을 먹는 자가 있을 리도 없지."

항변하려는 용사의 말을 가로막고, 신전기사단장이 잘라 말했다.

그 본인은 괜찮겠지만, 동조 압력으로 전장에 차출되는 신전기사가 있을 것 같아서 안 좋은 느낌이다.

"필두 신전기사 메자르트는 성하께 성검 블루트강을 받았다. 용사 나리의 걸림돌이 되지 않을 것이야."

추기경이 잘난 목소리로 용사에게 말했다.

"추기경 예하. 제가 참견할 일은 아니겠지만, 성하의 수호에 메자르트 경을 비롯한 6성검은 남겨두는 편이 좋지 않겠습니까?"

"무슨 말을 하는가. 파리온 신의 위광이 넘치는 성도에 지저분한 마왕 따위가 들어올 수 있을 리 없다. 용사 나리의 지원을 하기 위해서도, 어중이떠중이가 아니라 뛰어난 신전기사가 동행해야 한다."

현자의 염려를 추기경이 강한 어조로 부정했다.

"추기경 예하. 저 시프나스는 현자공의 의견도 일리가 있다고 생각합니다. 성검사인 메자르트 공만이라도 성하의 곁에 남기는 것이 어떻습니까?"

옆에서 끼어든 이 주교는 온건파 같은 언동을 하고 있지만 마왕 신봉 집단「자유의 빛」에 속했을 가능성을 생각하면 조금 보는 방식이 달라진단 말이지.

교황의 호위라는 명목으로 마왕전에서 용사에 이어 가장 유효타를 줄 수 있을 것 같은 성검사를 빼서 전력 다운을 꾀하는 것처럼 보인다.

"어리석은 말을 하지 마라. 성검을 가진 자는 마왕을 쳐야 한다. 메자르트를 남길 거라면 수호에 뛰어나 모키리스 신전기사단장을 남기는 편이 그나마 이치에 맞지."

"—예하."

추기경의 말을 들은 신전기사단장이 이마에 핏대를 세우면서 억누른 목소리로 못을 박았다.

"알고 있다. 귀공을 남기는 어리석은 짓은 하지 않아. 싸움에 임한다면 최대전력을 한 번에 내야 하지. 전력을 순차 투입하는 편이 희생이 많아지는 것은 용사 나리도 아시겠지?"

추기경은 종교가인 것과 동시에 전술가이기도 한가 보군.

"한 번 더 말하지. 파리온 신국은 마왕 토벌에 신전기사 여섯 명의 참가를 바란다."

추기경이 말하고 용사를 노려보았다.

메리에스트 황녀에게 귓속말을 듣고서, 용사 하야토가 묵직하게 고개를 끄덕였다.

"알았어. 받아들이지."

"그거 잘 됐군. 중계 기지에 파견되는 치유 담당의 신관들은 호위도 포함하여 그대들의 요구대로 준비하지."

추기경이 말하고 만족스럽게 웃었다.

착석한 그의 입이 「적대 파벌을 몰아두는데 딱 좋군」이라고 움직이는 걸 독순 스킬이 읽어냈다.

이럴 때 자기 파벌의 강화를 꾀해 버리는 건, 성직자라기보다는 정치가 같은데.

한편으로 주교는 불만스러운 표정이다. 그는 내가 보고 있다는 걸 깨달더니, 괜히 헛기침을 하며 표정을 꾸몄다.

파리온 신국 측은 파리온 신국의 권위를 올리고 싶은 추기경파와 성도나 교황의 수호를 굳히고 싶은 현자 파로 갈라진 모양이다. 신전기사단장은 전자, 한없이 흑색에 가까운 회색인 시프나스 주교는 후자인 것 같다. 용사 측도, 용사 하야토 일행의 파벌과 흑기사의 파벌로 갈라져 있다.

인간이 세 명 모이면 파벌이 생긴다고 하는데, 공통의 적―마왕이 있을 때 정도는 일치단결을 했으면 좋겠다.

내가 그런 생각을 하는 사이에도 회의는 진행된다.

"용사 나리, 지난번 조사에서 사가 제국의 정찰대에 큰 피해가 나왔다고 들었다. 그쪽의 원조는 필요 없나?"

"―필요 없다! 내 부하에 부족함은 없어!"

현자의 물음에 흑기사가 끼어들어 대답했다. 그리고 곧 이어서 서기관 리로가 입을 열었다.

"용사님을 대신하여 대답하겠습니다. 마굴을 하나씩 조사한다면, 문제없이 기능합니다."

"하나씩? 처음 하나에서 발견되면 좋겠지만, 그래서는 마왕을 발견할 때까지 어느 정도 걸릴지 알 수가 없지 않나!"

"그래! 우리들의 부대를 언제까지 마굴 앞에 매어둘 셈인가!"

설명을 들은 신관병단에서 불평이 나왔다.

"그러면 파리온 신국에서도 조사대를 보내지. 신전기사들의 호위가 있으면 탐색 중에 마물이 나타나도 문제없을 거야."

"흥, 보여주기 검사가 할 법한 말이군."

"뭐라고? 녹막이 기사는 입을 다물라!"

또 흑기사와 신전기사단장의 말싸움이 시작됐다.

현자나 메리에스트 황녀가 제지해도 가라앉지 않고, 마지막에는 폭발한 추기경의 노성으로 회의가 끝나 버렸다.

현자에게 용건이 있었는데, 도저히 그런 말을 꺼낼 수 있는 분위기가 아니다. 어쩔 수 없으니 다음 기회를 기다려야겠다.

최종적으로 서기관 리로가 조정이나 공작을 하느라 달려 다니고, 추기경이 추천하는 척후 부대나 현자 휘하의 잡부들— 이라는 이름의 밀정들, 더욱이 마궁의 탐색을 일로 삼고 있던 탐색자들이 두 정찰대를 편제하는 것으로 결정됐다.

처음부터 서기관 리로에게 맡기는 편이 더 좋지 않았을까 하는 생각도 들지만, 그러면 일이 잘 풀리는데 시간이 너무 걸린다고 린그란데 양이 말했다.

최종적으로 정해진 방침은 대략적으로 말하자면 다음과 같은 느낌이다.

하나, 모든 마궁 출입구를 신관병단이 감시한다.

둘, 최유력 다섯 대규모 마궁 중에서 셋에 정찰대를 보낸다.

셋, 용사 일행은 과거에 마왕과 만났던 마궁을 다시 조사한다.

넷, 마왕을 발견하면, 용사, 흑기사, 신전기사단장의 3자에게 통보하고 협력하여 마왕을 친다.

"사토 일행은 우리들과 같이 오도록 해요. 단독으로 문제가 없다면, 마굴을 나눠서 조사하도록 해요."

메리에스트 황녀의 말에 고개를 끄덕였다.

"마왕을 발견해도 싸움을 시작하면 안 돼."

"하하하, 아무리 그래도 그런 무모한 짓은 안 합니다."

린그란데 양의 농담을 웃어 넘겼다.

"다들, 사토처럼 공적에 집착이 없으면 좋을 텐데……."

"뤼켄이라면 분명히 신이 나서 싸움을 시작할 거야."

"그 신전기사단장도 위험해 보이더라."

궁병 위이야리와 루스스가 말하며 서로 고개를 끄덕였다.

"그 녀석들은 출세를 위해서라면 부하의 목숨 따윈 아무렇지도 않게 생각하니까."

"아무리 그래도 발견하면 보고 정도는 하겠죠."

"네, 그렇네요. 통보를 받으면 언제든지 쥘 베른을 소환해서 달려갈 수 있도록 해둬야겠어요."

신관 로레이야가 느긋한 표정으로 말하고, 「장본인인 바보는 죽어도 상관없지만, 부하 분들은 구해야 하니까요」라고 뭔가 검은 웃음을 지으며 덧붙였다.

이곳의 마왕이 어느 정도 강한지는 모르겠지만, 적어도 상급 마족이나 하급룡보다는 강할 테니까 용사 없는 멤버로 덤비면 전멸할 가능성도 있다.

여차하면 용사 나나시가 되어 달려갈 수 있도록, 미리미리 그들이 조사하는 마굴을 방문해서 「모든 맵 탐사」로 마왕이 어디 있는지 파악해둬야겠다.

마굴 탐색

"사토입니다. 도망을 잘 치는 적이라고 하면, 명작 컴퓨터 RPG에 나오는 메탈인 그 녀석이 떠오릅니다. 도망치는 게 빨라도, 맛있는 부분이 있다면 용서할 수 있단 말이죠."

"여기가 마지막으로 마왕과 싸운 마굴이야."

이튿날 아침, 완전히 건강해진 용사 하야토 일행과 함께 우리들은 성도 파리온에서 차원 잠행선 쥘 베른으로 2시간 정도 걸리는 장소에 있는 마굴 상공으로 찾아왔다.

물론 우리 애들도 모두 함께다.

"아, 세이나가 저기 있네."

루스스랑 휘휘가 가리키는 곳에는 사가 제국의 것으로 보이는 검은 중형 비공정이 두 척 있고, 그 옆에 폴짝폴짝 뛰면서 커다랗게 손을 흔드는 자그마한 인간족 여성이 있었다. 그녀가 척후인 세이나인가 보다.

"빠르네요. 공간 마법사의 『귀환전이』로 한 발 먼저 돌아온 거겠죠."

마왕이 있던 마굴의 가장 깊숙한 곳에서 귀환하는데 보통은 사흘 정도 걸린다고 했다. 용사 일행은 가장 깊은 방에서 쥘 베른을 소환하여 그걸 타고 돌아왔다고 했다.

그런 이야기를 하는 사이에, 궁병 위이야리가 조종하는 쥘 베른이 조용히 착지했다.

“하야토!”

슈칵하는 소리가 나면서 에어록 같은 해치가 열리고, 척후 세이나가 뛰어들었다.

다른 멤버와 마찬가지로 굴곡이 좋다.

“무사해서 다행이야.”

“걱정을 끼쳤네. 이쪽은 조사에 협력해주기로 한 사토야.”

용사 하야토는 안겨드는 척후 세이나를 아무렇게나 떼어내서 우리를 소개해 주었다.

“잘 부탁해. 상당히, 젊구나— 근데 어린애?”

세이나의 시선이 우리 아이들을 포착했다.

“보라색 머리칼인 걸 보니, 혹시 네가 그 허니야? 오늘은 쪼그만 아이들이랑 같이 하야토의 활약을 견학하러 왔어?”

아리사의 진짜 머리칼을 본 척후 세이나가 그녀의 정체를 간파했다.

차원 잠행선 쥘 베른 안에는 한식구들밖에 없으니 가발을 안 쓰고 있었지.

그녀는 「인물 감정」 스킬을 가지고 있지만, 용사 하야토가 가진 「신이 내린 감정」과 달리 동료들이 장비한 인식저해 아이템을 돌파하지 못한 모양이다.

“견학이 아닙니다. 하야토 님을 돕기 위해서 찾아왔어요.”

"정말이지, 하야토는 조그만 애한테 무르다니까—."

척후 세이나가 「대책이 없다」라고 말하듯 이마를 눌렀다.

"세이나, 허니네 애들을 얕보면 안 돼."

"무슨 소리야? 이 애들이 뭐에 도움이 돼?"

용사 하야토가 두둔하는 것을 듣고서, 척후 세이나가 고개를 갸웃거렸다.

"네인 거예요. 포치는 탐색자의 프로인 거예요."

"타마도 척후의 프로~."

포치랑 타마가 가슴을 쭉 폈다.

"—프로?"

"전문가, 라는 거야."

의미를 몰랐던 척후 세이나에게 용사 하야토가 설명했다.

"이렇게 작은 애들인데?"

눈을 깜빡이는 척후 세이나에게, 타마와 포치가 소매를 걷고서 알통을 만드는 포즈를 했다. 말랑말랑하다.

"세이나의 스킬로는 안 보이나?"

용사 하야토가 중얼거리는 걸 들은 나는 포치와 타마의 인식저해 아이템을 풀었다.

"—레벨 54?! 나보다도 레벨이 높아?"

인물 감정 스킬로 두 사람의 레벨을 알게 된 척후 세이나가 놀라서 소리를 질렀다.

참고로 그녀의 레벨은 52다.

"사실은 가짜 귀 붙인 요정족?"

"삐비~."

"포치의 귀는 가짜 귀 같은 거 아닌 거예요?"

"만져도 돼?"

"오케이~?"

"네, 인 거예요."

척후 세이나의 허가를 받고서 두 사람의 동물 귀로 손을 뻗었다.

"간지러운 거예요."

동물 귀를 만지게 해주는 두 사람이 기쁜 기색으로 말하며 몸을 꼬물거렸다.

"오옷, 부드러워! 루스스랑 휘휘의 까슬까슬한 귀랑 엄청 달라!"

"뭐라고!"

"내 귀는 보들보들하거드은~!"

"싸우면 안 돼~?"

"그런 거예요. 사이좋게 지내야 되는 거예요."

"—사토, 이게 마굴의 지도야."

용사 하야토가 야전 사령부 같은 텐트 안에서 그들이 조사한 지도를 보여주었다.

「녹화」 마법으로 지도를 촬영했다. 마굴 안의 경로도가 아니라, 국내의 마굴이 있는 장소가 그려진 지도다.

그 지도에는 규모를 가리키는 표식과 조사한 날짜가 적혀 있었다.

다섯 군데의 마굴에 색이 들어간 핀이 박혀 있었다.

"이 핀이 박힌 곳이 조사 장소군요. 핀의 색은 뭘 가리키는 건가요?"

"검은 색이 마왕이 있던 마굴. 하얀 색이 마왕이 없었던 마굴이야."

지금 있는 마굴에 박힌 파란 핀은, 조사중인 장소를 가리키는 모양이다.

이 다섯 마굴은 다른 마굴과 비교해서 극단적으로 규모가 크고, 파리온 신국에서는 「5대마굴」이라고 부른다고 했다. 커다란 순서대로 번호가 매겨져 있고, 100번 정도까지 넘버링이 되어 있다.

"하야토! 뤼켄 일행이 여기 남은 인원이랑 합류 안하고 탐색을 갔다고 해."

마굴 안에는 대다수의 사가 제국 병사가 중계지점의 물자와 함께 남아 있고, 지상으로 귀환중이라고 했다.

"새치기를 하다니, 뤼켄 답네."

"좋지 않아. 전력이 분산되면 그들이 더욱 지칠 거야."

"출세욕 아저씨한테 끌려 다니다니, 부하들이 불쌍해~."

이상하게 마왕 토벌에 열심인 사람이라고 생각했는데, 그건 자기 입신출세를 위해서였구나…….

"그러게 말이다. 세이나, 통신병에게 말해서 지상 대기하도록 지시를 해줘."

린그란데 양의 염려에 동의한 용사 하야토가 척후 세이나를 보냈다.

그렇지. 이 틈에—.

"하야토 님, 조금 마굴 안을 견학하고 와도 될까요?"

"그래. 상관없지만 보기에는 보통 동굴이랑 다를 바 없어."

그래도 괜찮다면 다녀오라고 허가를 해준 용사 하야토에게 인사를 하고, 나는 동료들과 함께 마굴로 갔다.

동굴 형태의 입구에는 두 명의 보초가 서 있고, 마법 도구로 보이는 방울이 달린 커다란 지팡이를 가지고 있었다.

입구에 다가가자 수하를 요구했지만, 용사 하야토의 허가를 얻었다고 말하자 아이들에게 시선을 보낸 다음 금방 믿어주었다. 그의 유녀 취향은 사가 제국의 병사들도 아는 모양이다.

"뉴? 뭔가 그렀어~?"

어두운 곳에 순응하는 것이 빨랐던 타마가 신성 마법 계통의 결계를 발견했다.

결계의 표면에 파리온 신의 성인이 떠오르며 보였다.

AR표시로 마물 퇴치 결계라는 걸 알고 있으니까, 내가 먼저 들어가 안전을 확인한 다음 동료들을 불렀다.

시야 구석에 AR표시되는 레이더가 미탐색 지대로 바뀌었다. 맵에는「마신옥 미궁: 유적」이라는 명칭이 표시됐다.

그런 정보를 곁눈질로 보면서, 마법란에서「모든 맵 탐사」를 실행했다.

생각보다도 넓지만 세리빌라 미궁의 구역 여섯 개 분량 정도고, 쿠보크 왕국의 미궁보다 조금 좁은 정도다.

지상으로 이어지는 출구는 일곱 군데인데, 지상에서 본 지도에 그려진 출입구의 수보다 훨씬 적다.

물리적으로 이어지지 않은 장소는 다른 맵인 모양이다.

"사토, 독기 짙어."

미아가 미간에 주름을 만들며 중얼거렸다.

"그래서구나. 어쩐지 몸이 무거운 것 같았어."

"우이우이~. 싫은 느낌~?"

아리사와 타마가 동의했다.

그 말을 듣고 독기시를 조금 발동했더니, 미궁보다 몇 배나 짙은 독기가 주위에 충만한 것을 알았다.

파리온 신국 안, 특히 대성당 부근에는 독기가 거의 없었으니 괜히 더 짙은 느낌이다.

나는 독기를 떨치기 위해 평소에는 봉인하는 정령광을 해방했다. 이걸로 조금은 나아질 거야.

"마굴 밖에서는 신경 쓰이지 않았으니까, 방금 그 결계가 독기가 밖으로 새지 않도록 하는 역할을 하고 있는 걸까?"

"맞아."

미아가 고개를 끄덕끄덕 했다.

"그래서, 주인님. 여기에 마왕이 숨어 있어?"

아리사가 귓속말을 하기에 고개를 옆으로 저었다.

미발견으로 보이는 숨겨진 통로나 숨겨진 방을 발견해서 공간 마법 「멀리 보기」로 확인했지만, 백골이나 미이라가 된 시체 말고는 금전적인 가치가 있는 보물뿐이고, 마왕의 행방에 연관된 단서는 발견하지 못했다.

“그밖에는 사진병 같은 걸 사냥하다 남은 마물 정도야.”

마족은 안 보인다.

반대로 미궁 안에 사람이 많다. 대부분이 사가 제국 사람이다. 가장 안쪽 방에서 철수하고 있는 부대나 중계 시설의 철수 준비를 진행하는 부대 등, 100명 가까운 사람들이 활동하고 있다.

어제 오늘 안에 모든 부대를 철수시킬 수가 없었나 보다.

“세리빌라 미궁처럼 빛이 없으니까, 마법이나 마법 도구 같은 광원이 필요해 보여.”

“저의 『마등』을 쓸 수 있다고 고합니다.”

“응, 『반딧불 방울(버블 라이트)』.”

“마인도 빛나~?”

“포치도 빛나는 거예요!”

나나와 미아가 마법을 쓰자, 타마와 포치도 마인을 만들어 빛을 냈다.

이 정도로 밝으면 충분하겠지. 나는 암시 스킬이 있고, 적 탐색 담당인 타마는 밤눈이 밝으니까.

“지금까지의 미궁보다도 땅이 울퉁불퉁하니까, 조명은 모두 가지는 편이 좋지 않아?”

“……그것도 그렇네. 사람 수만큼의 회중전등을 준비해둘게.”

빛 광석을 사용한 마법 도구라면 금방 만들 수 있다. 발치를 비추는 벨트형의 라이트도 있으면 편리하려나?

간단히 문제점을 파악한 우리는, 발길을 돌려 지상으로 돌아왔다.

"빨리 왔네, 마굴은 어땠어?"

"말씀하신 것처럼 보기에는 동굴이었지만, 생각 이상으로 독기가 짙었습니다."

"—엘프의 힘인가?"

"네. 혜안이십니다."

독기 농도의 이상을 깨닫는 것은 언제나 미아가 제일 빠르니까.

"장소를 이동하자. 마왕이 처음에 있던 마굴을 확인할 거야."

그렇게 선언한 용사 하야토를 따라서 쥘 베른에 타고, 한 시간 정도 걸리는 장소에 있는 마굴로 이동했다.

지상에 가설된 천막에는 통신병과 1개분대의 병사가 대기하고 있었다.

그들 이야기에 따르면, 새치기를 한 흑기사가 이끄는 정찰대는 이 마굴을 탐색하고 있다고 한다.

"여기라면 전에 탐색했을 때의 지도가 있으니까, 마왕이 있던 장소 확인도 하기 쉬울 거라고 생각한 거 아닐까~."

"그 녀석들이 마굴에 들어간 지 하루라…… 따라잡을 수는 있겠지만—."

용사 하야토가 염려하는 것은 우리들, 특히 체력이 없어 보이는 아리사나 미아가 그들의 탐색 페이스를 따라갈 수 있을 것인가겠지.

"하야토 님. 저희들은 신경 쓰지 말고 전력으로 따라가세요."

맵으로 따라갈 수 있고, 나랑 나나라면 아리사와 미아를 업고서도 늦지 않고 따라갈 수 있다.

"알았어. ―간다!"

"내가 앞장설게―."

척후 세이나가 달리면서 짧은 지팡이를 휘두르자, 셋 정도의 윌 오 위스프 같은 덩어리가 공중에 나타나 그녀 곁을 함께 달린다. 그녀는 이걸 광원으로 삼을 셈인가 보다.

린그란데 양과 메리에스트 황녀도 술리 마법이나 벼락 마법으로 조명을 만들었다.

최후미의 신관 로레이야를 따라 우리도 미궁에 들어갔다.

방금 이동할 때 쥘 베른의 공작실에서 만든 조명용 마법 도구는 이미 동료들에게 나눠주었다.

"주인님."

양손을 펼치고 안아달라고 주장하는 아리사에게 「성희롱은 삼가라」 하고 명하고는 업었다. 미아는 대형 방패를 수납한 나나가 업었다.

마라톤 정도의 페이스로 모퉁이가 많은 통로를 나아간다.

넓은 장소는 폭이 몇 미터는 되지만, 좁은 장소는 자세를 바꾸지 않으면 통과 못하는 장소도 있었다.

체격이 작은 우리들은 그렇다 치고, 몸집이 큰 병사들은 고생했을 게 틀림없다.

통로에 있던 사진병이나 소형 마물은 선두의 세이나나 양익에 있는 루스스와 휘휘가 투검이나 자갈로 쓰러뜨렸다.

"하야토, 큰 모래."

"그래!"

종유 동굴 같은 광장에 나타난 데미 오우거급 중형 사진병을 용사 하야토가 파랗게 빛나는 성검 아론다이트로 한칼에 파괴했다.

"역시 용사님이네."

"허니? 따라오고 있구나, 사토!"

아리사의 말을 들은 용사의 발이 멎었다.

아무래도 우리들이 따라오고 있던 것을 지금까지 깨닫지 못한 모양이다.

"괜찮답니다, 용사님. 그렇지? 주인님."

"우리들은 신경 쓰지 마세요. 이 정도 페이스라면 문제없이 따라갈 수 있습니다."

외부용 목소리를 만드는 아리사였지만, 나한테 업힌 상태라서 설득력이 흐리다.

"그리고 지도를 만들면서 따라가고 있습니다. 혹시 뒤쳐져도 저희들끼리도 지상에 돌아갈 수 있으니 안심하세요."

뒤쳐지는 일은 있을 수 없지만, 마왕이 있으면 「뒤쳐진 걸로 하고서」 용사 나나시로 지원하러 달려오기 위해 그렇게 말했다.

참고로, 이 마굴에는 마왕이 없다.

다만 마족에게 빙의된 레벨 55의 사진병이 가장 안쪽 방에 있으니 보험을 걸어둔 것이다.

"하야토. 사토 일행은 『미스릴 탐색자』야. 그렇게 걱정 안 해도 괜찮아."

"그랬었지. 사토, 무리라고 생각하면 주저 없이 돌아가라. 알겠지?"

"네, 알고 있습니다."

린그란데 양이 가세해준 덕분에, 용사 하야토도 우리들의 동행을 허가해 주었다.

"벽에 형광 도료로 표식이 있는 곳은 함정이니까 밟지 마~."

척후 세이나가 주의점을 말하고서, 이동을 재개했다.

차츰 사진병과 마주치는 일이 늘어나고, 모래로 변하는 사진병이 아닌 시체나 형광 도료의 표식이 흩어진 것이 보이게 됐다.

"뤼켄 일행이 지난 길은 여기가 맞는 것 같네— 아이쿠 새로운 함정이야."

이미 발동된 추락 함정이 있었다.

"시체는 없어. 핏자국은 있으니까 마법약으로 회복하고 탐색을 속행한 모양이네."

함정을 들여다보자, 검산처럼 가시가 돋친 바닥에 찢어진 망토가 남아 있었다.

"새로운 함정이 늘어났다는 건—."

"—마왕이 돌아왔을 지도 몰라요."

용사 하야토와 메리에스트 황녀가 말을 나누었다.

아마, 새로운 함정은 「가장 안쪽 방」에서 사진병에게 빙의한 마족이 설치한 거겠지.

우리들은 사진병을 해치우면서 마궁의 최심부로 나아갔다.

"이제 곧 합류해도 될만한데……."

린그란데 양이 그렇게 중얼거리는 게 엿듣기 스킬로 들렸다.

"있다, 뤼켄 일행이야."

탐색을 개시하고서 3시간 정도 지나, 우리들은 흑기사가 이끄는 정찰대를 따라잡았다.

함정에 걸렸는지 아니면 강한 편인 사진병과 싸웠는지, 발길을 멈추고 부상자를 치료하는 중인 모양이다.

흑기사가 짜증을 내면서 부하들에게 소리치고 있었다.

척후 세이나가 집단에서 떨어져, 조금 앞에 있는 「가장 안쪽 방」 쪽으로 가는 것이 보였다. 잠복 계통 스킬을 쓰고 있는지, 그녀의 움직임을 깨달은 건 나랑 타마 둘뿐이었다.

타마가 「같이 가도 돼?」 하고 수신호로 묻기에 고개를 끄덕였다.

"뤼켄!"

"—용사, 님."

흑기사가 우리를 깨닫고서 지긋지긋하다는 듯 작게 혀를 찬 다음, 그것을 얼버무리는 것처럼 웃는 표정이 되어 다가왔다.

"쾌차하신 것 기쁘게 생각합니다. 그렇지만, 이제 막 회복되신 참에 무리를 하지 마시지요. 고귀한 용사님의 몸은 하나뿐입니다. 무리는 하지 마시고, 저희들이 마왕을 발견할 때까지 성도에서 휴식을 하시면 될 줄로 압니다."

말만 들으면 용사의 도움이 되고 싶은 것처럼 들리지만, 그의 표정과 음색이 그것을 부정하고 있었다.

아무래도 그는 다른 사람을 제치고 공적을 세우고 싶은 모양이다.

“그러고 싶었는데, 너희들이 병사의 휴식도 하지 않고서 마굴에 들어갔다고 들었거든.”

“안심하십시오, 용사님. 저희들을 대신할 자는 얼마든지 있으니, 걱정하지 마시기를 부탁드립니다.”

“누구나 목숨은 하나야. 이 몸은 너희들이 함부로 목숨을 잃는 것은 좋게 보지 않는다. 탐색은 조바심을 내지 말고 진행하면 돼.”

평행선을 유지하는 용사와 흑기사가 서로 노려본다.

그 사이에, 신관 로레이야와 미아가 신성 마법과 물 마법으로 부상당한 병사들을 치유했다.

정찰대를 이끄는 회복 담당은 마력이 떨어져서 마법을 쓰지 못한 모양이다.

“하야토, 『가장 안쪽 방』을 보고 왔어.”

“커다란 거 있어~?”

선행 정찰을 다녀온 척후 세이나와 타마가 돌아왔다.

“이봐이봐, 세이나. 쬐그만 애를 데리고 간 거야?”

“내가 깨달았을 때는 이미 뒤에 있었어~. 얘, 굉장한 애야.”

척후 세이나가 루스스의 쓴 소리에 변명한 다음, 타마를 칭찬했다. 칭찬 받은 타마가 「냐후후」 하고 몸을 꾸물거리며 쑥스러워한다.

“세이나 공, 마왕이 있었나?!”

“겉보기에는 마왕이랑 비슷했지만, 감정 스킬이 저해돼서 진짜인지 아닌지 모르겠어. 탈리스만을 쓰면 이쪽이 들켜 버리니까~.”
척후 세이나는 흑기사의 질문에 답하고, 용사 하야토 쪽을 보았다.
“하야토. 어두워서 색이나 세부는 안 보였지만, 마왕 같은 녀석이 있었어. 중형인 부하가 열 마리 정도 주위를 어슬렁거려. 안쪽 통로에도 몇 마리 보였어.”
맵에 따르면, 부하는 레벨 30 정도다.
“그렇군—.”
용사 하야토가 정찰대를 순서대로 보았다.
아마, 정찰대의 레벨이나 스킬을 확인하는 거겠지.
정찰대는 모두 20명쯤 되는데 정예가 모여 있었다. 레벨 40대가 두 명에 나머지는 모두 레벨 30대다.
“이 몸들끼리만—.”
“용사님! 저는 반드시 따라갈 겁니다!”
자신들만 가겠다고 말하려는 용사 하야토 앞을 흑기사가 막아섰다.
“알았어—.”
“적이 많은 모양이니, 저희들도 함께 가겠습니다.”
용사 하야토의 시선이 이쪽을 보기에, 참가를 희망했다.
그는 우리들을 그다지 끌어들이고 싶지 않은 것 같지만, 그가 마족이 빙의한 사진병에 전념할 수 있도록 우리들이 부하인 잔챙이를 맡을 생각이다. 동료들은 싸울 생각이 가득한 모양이다.
“그러나—.”

"괜찮답니다, 용사님. 저희들이 의지가 되지 않는다면, 금방 물러나겠어요."

"알았어. 허니나 사토 일행을 믿겠어."

아리사가 외부용 말투로, 주저하는 용사 하야토에게서 허가를 받아냈다.

각종 지원 마법을 서로에게 걸어 준비를 마치고, 우리들은 가장 안쪽 방으로 쳐들어갔다.

"잘 왔음이어요."

전갈과 인간을 융합시킨 것 같은 모습을 한 대형 사진병이, 사악한 웃음을 지으며 우리들을 맞이했다.

목소리와 동시에 어둠에 가라앉아 있던 방이 무대처럼 밝아졌다.

"기습은 실패군—."

상급 마족 수준의 레벨이 있지만, 전에 본 상급 마족들 정도의 압력은 느껴지지 않는다. 아마도 빙의된 사진병의 레벨이 올라가기만 한 중급 마족이겠지.

"—사토, 저 녀석들은 전부 가짜다."

용사 하야토가 작은 소리로 속삭였다.

"모래 안쪽으로 보이는 피부나 뿔이 녹색이나 황토색이지? 진짜는 저게 보라색이야."

그러네. 알기 쉬운 판별 방법이군.

우리들끼리만 마주쳤을 때 구별할 수 있도록 가르쳐준 거겠지.

색도 그렇고, 말투도 그렇고, 미궁도시를 타락시키려던 「녹색 상급 마족」 계통이 틀림없어.

"묻겠다! 마족이여! 겁쟁이 마왕은 어디로 도망쳤나!"

용사 하야토가 선제 마법 공격을 보류한 것은 마왕이 도망친 곳의 정보를 얻기 위해서였나 보다.

"어허어허어허, 누군가 했더니 용사임이어어어어요."

중앙의 거인형 사진병이 한 걸음 앞으로 나서 용사 하야토를 내려다보았다.

"마신님의 저주로 죽지 않다니, 우신(愚神) 파리온에게 매달리기라도 한 것임이어요?"

마족은 용사 하야토의 물음에 대답할 필요가 없는 모양이다.

"그건 마신의 저주였던 거군요……."

신관 로레이야가 분한 기색으로 입술을 깨물었다.

"우신이라고! 성스러운 파리온 신을 우롱하다니 용서 못한다!"

흑기사가 분노의 소리를 지르며 달려나갔다.

그가 정찰대에서 발탁한 고레벨 전사 20명도 이끌려서 달렸다.

사전에 의논할 때는 후위의 대마법으로 잔챙이를 일소한 다음에 돌격할 예정이었는데, 그런 건 머릿속 한구석에도 남질 않은 모양이다.

"저 바보가—."

용사 하야토가 혀를 찼다.

쓸데없이 신체능력이 높은 흑기사는 이미 범위 마법의 효과 범위 안에 있었다.

"내칠 수도 없어. 작전 변경이다, 간다!"

용사 하야토가 루스스와 휘휘를 데리고 달려갔다.

"용사는 내가 상대함이어요. 너희들은 잔챙이를 상대하는 것임이어요."

마족이 그렇게 지시를 내리자, 중형 사진병들이 일제히 이쪽으로 쇄도했다.

메리에스트 황녀와 린그란데 양이 영창이 끝난 마법을 파기하고 새로운 영창을 시작했다.

"주인님."

리자가 참가하고 싶은 듯 이쪽을 보았다.

타마와 포치도 마찬가지다.

"우리들은 잔챙이를 담당하자."

"예!"

"아이아이 서~?"

"라져인 거예요."

"예스 마스터. 모래투성이 짐승이여! 목욕을 권장한다고 고합니다!"

아인 소녀들과 나나가 중형 사진병들을 맞이해 싸웠다.

"그러면, 우리들은 여기서 지원을 할까요."

"저 녀석들한테는 화살이나 바람 마법이 안 통해. 불 마법과 흙 마법도 위력이 반감돼. 물 마법이나 폭렬 마법을 권장."

궁병 위이야리가 아리사에게 가르쳐 주었다.

주문 영창을 시작한 린그란데 양이나 메리에스트 황녀 대신이겠지.

"아니면 모래 사이에 희미하게 보이는 빛을 의지해서—."

마궁을 당기더니, 중형 사진병 하나를 노려서 겨누었다.

"—마핵을 꿰뚫어."

연속해서 발사한 화살 3개가 붉은 빛의 흔적을 남기면서 중형 사진병의 가슴에 빨려 들어가더니, 훌륭하게 마핵을 꿰뚫었다.

"운이 좋았어. 보통은 몇 번 쏘지 않으면 안 맞아."

AR표시에 따르면, 사진병의 모래 같은 표피 부분이 장벽이다. 그 장벽에 틈이 있어서, 그곳을 노려 치명타를 노리는 모양이군.

"……■ 파열(퀵 버스트)."

"……■ ■ ■ ■ 관통 번개(피어싱 볼트)."

린그란데 양의 폭렬 마법이나 메리에스트 황녀의 벼락 마법이 작렬하고, 더욱이 두 마리의 중형 사진병이 파괴됐다. 접지된 것도 아니라고 생각하는데, 벼락 마법의 효과가 안 좋은 인상이다.

"……■ 수검산(스플래쉬 니들)."

"……■ ■ 호화폭(블래스트 봄)."

두 사람에게 지지 않겠다는 것처럼, 미아의 물 마법과 아리사가 사용한 폭발하는 타입의 불 마법도 중형 사진병을 처리했다.

"제법이잖아?"

"헤헹, 멋으로 미스릴 탐색자가 아닌걸."

린그란데 양이 칭찬하는 말에 아리사가 씨익 웃음을 지었다.

"……마법이라면 중급으로도 충분히 파괴할 수 있으니까, 부하들 제거는 마법사 쪽이 잘 맞아."

조금 불만스러운 기색으로 위이야리가 중얼거렸다.

"해볼래?"

"네. 노려서 쏩니다!"

루루가 저격하는 타입의 불 지팡이 총을 겨누고, 파파팡 3연사로 화탄을 쏘았다.

그것은 한치도 어긋나지 않고 마핵에 명중하여 **세 마리**의 중형 사진병을 해치웠다.

"맞았어요!"

"—말도 안 돼……."

천진하게 기뻐하는 루루와 경악하는 궁병 위이야리의 대비가 굉장하다.

탁월한 궁병인 위이야리가 보기에도 루루는 우수한 모양이다.

나는 불 지팡이나 벼락 지팡이를 쓰는 정찰대에 섞여서, 나나 쪽에 중형 사진병이 너무 집중되지 않도록 견제했다. 평소에 쓰는 황금 장비라면 몇 십 마리가 몰려들어도 괜찮겠지만, 지금은 「성채방어」 탑재하지 않은 공개 장비니까 지원을 두텁게 해두었다.

아인 소녀들은 작은 방패를 든 포치가 서브 탱커, 이도류로 공격을 받아 흘리는 타마가 회피 탱커로, 메인 탱커인 나나가 둘러싸이지 않도록 좌우를 지키고 있다.

그리고, 리자가 세 사람 사이를 꿰는 것처럼 이동하여 날카로운 찌르기로 적절하게 사진병의 마핵을 쳐부순다.

그런 전위진 너머. 용사 하야토 일행이 싸우는 주전장 쪽에서, 흑기사와 함께 뛰어나간 전사 한 명이 피투성이가 되어 날아가버렸다. 다리가 이상한 방향으로 꺾여 있고, 갈비뼈 몇 개가 가슴을 찢고서 튀어나와 있었다.

어펙션 힐
"—유신 자애."

그런 전사에게 신관 로레이아야의 상급 신성 마법이 날아갔다.

빛에 둘러싸인 전사의 상처가 점점 치유된다. 상급 마법약 같은 회복량이지만, 갈비뼈가 자동으로 올바른 위치에 복원되는 모습은 상급 마법약으로는 볼 수가 없다.

정찰대 몇 명의 전사가 달려가서 그를 안전권으로 끌고 왔다.

"으오오오오오오오!"

흑기사가 함성을 지르며 마족 사진병의 공격을 흑강의 방패로 받아 흘렸다.

레벨 차이가 있는데도 상당히 선전하고 있다.

로즈 인클로저
"사가 제국 제식 검술— 가시 장미 포위."

흑기사가 필살기 같은 것을 썼다.

자세히 보자 마검의 붉은 궤적이 장미 꽃잎처럼 보이지 않는 것도 아니다. 뭐, 기분 탓이겠지.

"무리하지 마, 뤼켄!"

"그래그래! 공격은 우리들한테 맡겨."

루스스가 양손에 든 두 자루 대검으로, 휘휘가 별난 형태의 거대 도끼로 마족 사진병을 공격했다.

무기의 성능 차이인지, 두 사람의 일반공격은 흑기사의 필살기 급 대미지를 주고 있었다.

"무슨! 가시 장미 포위는 이른바 전채, 여기서부터가 본요리! 간다, 요란멸살(데스로즈 가)—— 크헉."

기술의 발동 모션 중에 마족 사진병의 직격을 맞아서 아까 전의 기사와 마찬가지로 날아가 버렸다. 함께 싸우고 있던 또 한 명의 전사도 말려들어서 퇴장.

"상대의 자세가 무너지기 전에 발을 멈추니까 그렇지."

"바보구나아~."

루스스의 말을 듣고서, 척후 세이나가 어느샌가 마족 사진병의 발치에 마도 폭탄을 던지고 짧은 지팡이 타입의 불 지팡이로 점화시켰다.

"—지금이다!"

마족 사진병의 의식이 발치로 향한 순간을 노려서, 용사 하야토가 마족 사진병의 상반신을 방패 공격(실드 배쉬)으로 강타하여 상대의 자세를 무너뜨렸다.

"으라아아아아아! 쌍인난무(트윈 블레이드 댄스)(雙刃亂舞)!"

"핫하아아아아아! 수왕참문(브래들리 버스터)(獸王斬門)!"

즉시 루스스와 휘휘가 마족 사진병의 좌우 오금에 필살기를 때려 박았다.

"《노래하라》 아론다이트!!"

용사 하야토가 성검의 성구를 읊고, 더욱이 유니크 스킬「최강의 창(꿰뚫지 못할 것 없으리)」이 그 위력을 높인다.

앞으로 넘어질 것 같은 부자연스러운 자세에서 뿜어져 나오는 마족 사진병의 발차기를 성검으로 베어 버리고, 사각에서 공격해오는 마족 사진병의 사복검 같은 꼬리 공격을 유니크 스킬 「무적의 방패(막아내지 못할 것 없으리)」의 힘이 깃든 성방패로 받아 흘린다.

마족 사진병의 긴 꼬리 끝은 전갈의 가시가 아니라, 창날처럼 뾰족했다.

섣불리 받아내면 꼬치에 꿰이는 신세가 되겠네.

"아직 멀었음이어어어어어요!"

거의 죽어가는 것처럼 보이던 마족이 공중에 발판을 만들어 기사회생의 돌격을 감행했다. 상당히 끈질기군.

용사 하야토에게 그 공격은 예상했던 범주였는지, 초조한 기색도 없이 허리를 낮추어 검을 뒤로 끌고 기다렸다.

"—섬광연열참(閃光延烈斬)(샤이닝 블레이드)."

선명한 파란 열광이 호를 그리고, 돌진해온 마족 사진병을 두 동강으로 베어 버렸다.

"이어어어어어어어어어어어어어어어어어어어어어요."

단말마처럼 비명을 지르고, 사진병이 모래로 변해 땅으로 쏟아졌다.

—위험해.

모래 속에서 검은 그림자를 발견했다. 사진병에게서 분리된 마족이다.

용사 하야토가 그 존재를 깨닫고 검을 다시 겨누었다.

그러나, 그는 검을 휘두르지 않고 어깨의 힘을 풀었다.

왜냐하면—.

"시가 왕국 제식 검술— 오의『앵화일섬(櫻花一閃)』."

시원스런 목소리가 들리고, 한 줄기 바람과 함께 나타난 미녀— 린그란데 양이 마족을 베어냈기 때문이다.

꽃잎과 닮은 마인의 파편이 이펙트처럼 흩어지고, 마족이 검은 안개로 환원됐다.

나도「앵화일섬」비슷한 기술은 쓸 수 있지만, 몇 번을 연습해도 저런 식으로 하늘하늘한 이펙트가 안 나온단 말이지.

"저쪽도 끝난 모양이네."

싸움을 끝낸 아리사가 나에게 기댔다.

"응, 지쳤어."

미아도 내 몸에 기댔다.

후반은 아인 소녀들 무쌍이 되었지만, 이쪽 싸움도 끝난 것 같다.

"로레이야, 뤼켄을 치료해줘."

"알겠습니다. 미아 씨, 하야토와 저희 일행의 치료를 부탁할 수 있을까요?"

"응, 알았어."

나에게 기대어 있던 미아가 고개를 끄덕였다.

"적이 자폭하는 것은 예상 밖이었습니다만, 저희들도 방심했던 것 같습니다."

"네 인 거예요. 포치는 작은 방패의『바리아』를 기동하는 걸 깜빡한 거예요."

"동의. 해당 자폭기에 대한 실드 배쉬가 늦었다고 반성합니다."

"난쿠루나이사~?"
아인 소녀들과 나나가 반성 회의를 하고 있었다.
상처 없이 회피한 타마는 세 사람을 위로하는 모양이다.
세 사람 다 생채기 정도였지만, 레벨 30급의 적을 상대로 부상을 입는다면 마왕전에 참가시키는 건 너무 위험하다.
공개 장비를 새로 만드는 것도 급하군.
외형은 그대로 두고 황금 갑옷 수준의 성능을 구현할 수 없는지 생각해 봐야지.
마법회로나 고유 아공간 안의 장치를 이용할 수 있으니까, 그렇게 시간을 들이지 않아도 만들 수 있을 것 같네.
잠시 수면 시간을 깎아내게 될 것 같지만, 동료들의 안전하고 바꿀 수는 없으니까.

◆

"상당히 빨리 부하 사진병을 쓰러뜨렸군."
치료를 마친 용사 하야토가 메리에스트 황녀에게 물었다.
"저 애들 덕분이야."
"그렇군. 겉보기와 달리 레벨에 걸맞은 강함이 있구나."
용사 하야토가 나나와 아인 소녀들을 보았다.
뭐, 무인다운 리자는 그렇다 치고, 다른 애들은 아리따운 미녀와 앳된 아이들이니까.
"그 이상. 이 애의 명중률은 나를 넘어."

궁병 위이야리가 루루의 어깨를 톡 두드리고 용사 하야토에게 자랑했다.

"차기 궁성이라고 하는 위이 이상?"

"그, 그건! 저 같은 건 주인님이랑 비교하면 아직 멀었어요."

"겸손은 됐어. 루루의 실력은 굉장해. 문제는 무기—."

궁병 위이야리가 루루의 저격용 불 지팡이 총을 집었다.

"—좋은 총. 하지만, 이제 슬슬 위력에 불만이 있을 거야. 활과 달리 총은 무기의 성능이 위력을 정해. 이거라면 레벨 40급의 적에게는 안 통해. 틀려?"

"네, 맞아요."

루루가 솔직하게 고개를 끄덕였다.

레벨 40급에게는 휘염총이나 광선총을 쓰고 있으니까.

"루루에게 더욱 완력이 있으면, 마궁을 추천하지만—."

궁병 위이야리가 루루의 백옥 같은 아리따운 손을 잡고서 고개를 옆으로 저었다.

"—지금부터는, 아마 전향은 무리."

"네, 활은 그다지 맞지 않았어요."

루루는 처음부터 마법총을 썼으니까.

"하야토. 무한수납에서, 맡겨둔 금뢰호총을 꺼내줘."

"금뢰호총? 아아, 명중률이 너무 나빠서 안 쓴 그거구나."

용사 하야토가 그렇게 말하면서, 플린트락 방식의 장총을 꺼냈다. 하얀 총신이나 토대에 벼락과 여우를 이미지한 금색 양각을 새겼다. 마법총의 일종이다.

"루루, 이것으로 저걸 쏴봐."

궁병 위이야리가 가리키는 60미터 정도 앞의 바위를 노리고, 루루가 금뢰호총을 겨누었다.

"노려서― 쏩니다."

루루가 방아쇠를 당기자 금뢰호총 위에 작은 스파크가 흐르고, 파직파직 격렬한 방전과 함께 공 모양의 뇌탄이 목표를 향해서 쏘아져 나갔다.

똑바로 명중할 것처럼 보인 뇌구탄이 목표 조금 앞에서 당황한 것처럼 궤도가 어긋나 바위를 스치지도 않고 빗나갔다.

"빗나가버렸어요. 조금 더 쏴봐도 될까요?"

"상관없어. 소비 마력이 많으니까 주의해."

허가를 받은 루루가 두 발 세 발 금뢰호총을 쏘았지만 뇌구탄은 랜덤처럼 보이는 움직임으로 어긋나면서 빗나갔다.

루루가 생각하는 표정으로, 더욱 총격을 계속했다.

"그건 명중률이 너무 나빠서 작은 녀석 퇴치에는 안 맞지만, 표적이 커다란 거수나 건조물에는 쓸 수 있어."

"―알겠습니다."

루루가 총격을 멈췄다.

"응, 작은 녀석은 지금까지 쓰던 총을. 큰 녀석은 그걸 쓰면―."

궁병 위이야리는 루루가 표적 맞추기를 포기했다고 생각한 것 같지만, 뭔가 요령을 깨달은 것처럼 빛나는 루루의 표정을 보니 그렇지 않다는 걸 알 수 있었다.

"노려서― 쏩니다."

"—어?"

"맞았어요! 이어서 갈게요!"

어엿하게 금뢰호총의 뇌구탄을 바위에 명중시킨 루루가, 이어서 뇌구탄을 명중시켜 거대한 바위를 부쉈다.

매번 총구를 움직이는 걸 보면 우연히 맞은 게 아닌 것 같다.

"어, 어떻게 맞혔어?"

"—네? 노려서, 인데요?"

궁병 위이야리가 루루의 어깨를 붙잡고 물었다.

"노리기만 해서 맞을 리가 없어! 금뢰호총은 변덕스러워."

"그렇게 말씀을 하셔도……."

루루가 난처한 표정으로 도움을 청하기에, 두 사람 사이에 끼어들었다.

"진정하세요, 위이야리 씨. 루루, 어떤 식으로 노렸는지를 가르쳐줄래?"

"네, 주인님. 저 벼락의 구탄은 바람의 흐름에 영향을 받기 쉬워요."

"기다려. 바람의 흐름이라면 나도 읽었어. 무풍이라도 그 총은 착탄 위치가 변해."

"네, 그래요. 그래서, 저는 자세히 봤어요. 그랬더니 공기의 밀도나 온도의 차이로도 영향을 받는다는 걸 알았어요."

"……공기의 밀도나 온도?"

궁병 위이야리가 의표를 찔린 표정으로 중얼거렸다.

스나이퍼 루루는 보통 사람과 다른 것이 보이는 모양이다.

"그런 게 보여?"

"바람을 읽는 거랑 마찬가지예요. 미약한 공기의 흔들림으로 알 수 있어요."

아니, 그건 아무리 그래도—.

알 수 있을 리 없다고 말하려고 했지만, 의식해서 보니 분명히 알 수 있다.

아마 「바람 읽기」 스킬 덕분이라고 생각한다. 스킬도 없는데 맨눈으로 보이는 루루는 역시 저격의 재능이 있다고 말하는 수밖에 없네.

"잠깐 빌려도 될까요?"

내가 말하고 궁병 위이야리의 허가를 받아, 금뢰호총을 쏘아 보았다.

처음 두세 발은 빗나갔지만 특성을 알 수 있었다. 세 발째 이후로는 루루와 마찬가지로 명중시켰지만, 그녀 정도로 매끄럽게 맞히지는 못했다. 위력은 휘염총과 비슷하지만, 꽤 특색이 강한 총이다.

"사토까지……. 자신감을 잃을 것 같아……."

"주인님은 제 사격술의 스승님이니까요."

루루의 이상한 커버를 듣고서 어깨를 떨군 궁병 위이야리가 체념에 가까운 웃음을 짓고는, 가까이서 보고 있던 용사 하야토 쪽을 보았다.

"이 사제는 평범하질 않아."

—실례잖아요.

"그렇게 말하지 말고, 위이."

"조금 불평이니까, 흘려들어. 그보다도, 금뢰호총은 루루에게 줄게. 괜찮지, 하야토?"

궁병 위이야리의 물음에, 용사 하야토가 웃는 표정으로 고개를 끄덕였다.

그는 어쩐지 이 전개를 즐기고 있는 것 같았다.

"괜찮은 것 같으니까, 받아줘. 이건 분명히 루루의 힘이 될 거야."

갑작스런 말에 깜짝 놀란 루루가 시선으로 도움을 청하기에, 나도 용사 하야토를 본받아 고개를 끄덕였다. 나중에 구조를 조사해볼까.

"뤼켄 공의 치료가 끝났어요. 피를 너무 흘렸으니까, 잠시 정양이 필요해요."

"사무라이 둘은?"

"루도루 공은 의식이 회복되지 않았지만, 카운도 공은 타박상뿐이었으니까 언제든지 전투에 복귀가 가능해요."

그런 대화를 하는 용사 하야토와 신관 로레이야의 발치에, 흥미진진한 표정을 지은 포치와 타마가 다가가서 아래쪽에서 올려다보았다.

"왜 그러니?"

"사무라이 님이라고 들린 거예요."

"흥미 있어~?"

그렇다면, 하면서 신관 로레이야가 타박상밖에 없었던 전사

— 사가 제국의 사무라이 두 사람을 소개해 주었다.

"사무라이에 흥미가 있는 것이오이까?"

"네잉."

"포치는 카지로 선생님한테 배운 거예요."

"카지로— 들어본 적이 있소이다. 분명히 루도루와 마찬가지로 지 게인 류였던가? 본관은 스인 카아게 류 면허개전인 카운도라고 하외다."

카운도 씨는 아이들을 좋아하는지, 타마와 포치를 친근하게 대해주었다.

"세이나, 저 고양이 귀 애의 실력은 어때?"

"발놀림도 루스스 급이고, 함정 발견 능력은 나랑 다를 바 없는 느낌이야~."

"회피 능력도 대단하던걸. 접근전이라면 적어도 나랑 비슷할 정도로 싸울 수 있다고 생각해."

"린 급의 접근전 능력이라……. 저 주황 비늘 종족 애는?"

"저 애는 격이 달라. 오늘부터라도 하야토의 종자를 해도 될 정도로 싸울 수 있어. 어쩌면 쥬레바그 경 수준일지도 몰라."

"쥬레바그— 시가8검 필두인『부도』공 말야?!"

"안 믿어져?"

"아니, 린의 의견이라면 신뢰할 수 있지."

"신뢰하는 김에 말하는데, 나나라는 대형 방패 쓰는 애도 사가 제국의 근위나 시가8검 레이라스 경 정도의 안정도가 있고, 허니란 애는 나나 메리에 필적하는 마법전 능력이 있어. 엘프 아이는 실력을 감추고 있는 것 같지만, 공격도 회복도 둘 다 되는 후위의 요체야."

동료들을 전적으로 칭찬하는 말을 들으니, 무척 자랑스런 마음이 드네.

"그러면, 괜찮겠군. ─사토."

용사 하야토가 부르기에 그쪽으로 갔다.

"네, 무슨 일이신가요?"

"너희들의 실력은 잘 알았어. 마굴 하나를 조사해주면 좋겠다. 물론, 사가 제국의 조사 팀 둘과 보급반을 붙여줄 거야. 해주겠어?"

"네, 맡겨 주세요. 그렇지만, 탐색은 저희들만으로도 충분합니다. 미아의 마법은 탐색에도 적합하니까요."

"데리고 가도록 해요. 사토의 실력은 알고 있지만, 제3자의 검증이 없으면 믿지 않는 난처한 사람들이 많으니까요."

메리에스트 황녀가 「그 회의를 봤잖아요」라고 하자 수긍하지 않을 수가 없다.

기절한 전사가 눈을 뜨고 흑기사가 어떻게 걸을 수 있을 만큼 회복된 참에, 우리는 마굴 밖으로 나가기로 했다.

또한 「가장 안쪽 방」에 마왕은 없었지만, 독주의 페널티로 흑기사가 이끄는 사가 제국의 조사 부대가 이대로 이 마굴의 조사를 속행하게 된 모양이다. 물론, 후속부대가 도착한 다음에 시작이다.

◆

"그러면 사토, 우리는 이 마굴을 조사하지. 너는 방금 부탁한 제6마굴을 부탁해."

"네, 알겠습니다."

용사 하야토가 말하는 제6마굴이라는 것은 조사 인원이 몇 번인가 행방불명이 된 사연이 있는 장소인 모양이다. 5대 마굴에 버금가는 규모의 마굴이라고 하는데, 그것들과 비교하면 절반 정도의 규모밖에 안 된다고 했다.

그리고 정작 그 마왕 말인데, 지금부터 용사 하야토 일행이 조사하는 마굴의 숨겨진 구역에 잠복하고 있는 게 판명됐으니, 마커를 달아두고서 용사 하야토 일행이 마왕을 발견하는 걸 지켜볼 생각이었다.

참고로 마왕 「사진왕」은 레벨 62로 내가 지금까지 싸운 어떤 마왕보다도 압도적으로 레벨이 낮다.

용사 하야토의 레벨 69와 비교해도 격이 낮지만, 마왕은 가지고 있는 유니크 스킬에 따라서 얕볼 수 없는 강적이 되니까 용사에게 가세하는 건 확정이다. 종자들이나 동료들에게는 격이 높은 상대니까 주의가 필요할 거야.

유니크 스킬 따위는 아리사와 마찬가지로 은폐되어 맵 정보에도 표시되지 않았다. 이런 부분은 용사 하야토가 가르쳐준 마왕의 정보에서 추측하는 수밖에 없었다.

"—괜찮아?"

"그래. 그가 발견할 것 같은 타이밍에 지원하러 갈 거야."

아리사의 물음에 고개를 끄덕였다.

우리들은 사가 제국의 중형 비공정을 타고서 우리들의 지원을 담당하게 된 정찰반이나 운송반과 함께 제6마굴로 갔다.

"펜드래건 자작 각하, 탐색 계획은 어찌 되시오이까?"

"일단, 지상 거점을 만들고 잠시 대기야."

"대기, 라 하셨소이까?"

"너희들은 연속된 탐색행으로 피로가 쌓여 있어. 사흘 정도 완전휴양을 취해줘."

과반수의 대원이 「과로」 상태인 것은 내버려둘 수가 없다.

내가 맡은 인원이 과로사하다니, 꿈자리가 사나운 것도 정도가 있어야지.

"그렇지만, 용사님께서 내리신 본관들의 임무는 자작 각하의 지휘에 따라 조사를 하는 것이외다."

"응, 알고 있어. 그러니까 사흘 동안 입구에서 몇 시간 범위 안의 사진병이나 마물을 사냥하면서 예비 조사만 할 거야. 본격적인 조사는 너희들이 휴양을 마친 다음이야."

조사 자체는 들어간 순간에 끝나니까, 동료들이 수행 겸 사냥을 즐기도록 하고 나는 그 동안 엘프의 마을에 가서 엘릭서의 생산이나 동료들의 새로운 공개 장비를 제조할 생각이다.

조사대의 대장— 포치와 타마가 잘 따르는 스인 카아게 류 면허개전의 카운도 씨는 잠시 문답을 한 끝에 어찌어찌 내 방침을 받아들여 주었다.

"그러면, 잠깐 다녀올게요."

"부디 무리는 하지 마시길 바라겠소이다."

걱정하는 카운도 씨에게 손을 흔들고, 우리는 제6마굴 안으로 들어갔다.

곧장 「모든 맵 탐사」를 썼다.

—으엑.

"왜 그래? 주인님."

"뭐 있어?"

말을 잃은 나를 아리사와 미아가 걱정스럽게 올려다보았다.

"여기는 마왕 신봉 집단 『자유의 빛』의 거점이 있어."

사전 정보로는 5대 마굴의 절반 정도 사이즈라고 했는데, 실제로는 몇 개의 숨겨진 통로 너머에 광대한 공간이 있었다. 내가 받은 지도에는 없는 비밀 출입구가 꽤 많이 있는 모양이다.

숨겨진 통로 너머에는 마족에게 빙의된 구성원도 있다. 제단 같은 것도 있으니까 의외로 중요한 장소일지도 모른다.

행방불명자가 나온 것은 숨겨진 통로를 발견해버렸거나, 구성원을 발견했기 때문일지도 모른다.

"없애러 가?"

"구성원에게 빙의된 마족의 등급을 알 수 없는 데다가 도망칠 법한 탈출 통로가 잔뜩 있으니까, 충분한 인원이 모인 다음에 하고 싶어."

내가 혼자 기습을 하는 수도 있지만, 여기는 구성원의 수가 너무 많다. 1천 명 가까운 하층 구성원을 상대하는 사이에 간부 구성원이 도망쳐버리면 본전도 못 건진다.

지금은 레벨이 높은 구성원이나 간부 구성원에게 마커를 달아두기만 해야겠군.

"그러면 예정대로, 조금 들어간 곳에서 사진병이나 마물을 사냥해줘."

나는 아리사에게 제6마굴의 지도를 건네고, 숨겨진 통로가 있는 장소에 표식을 달아서 다가가지 않도록 주의를 주었다.

"안전에는 유의하고."

사람이 없는 장소에서는 황금 갑옷으로 변경해도 된다고 말하고, 나는 아리사에게 「혼각화환」을 빌려 보르에난 숲으로 유닛 배치를 써서 이동했다.

보르에난 숲의 하이 엘프, 사랑스런 아제 씨와 시시덕거릴 틈도 없이 계속 빌리고 있는 토라자유야 씨의 연구소에서 엘릭서를 제조했다.

중간 소재는 엘프 연금술사들이 만들어 줬으니, 이번에는 최종단계뿐이다.

그래도 하루아침에 끝나는 일은 아니라서, 사흘 동안 다니게 된다.

엘릭서를 연성하는 사이에, 엘프 기술자들의 협력을 구해서 동료들을 위한 새로운 공개 장비 제조도 했다. 낮의 조사 시간에만 하면 사흘로는 안 끝날 것 같으니까, 모두가 잠든 밤에도 제조 작업을 계속했다.

그런 보람이 있어서, 몇 개의 엘릭서와 백은 장비라고 할 수 있는 섬세하고 아리따운 새로운 장비가 완성됐다.

백은 장비는 황금 장비의 80퍼센트 정도 성능밖에 없지만, 나나의 장비에는 포트리스 기능을, 다른 애들 장비에는 새로운 1회용 방어 방패— 팔랑크스를 탑재할 수 있었다.

황금 장비 정도로 눈에 띄는 겉모습이 아닌 것도 중요한 포인트다. 후위도 드레스 아머가 아니라, 전위진과 같은 디자인이다. 오리하르콘 섬유나 대괴어의 은피 섬유는 얼버무릴 수가 없으니까.

완성된 장비를 모두에게 나눠주고, 칸막이 너머로 자리를 비운 사이의 일을 물어봤다.

“조사 쪽은 어땠어?”

“꽤 쓰러뜨렸는데, 상대가 너무 약해서 레벨이 안 올랐어.”

사진병 말고도, 거대 전갈이나 독뱀, 웜이나 거대 스카라베, 머미 같은 마물이 나왔다고 한다.

“그러고 보니 보물도 꽤 나왔어.”

“도적도.”

“—도적?”

“응, 바깥에서 돌아온 도적이 공간 마법의 탐색에 걸리기에 퇴치하고 병사들에게 넘겨뒀어.”

듣자니 마굴 안에 아지트가 있었다고 한다.

도적이 「자유의 빛」과 관계가 있는지는 모른다. 일부러 심문해서 「자유의 빛」 소탕 작전이 새어 나가도 싫으니까.

"보물이 잔뜩이라고 보고합니다."

"악기나 악보."

"마법서도 있지만, 모르는 말이라 못 읽었어."

아리사가 「읽을 수 있어?」라고 물어보기에 「아마도」라고 대답했다.

칸막이 너머에서 내민 마법서를 파라라락 훑으며 읽어 보았다.

"대부분이 파리온 신국의 문자야. 다들 초급 마법의 책들밖에 없네. 낯선 마법이나 마법 이론이 시가 왕국이랑 다른 것도 있으니까, 다음에 번역을 해줄게."

쓸 수 있는 게 있으면 럭키란 느낌이군.

"짜잔~?"

"처억, 인 거예요!"

옷을 다 갈아입은 동료들이 칸막이 너머에서 나왔다.

다들 잘 어울린다.

"조금 화려하네. 그리고 금속 갑옷 같지 않을 정도로 가벼워."

"귀여워~?"

"아주아주 큐트한 거예요!"

"마음에 들어."

"예스 미아. 북마크에 등록하고 싶다고 고합니다."

나나의 수수께끼 발언은 조금 신경 쓰이지만, 새로운 장비가 마음에 들었다는 건 잘 알 수 있었다.

"제가 이런 세련된 갑옷을 입어도 되는 걸까요?"

"리자 씨도, 무척 잘 어울려요."

리자와 나나의 장비는 귀여움보다도, 여성적인 라인을 중요시한 멋진 장비가 되었다. 린그란데 양의 갑옷을 참고해봤다. 내 갑옷도 같은 디자인이지만, 흉부는 일반적인 갑옷풍으로 만들었다.

"주인님의 갑옷도 멋있어. 자주 입으면 좋을 텐데."

"고마워. 강적일 때는 그렇게 할게."

가볍지만 고속 이동 시에 거슬린단 말이지. 부유 방패에 쓴 회로 덕분에 가볍게 느껴지지만, 질량과 관성은 그대로 변하질 않으니까 그렇다.

"마스터, 새로운 포트리스는 장벽이 좁다고 보고합니다."

"기동할 때는 장벽을 접어두거든. 기준점은 움직일 수 없지만, 거기서 상하좌우로 전개할 수 있어."

나나에게 백은 갑옷의 성능을 설명했다.

참고로 한 번 전개한 다음에는 다시 접지 못하니까 주의가 필요하다.

"황금 갑옷의 포트리스보다 출력이 떨어졌으니까 강한 공격은 접은 상태에서 받아내도록 해. 전개 상태에서는 30퍼센트 줄어들지만, 접은 상대에서는 30퍼센트 강도가 늘어나니까."

"예스 마스터. 전개 스위치를 파악. 클로즈 모드와 오픈 모드의 숙달 훈련으로 이행합니다."

나나가 테스트를 시작하기에, 가상 적으로 골렘을 몇 개 만들어주고 떨어졌다.

"다른 모두는 새로운 장비 사용법을 가르쳐 줄게. 팔랑크스는

1회용 긴급 방어 방패야.”

포트리스의 일부를 잘라내서 전개 속도를 올려봤다.

“발동하면, 이런 식으로 전개돼. 좌우로 조금 넓으니까 팔랑크스를 전개할 때 같은 편이 말려들지 않도록 하고.”

내가 시험 삼아 기동해봤다.

“꽤 빠르네.”

“긴급용이니까 발동 속도를 추구해봤지. 그 대신, 전개 시간이 몇 초밖에 안 되니까 주의해.”

아리사에게 대답하고, 팔랑크스에서 떨어졌다. 팔랑크스는 공간 마법「차원 말뚝」과「격리벽」의 이론을 사용한 거니까 전개한 장소에 남는다.

“이런 식이니까, 이탈 타이밍을 주의해야 된다.”

발동에 성수석로의 마력을 상당히 먹으니까, 가속포의 포격 직후에는 못 쓴다는 점을 루루에게 주의해 두었다.

“연속 사용은 두 번까지. 세 번째 사용하면 회선이 타버리니까 주의하고. 그렇게 되면 갑옷의 어시스트 기능도 정지해 버리니까, 최후의 수단이라고 생각해.”

모두가 진지한 표정으로 고개를 끄덕였다.

뭐, 내가 함께 있으면 유닛 배치로 안전권에 되돌릴 수 있으니 괜찮겠지만.

이어서 새로운 공개 무기를 동료들에게 건넸다. 그녀들의 공개 장비를 마검화하기만 한 녀석이다. 리자는 평소처럼「마창」도우마지만, 예비로 하급룡— 미궁 하층의 사룡 부자에게 받은 발톱을 「뼈 가공」 마법으로 똑바로 편 용발톱창을 건네뒀다.
용창처럼 「모든 것을 꿰뚫는」 힘은 없지만, 보통 마창보다는 관통력이 높으니까 편리하게 나눠서 쓰면 좋겠다.
루루에게는 1회용 마력포나 가속포를 건넸다. 가속포는 가속 마법진이 3장밖에 안 나오니까, 100장 이상 가속 마법진을 만드는 은닉 장비 가속포에는 많이 못 미친다. 마력포는 전함의 소형포 수준이니까 나름대로 쓸만할 거야.
둘 다 전국시대의 끌어안고 쓰는 커다란 대포처럼 되어 버려서, 조금 쓰기 어려울지도 모른다.
"평소보다 뻗는 게 안 좋은 것 같은 거예요."
"난쿠루나이사~."
"포치, 도구 탓을 해선 안 됩니다. 팔처럼 다루게 될 때까지 써보세요."
"네 인 거예요! 포치는 열심히 하는 거예요!"
아인 소녀들에게 이끌려, 다른 애들도 새로운 장비를 테스트했다.
이렇게 우리들은 새로운 장비의 숙달 훈련을 마치고, 다음날부터 사가 제국의 조사 부대와 함께 제6마굴의 조사를 했다.
내 맵 정보를 토대로 동료들이 사전에 조사를 마쳤으니, 딱히 사고도 없이 쭉쭉 조사가 진행됐다.
용사 하야토와 헤어져서 닷새째, 이제 슬슬 마왕 신봉 집단 「자유의 빛」의 거점을 발견할 법한 타이밍에 성도의 서기관 리로에게서 연락이 닿았다.

—용사, 마왕을 발견했음.

아무래도, 「자유의 빛」 소탕 작전은 마왕 퇴치 다음이 될 것 같다.

◆

"하야토 님, 기다리셨습니다."

마굴의 깊은 곳에 있는 중계 기지에는 용사 하야토 일행과 흑기사 일행 사가 제국 세력에 더해, 여섯 명의 신전 기사와 다수의 신관들이 모여 있었다. 우리가 마지막인가 보다.

"사토, 이쪽이다."

용사 하야토의 부름에, 지도가 펼쳐진 테이블에서 사전 토론에 참가했다.

마왕이 있는 큰 공간에는 다섯 개의 통로가 있고, 각각의 통로로 이어지는 방을 마족이 빙의한 대형 사진병이 지키고 있는 모양이다.

맵 정보에 따르면, 대형 사진병은 모두 레벨 50 이상의 마족이 빙의해 있었다.

미궁 기준으로 말하자면 「구역의 주인」급이고, 나름대로 강적이라고 할 수 있다.

"다섯 군데 동시에 공격한다. 네 군데는 마왕을 놓치지 않기 위해서 견제를 하고, 선발 멤버로 가장 넓은 정면의 통로를 돌파한다.”
용사 하야토가 지도 위에서 손을 움직이며 작전을 전달했다.
“저는 반드시 선발 멤버에 참가하겠습니다!”
“성하께, 마왕 토벌에 참가하라는 명을 받았다. 우리들도 선발 멤버의 참가를 희망한다.”
흑기사와 신전기사단장이 충혈된 눈으로 용사 하야토에게 요구했다.
“뤼켄, 너는 배후의 제3통로를 맡긴다. 루도루와 카운도는 제4를. 모키리스 공은 제2를 부탁하고 싶어.”
용사 하야토가 말하자, 노성이 중계 기지에 울렸다.
다들 마왕을 토벌하는 영예를 누리고 싶은 모양이다.
과거 두 번 정도 마왕과 싸운 경험으로 말하자면, 자살 행위라고 말하지 않을 수 없다. 레벨로 생각하면 그렇게까지 강적은 아니라고 생각하지만.
“알았어. 뤼켄과 모키리스 공은 이 몸들과 동행해. 다만 각자의 부대는 처음에 말한 통로를 담당하는 것이 조건이야.”
“성검 블루트강을 가진 메자르트도!”
“그렇다면, 제 부하인 루도루도 참가 허가를 바랍니다!”
“더 이상의 양보는 없어. 그게 싫으면, 각각의 통로를 돌파하고서 마왕 토벌에 참가해.”
자기 파벌의 강화를 꾀하는 두 사람에게 용사 하야토가 폭발했다.

뭐, 마왕과 격투가 기다리고 있는데 이런 일로 주절주절 이야기를 끌면 폭발해도 된다고 생각한다.

"뤼켄이 빠진 구멍은 루도루가 맡아줘야겠어. 모키리스 공 대신은 귀공이 임명해줘."

용사 하야토의 기세를 보고 물러날 때라고 판단했는지, 흑기사와 신전기사단장도 마지못한 태도를 무너뜨리지 않고 작전을 양해했다.

"사토, 힘들겠지만 제5를 부탁할 수 있나?"

"네, 알겠습니다."

가능하면 용사 하야토와 동행하여 그를 지원하고 싶었지만, 더 이상 인사로 그를 고민하게 만드는 것도 안쓰러우니까 순순히 승낙했다.

메리에스트 황녀에게 각 부대의 대장과 부대장이 방울 형태의 마법 장치를 받았다.

작전 개시나 후퇴 타이밍은 이 방울이 알려주는 모양이다.

간단한 테스트를 하여 문제가 없는 것을 확인하고, 각 부대가 순서대로 목적지를 향해 이동했다.

우리는 제6마굴의 조사를 함께 했던 멤버가 동행하는 모양이다. 대장인 카운도 씨만 다른 부대를 맡아서 여기에 없었다.

『주인님. 전술 대화로 링크했어. 정말로 견제만 할 거야?』

『아니, 아리사의 공간 마법으로 마왕의 도주를 막아야 할 테니까, 대형 사진병은 슥삭 쓰러뜨리고 나아갈 거야.』

『부하인 잔챙이 사진병은? 하야토 일행이 마왕이 있는 장소에 도착할 때까지 대규모 마법은 금지잖아?』

화려한 마법을 써서 마왕이 감지해버리면, 또 도망쳐버릴 테니까 작전회의에서 그런 행위는 엄격하게 금지됐다.

용사 하야토가 흑기사나 신전기사단장의 동행을 인정한 것도, 거부하면 공을 세우려고 독단적인 행동을 할 것 같아서였겠지.

『그쪽은 나랑 정찰대가 나누어서 쓰러뜨려야지. 모두는 메인인 대형 사진병을 처리해주면 돼.』

전부 50마리 정도 있지만, 3분이면 섬멸할 수 있을 거야.

유도 화살을 쓰면 순식간이지만, 내가 쓰는 「마법의 화살」은 위력이 너무 강해서 착탄음이 꽤 크단 말이지.

통로를 배회하고 있던 사진병을 타마와 둘이서 조용히 처리하며 무사히 소동을 일으키지 않고 제5통로에 도착했다.

루도루 부대가 조금 늦어졌지만, 1시간도 안 지나 준비가 되겠지.

우리는 잠깐 휴식을 취하며, 모두에게 따뜻한 수프와 야채빵을 나눠줬다.

"맛있다."

"역시 루루의 요리는 최고로구만."

"시가 왕국의 명예사작님이니까 『공』이나 『님』을 붙여라."

가벼운 식사에 감탄하면서 농담을 하는 정찰대원들에게, 루루가 「안 붙여도 괜찮아요」 하고 웃으며 말했다.

그들 가운데 루루의 용모를 업신여기는 버릇없는 자는 없다. 첫날에 루루가 사진병을 호신술로 쓰러뜨리는 걸 보여준 게 좋았을지도 모른다.

“펜드래건 각하, 이런 냄새를 내면 마물이 다가오지 않을까요?”

“괜찮아요. 바람의 소정령들이 냄새를 막아주고 있으니까요.”

걱정하는 정찰대원에게 말하자, 미아에게 소환된 작은 실프가 「완벽해요」라고 말하는 태도로 퐁 하고 바람 소리를 내어 대답했다.

잠시 휴식을 마치고, 장비 점검을 마친 참에 방울이 울렸다.

이것은 「모두 배치에 도착, 준비하라」다.

모두가 숨을 삼키고, 다음 신호를 기다렸다.

숨소리나 옷이 스치는 소리마저 시끄럽게 느껴질 정도의 정적이 주위를 채우고, 두 번째로 방울이 울렸다.

“작전 개시합니다. 나나를 선두로 진군. 정찰대는 소형 사진병에게서 후위를 지켜주세요.”

나는 작전을 다시 전달하고서, 전위와 후위 사이를 나아갔다.

오늘의 주무장은 붉은색 마궁이다. 화살은 사가 제국의 보급대에게 받은 흑강제 일품을 화살통에 넣어두었다. 이걸로 중형 사진병을 해치울 생각이다.

“사진병들이여! 모래는 모래로 마물은 주검으로 바뀌어야 한다고 고합니다.”

나나가 「재는 재로」 같은 말을 외쳤다.

도발 스킬을 담은 말에 이끌려서, 사진병들이 나나에게 쇄도했다.

“일단은, 잔챙이를 진로에서 제거합니다.”

"라쟈인 거예요."

"아이아이 서~."

아인 소녀들이 소형 사진병을 베어버리고 걷어차 제거하면서, 일직선으로 나아가 마족이 빙의된 대형 사진병에게 다가갔다.

앞길을 막으려는 데미 오우거급의 중형 사진병을 루루와 함께 마핵을 저격해서 쓰러뜨린다.

아리사가 쓴 「격리벽」이 나나 앞에 쏟아져 들려는 도마뱀 형태의 중형 사진병을 저지했다.

"크케케케케, 맛있어 보이는 꼬맹이들임이어어요."

대형 사진병이 기분 나쁜 목소리로 외쳤다. 이 대형 사진병은 전갈과 인간이 융합한 것 같은 모습이었다. 전에 싸운 마족 사진병과 같은 타입이다.

"방심은 금물, 불이 활활이야!"

아리사가 한 시대 전의 대사를 말하면서, 호화탄으로 대형 사진병의 얼굴을 태웠다.

반사적으로 팔로 감싸서 그런지 대형 사진병에게 가벼운 대미지밖에 못 준 모양이지만, 견제가 목적이니까 그거면 된다.

"하반신이 허술하다고 충고합니다."

나나의 실드 배쉬가 대형 사진병 아랫가슴을 쳐올리고, 몸이 뒤집힌 하반신에 필살기 「마인쇄벽」을 뿜어서 대형 사진병의 방어 장벽을 걷어냈다.

"포치는 먹어도 맛없는 거예요!"

"타마는 못 먹어~?"

몸이 뒤집어진 자세에서 뿜어져 나오는 허술한 대형 사진병의 손톱 공격을 포치와 타마가 재주 좋게 피하더니, 그대로 가는 발목을 사냥하러 간다.

그런 타마와 포치를 경단처럼 꿰어 버리려고, 대형 사진병의 사복검 같은 꼬리가 사각에서 공격해온다.

"시시해~?"

타마가 아크로바틱한 움직임으로 회피하고, 그대로 대형 사진병의 아킬레스건을 쌍검으로 베었다.

밸런스가 무너지면서도, 타마가 피한 꼬리 끝이 포치를 공격한다.

"팔랑크스으—에서 『마인선풍(뱅퀴시 슬라이서)』인 거예요!"

새로운 장비인 팔랑크스로 꼬리를 막고, 순동으로 달려가는 기세 그대로 필살기를 써서 대형 사진병의 발목을 절단했다.

더욱이 공보로 하늘을 달려간 리자가 대형 사진병의 눈앞으로 뛰어들어, 발동이 빠른 나선창격으로 심장의 위치에 있는 마핵을 때려 부쉈다.

모래처럼 무너지는 대형 사진병의 그림자에서 빙의되어 있던 마족이 도망치려는 것이 보였다.

"노려서, 쏩니다!"

루루의 금뢰호총에서 뿜어져 나온 뇌구탄이 마족을 꿰뚫었다.

마족은 끈질기게 도망치려고 했지만, 이어지는 두 발째, 세 발째의 뇌구탄이 차례차례 명중하여 마족을 검은 안개로 바꾸었다.

미아의 작은 실프들과 정찰병에게 소형 잔챙이 사진병 소탕을 맡기고, 우리는 용사 하야토가 싸우는 장소로 달려갔다.

◆

"우우우우우즈으므아아아아아아아!"

통로 끝에 있던 바위를 올라가 대공동을 들여다보자, 소리를 지르는 마왕이 보였다.

그 모습은 아까 쓰러뜨린 전갈인간형 대형 사진병과 대단히 비슷했다.

어느샌가 대량 발생한 사진병이 방해되어 용사 일행이 통로에서 나오지 못하고 있는 것 같다.

따끔따끔하는 느낌의 빛이 마왕 주변에서 반짝였다.

"즈르르르르르르르르카아아아아아아아."

—위기감지.

안쪽을 보기 위해 올라온 바위에서, 포치와 타마를 안고 뛰어내렸다.

다음 순간, 등 뒤에서 어마어마한 폭발음이 연쇄하며 오존 냄새를 띠는 모래먼지가 통로에 들이닥쳤다.

"미아!"

입가를 막으면서 미아의 이름을 부르자, 퐁퐁퐁 하는 바람 소리가 나고 모래먼지가 역류했다.

미아가 다루는 작은 실프들이 기류를 조작해준 모양이다.

맵으로 확인하자, 무수히 많던 사진병이 대부분 일소되고, 용사 하야토를 선두로 종자들이 마왕을 향해 달려가고 있었다.

방금 그 공격은 메리에스트 황녀와 린그란데 양이 쓴 건가 보다.

나는 방금 그 바위를 다시 한 번 올랐다.

—마왕은 건재하다.

몸 주위에 자금색 빛으로 만들어진 거대한 비늘 같은 것—「반사광린」을 띄우고 있었다.

저걸로 방금 그 마법 공격을 막은 게 틀림없어.

"우우우우우즈므아아아아아아아!"

마왕의 발치에 적층형 마법진이 생겼다.

"린! 놓치지 마!"

"……■ 마법 파괴(브레이크 매직)!"

용사 하야토의 뒤를 달리던 린그란데 양이 마법 발동체인 지팡이를 휘두르자, 유리가 깨지는 것 같은 소리가 나고 마법진이 파괴됐다.

『아리사, 여기서 마왕의 전이를 저해시킬 수 있어?』

『당근이쥐! 공간 마법사 아리사의 진수를 보여주겠어!』

아리사를 바위 위로 끌어올려 마법을 쓰도록 했다.

효과 범위를 확장하기 위해, 은닉 장비인 「결정 가지(에메랄드 브랜치)의 지팡이」 사용을 허가했다.

『결계를 쳤어. 이제는 하야토 일행이 마왕을 이기면 되네.』

『고마워, 아리사. 우리는 여기서 마왕의 부하들을 사냥하자.』

나는 미아와 루루 두 사람도 불러서, 용사 하야토 일행의 방해를 하려는 대형 사진병들을 사냥하기로 했다.

"그레이트~?"

"루스스도 휘휘도, 아주아주 강한 거예요!"

우리가 원격 무기와 마법으로 대형 사진병을 사냥하고 있는데, 흥미가 생긴 타마와 포치가 바위에 올라왔다.

뒤에는 리자와 나나도 있다.

"역시 사가 제국의 용사님이군요. 다른 자들과는 한 차원 다르군요. 저 수호에 일격을 넣는 것은 어려울 것 같습니다."

"예스 리자. 저 공격을 막는 것은 대단히 어려운 일이라고 평가합니다."

—얘들아.

왜 본인들이 용사랑 싸우는 전제로 보는 걸까.

"주인님, 용사님이—."

루루의 목소리에 시선을 되돌리자, 용사 일행이 마왕과 접근전을 시작하는 게 보였다.

그 자금색으로 빛나는 반사광린이 루스스나 휘휘의 공격을 가볍게 튕겨내고, 용사의 유니크 스킬 「최강의 창」과 성구로 강화된 성검 아론다이트도 받아낸다.

용사의 성검이라면 몇 장의 반사광린이라도 관통하는 모양이지만, 마왕 본체에 닿지는 못한다.

메리에스트 황녀와 린그란데 양이 쏘아내는 단일 개체 공격 마법도 반사해 버린다.

반사광린의 틈을 노린 궁병 위이야리의 활은 마왕의 몸을 지키는 모래폭풍 같은 장벽이 막아낸다.

"저 마왕은 방어특화일까?"

"아니, 저건 공방일체의 기술인가 봐."

돌격한 흑기사와 신전기사단장 두 사람이 반사광린의 세례를 받아 방패와 갑옷 일부가 절단됐다.

"피융피융 움직이는 거예요."

"피하는 것도 힘들어~?"

"팔랑크스라면 막을 수 있을까?"

"아마, 한두 번은 막을 수 있을 거야."

신전기사단장의 갑옷을 베어낸 느낌으로 봐서는 그 정도다.

—으엑.

둘을 지원하려고 너무 접근한 루스스의 다리가 반사광린에 절단되고, 루스스를 구출하러 간 휘휘의 갑옷이 크게 베여서 찢어졌다.

"아파 보여~."

"구급대가 갈 차례인 거예요!"

"기다리세요. 저쪽에는 우수한 신관이 있습니다."

구급대의 완장을 찬 타마와 포치가 뛰쳐나가려는 것을 리자가 막았다.

휘휘를 안고서 루스스가 후퇴했다.

"가세하고 싶지만, 저 비늘 너머로 맞추는 위력이라면 하야토 일행도 다칠 것 같아."

"뭐, 틈은 있어."

루스스와 휘휘가 복귀할 때까지, 용사 하야토에게 공격이 너무 집중되지 않도록 지원하자.

나는 마궁으로 마왕을 저격했다.

“맞았어.”

“역시 주인님. 용케 핀 포인트로 맞히네.”

미아가 흥분한 표정으로 나를 올려다보고, 아리사가 나를 놀렸다.

“대미지는 얼마 없는 것 같지만, 마왕에 대한 심술은 되겠지?”

몇 번 공격하자, 신관 로레이야의 신성 마법이 발동하는 게 보였다.

다리를 복원한 루스스와 큰 상처가 나은 휘휘가 전선에 복귀했다.

“신관 굉장해.”

“상급 마법약 같은 회복력이네.”

신관 로레이야가 다음 영창에 들어가는 게 보였다.

신성 마법의 영창은 기니까, 필요해지는 마법을 먼저 예측하고 영창을 시작하는 모양이다.

“마스터, 다른 통로에서 사진병이 지원하러 왔다고 보고합니다.”

“좋아, 통로 출구의 방어는 정찰대에게 맡기고 우리는 사진병들을 사냥하자.”

내가 그렇게 선언하자 동료들이 활기찬 소리로 응답하고 달려갔다.

동료들과 이동하며 사진병을 사냥하고 있는데, 우리들 옆을 신전기사들이 굉장한 속도로 달려갔다. 그들은 사진병을 처리하여 용사를 지원하는 게 아니라, 마왕 토벌에 참가하는 걸 고른 모양이다.

"정말이지. 남한테 떠넘기지 말고, 자기들이 담당한 사진병 정도는 쓰러뜨려야지."

"동감."

아리사와 미아가 신전기사들을 비난했다.

자기소개를 하면서 신전기사들이 마왕에게 쇄도하는 것이 보였다. 신전기사단장도 흑기사와 서로 견제하면서, 그것에 동조하여 마왕에게 돌격한다.

"그것보다도, 청소를 하지 않으면 하야토 일행 쪽으로 사진병이 가버릴 거야."

"그것도 그렇네."

우리들이 그렇게 말하며 시선을 되돌리는 순간, 후방에서 굵직한 비명이 들렸다.

—으엑.

신전기사단장이 두 동강이 났다.

성검 블루트강을 쓰고 있던 신전기사는 무사하지만, 다른 신전기사 네 명은 몸이 크게 찢어져 중상이다.

어부지리를 노리고 마왕과 거리를 좁혔던 흑기사가 황급히 거리를 벌렸다.

"잠시 구하러 다녀올게."

나는 그렇게 말하고 달려갔다.

"으으으으으즈즈즈즌스르아아아아아아아아아아아아아."

두 동강이 난 신전기사단장을 내려다보던 마왕이, 암자색의 빛을 띠면서 하늘을 향해 외쳤다.

샤이닝 스트랏슈
"―섬광 나선 찌르기!"

빈틈투성이가 된 마왕의 몸에, 파란 빛을 띤 용사 하야토의 성검 아론다이트가 다가갔다.

그 칼날이 마왕의 몸에 닿기 직전, 환상처럼 마왕의 모습이 사라졌다.

『말도 안 돼.』

『아리사의 전이 저해를 돌파한 건가…….』

『아니야. 저건 전이 마법이 아냐. 무슨 다른 방법으로 사라진 거야.』

『다른 방법― 유니크 스킬인가?』

『응, 아마도. 주인님의 유니크 스킬 같은 느낌이라고 생각해.』

시험 삼아서 1센티미터 정도 옆으로 유닛 배치를 해봤더니, 문제없이 전이할 수 있었다. 간섭 받은 느낌도 못 받았으니, 아리사의 예상은 틀리지 않았을 가능성이 높았다.

『출발점으로 돌아가 버렸네. 또 마왕을 찾아야 돼.』

『그래, 하지만 마왕의 도망 대책을 세우는 게 먼저―.』

이야기하면서 맵의 마커 일람에 있는 마왕의 현재 위치를 확인했다.

……진짜냐.

『왜 그래?』

『마왕이 있는 장소를 알았어. 우리가 조사하고 있던 제6마굴의 숨겨진 구역이야.』

『숨겨진 구역이라면, 「자유의 빛」이 아지트로 삼은 곳?』

나는 아리사에게 고개를 끄덕였다.

마왕이 전이로 도망치는 곳이 아지트로 고정되어 있다면 이번 일의 진행이 빨라지는데 말이지.

마왕의 역습

"사토입니다. 누구든지 소중한 것이 있는 법입니다. 어렸을 때는 색지를 바른 작은 상자에, 도토리나 매미 허물 따위를 모았습니다. 어른이 보기에는 쓰레기라도, 당시에는 소중한 보물이었어요."

"구름 아래."

"성도가 보이기 시작했다고 보고합니다."

전망창에서 바깥을 보고 있던 미아와 나나가 보고했다.

마왕을 놓쳐버린 우리는 신전기사단장의 사망 보고를 하기 위해 성도로 돌아왔다.

차원 잠행선 쥘 베른이 흐릿한 구름을 빠져나와 고도를 낮추었다. 성도 변두리에 공항이 있는 모양이다.

"파리온 신국에도 비공정이 있군요."

"시가 왕국이나 사가 제국의 비공정하고 달라서, 독특한 형태를 하고 있지?"

"후후, 토우 같아서 귀여워요."

아리사가 외부인 대응 어조로, 나와 용사 하야토의 대화에 끼어들었다.

프루 제국시대의 유물이라는 조몬 토기풍 선체에, 범선의 마스트가 날개처럼 나 있었다. 전부 네 척 정도가 공항의 잔교에 계류되어 있고, 쌍동형의 중형 비공정에는 인부들이 물자를 싣고 있는 참이었다.

지상에서 깃발을 휘두르는 담당자에 따라 쥘 베른이 부두에 접현하고, 네 명의 신전기사들이 하부 해치에서 신전기사단장의 시신을 날랐다.

흑기사를 비롯한 나머지 사람들은 걸어서 지상으로 나온 다음 각각의 비공정으로 성도에 귀환할 예정이다.

사전에 연락을 해뒀기 때문인지, 신전기사들이나 신관들이 줄을 지어 시신을 맞이했다.

지잉 지잉 하며 징 같은 것을 두드린다. 이것이 이 나라의 장송의 종인 모양이다.

"하야토 님, 어서 오세요."

서기관 리로에게 마중을 받으며, 용사 하야토에 이어서 우리도 하선했다.

모두가 내리자, 궁병 위이야리가 「신이 내린 부적」을 손에 들고 뭔가 했다. 차원 잠행선 쥘 베른이 고주파의 구동음을 내더니, 물에 잠기는 것 같은 빛의 파문을 허공에 만들며 아공간으로 선체를 가라앉혔다.

배를 지킬 사람을 남기지 않아도 되는 것은 조금 편리할지도 모르겠군.

"리로, 이 몸이 없는 사이에 별 일 없었어?"

"—아뇨, 아무것도 없어요."

한순간 서기관 리로의 대답이 늦어졌다.

그러자 용사 하야토가 서기관 리로의 눈동자를 바라본 다음, 살짝 귓속말을 하면서 지나갔다.

"그래. 감당 못하게 되면 말해."

서기관 리로의 볼이 새빨갛게 물들었다. 그녀는 용사 하야토에게 반한 모양이다.

"—저택으로 돌아가서, 이후의 마왕 대책을 생각하자."

"네, 하야토 님."

서류를 품에 안은 서기관 리로가 용사 뒤를 따랐다.

우리들도 두 사람에 이어 부두 안쪽에 있는 터미널로 갔다.

"—으엑. 또 저 비아냥 자식이야."

"한가한 놈. 일부러 공항까지 비아냥대러 왔나 봐."

그곳에는 비싸 보이는 장신구를 몸에 두른 추기경이 기다리고 있었다.

추종자인 고위 신관들도 함께다.

"두 사람. 상대는 파리온 신국의 추기경이에요. 하야토의 입장이 난처해지니까, 섣부른 발언은 삼가도록 하세요."

메리에스트 황녀가 루스스와 휘휘에게 못을 박고, 추기경에게 비꼬는 말을 듣는 용사 하야토를 지원하러 갔다.

"또 마왕을 놓쳤다고 하던데. —그 정도의 군세와 물자를 쏟아 부어 놓고는, 성당 최강의 기사인 모키리스 단장까지 죽음에 이르게 했으면서 뻔뻔스레 돌아오다니. 용사라는 것은 상당히 낯짝이 두꺼운 모양이로군."

비꼬는 말을 넘어 매도인데.

"켁, 마왕의 등 뒤에서 공격한 주제에 일격으로 당해버린 녀석 따위 알 게 뭐야."

"그 광린이 위험하다는 건 우리가 보고했었잖아."

"두 사람, 그만두세요."

루스스와 휘휘가 내뱉자, 메리에스트 황녀가 타일렀다.

"그래. 아무리 사실이라도. 죽은 자를 매도하는 건 안 좋아."

"단장은 운이 나빴어. 다른 신전기사들은 다들 살아남았으니까."

궁병 위이야리와 린그란데 양이 옹호 같이 안 들리는 옹호를 했다. 그녀들도 용사 하야토가 매도를 받아서 화가 난 모양이다.

"흥, 종자의 교육은 주군의 사명이다."

제멋대로 말하는 추기경이 불쾌한 기색으로 용사 하야토를 노려보았다.

"모키리스 공의 죽음은 나도 유감이다. 그러나, 마왕과 싸우는 것은 언제나 목숨이 걸린 일이야. 싸움에 참가하는 이상, 죽는 것을 각오하길 바란다."

용사 하야토가 진지한 표정으로 추기경에게 말했다.

"저기 있는 걸림돌들이나 귀공들의 동료는 누구 한 사람 죽지 않았는데 말인가?"

걸림돌이라는 건 우리들 말인가?

뭐, 겉보기에 듬직해 보이지 않는 건 아니까, 가볍게 무시해 두도록 할까.

"로레이야의 신성 마법이 뛰어나니까 무사히 돌아온 것뿐이다. 치료가 늦었다면 이 몸들도 위험했다. 그건 추기경도 잘 알고 있으실 텐데?"

지난번 마왕전에서는 용사 하야토도 저주를 받아 큰일이었으니까.

"흥, 살아남은 것을 자랑하는 것이 아니라, 이제 슬슬 확실하게 마왕을 토벌해주면 참 좋겠군."

추기경은 자기가 불리해지자, 정신승리의 비꼬는 말을 하고 물러갔다.

"마왕이 하야토한테 겁먹고 도망치니까 어쩔 수 없잖아."

"정말 그래. 위험해지면 도망치니까, 처리할 수가 없어."

—위험해지면?

전이하는 타이밍은 용사 하야토의 필살기를 받기 직전이었지만, 지금 돌이켜보면 마왕은 그 공격을 의식하지 않은 것 같은 느낌이었다.

마왕이 우세했고 가세하러 온 신전기사들도 가뿐하게 처리됐었는데, 마왕이 도망을 친 이유가 뭘까?

"그건 그렇고, 발치의 마법진이 도망치기 위한 것이 아니었다는 게 쇼크야."

"무영창으로 공간 마법을 쓴 걸까?"

『주인님. 마왕의 도망 수단이 공간 마법이 아니라는 거 가르쳐줘도 돼?』

아리사가 공간 마법 「원거리 통화」로 허가를 구했다.

『괜찮은데, 아리사의 공간 마법을 말하지 않고 납득해줄까?』

『그건 생각이 있으니까 괜찮아.』

자신이 있는 것 같으니 아리사에게 맡기자.

“메리에스트 님. 잠시 괜찮을까요?”

“뭔가요?”

“마왕의 도망 수단은 공간 마법이 아니에요.”

“어떻게 아는데?”

“공간 마법으로 전이할 때 생기는 공간의 흔들림이 없었으니까요.”

“흔들림? 허니는 그런 걸 알 수 있어?”

루스스와 휘휘는 납득 못하는 모양이다.

“저는 알 수 없지만, 제 언니인 루루는 미약한 공기의 흔들림이 보여요.”

“그렇네. 루루라면 보여도 신기하지 않아.”

궁병 위이야리가 납득한 표정으로 수긍했다.

“아~ 그 뇌구탄을 맞춘 애구나. 하지만 공간 마법이 아니라면, 어떻게?”

“아마도 마왕의 유니크 스킬이 아닐까 생각합니다.”

“다시 말해서, 마법 파괴로는 막을 수가 없단 거구나.”

“근본적인 대책을 변경해야겠어.”

“도주의 조짐을 간파하거나, 도주하는 곳을 특정해서 먼저 가거나, 어느 쪽이든 파리온 신국이나 사가 제국의 협력을 요청할 필요가 있겠어.”

용사 하야토가 종자들의 의견을 정리하고는, 아리사에게 「고마워, 허니」라고 했다.

"조짐이라~. 그건 그렇고 마왕은 왜 도망치는 걸까~."

"뉴?"

"신기한 거예요?"

척후 세이나가 투덜거리자, 타마와 포치가 갸우뚱하는 표정으로 그녀를 올려다보았다.

"꼬맹이들은 알아?"

"네 인 거예요."

"마왕 아저씨는 싸우는 거 싫어~?"

타마와 포치가 대답했다.

"뭐어? 그럴 리 없잖아~."

"신이 나서 단장을 두 동강 냈는데."

"우리가 오기 전에는 사진병으로 사람들을 공격했다고 하던데?"

척후 세이나, 루스스, 휘휘가 반론했다.

"그치만, 마왕 아저씨는 겁먹었던 거예요?"

"왜 그렇게 생각하지?"

"『저리 가』나, 『오지마』라고 말했어~?"

"단장 아저씨를 쓰러뜨릴 때도 『이제 싫어』하고 외치고 도망친 거예요."

용사 하야토의 질문에 타마와 포치가 대답했다.

그것을 들은 용사 일행이 서로의 얼굴을 마주 보았다.

"주인님, 그런 거 들렸어?"

"아니, 그냥 포효라고 생각해서 제대로 안 들었어."

다음에 마주치면 귀를 기울여보자.

어쩌면 싸우지 않고 마왕과 화해할 수 있을 지도 모르니까.

◆

그런 생각을 하고 있는데, 타마와 포치가 훌쩍 하늘을 올려다보았다.

"뉴~?"

"멀리서 종소리가 들리는 거예요."

타마와 포치를 따라 귀를 기울이자, 분명히 경종 같은 소리가 들린다.

"주인님! 큰일이에요! 대성당이……!"

루루의 말에 올려다보자, 성도 중앙에 있는 대성당의 꼭대기 부근이 부서지고 검은 연기가 오르는 게 보였다.

"마왕이다!"

비상 신발(플라잉 부츠)을 기동한 용사가 성당을 향해 하늘을 달려갔다.

맵을 확인하자, 대성당에 마왕의 마커가 있다.

무심코 달려가려는 내 팔을 린그란데 양이 붙잡아 말렸다.

"기다려! 달려서 따라잡을 수 있을 리 없잖아."

린그란데 양이 궁병 위이야리 쪽에 턱짓을 했다.

신이 내린 부적을 들어 올린 궁병 위이야리 곁으로, 수면이 갈라지는 것 같은 이펙트와 함께 아공간에서 차원 잠행선 쥘 베른이 떠올랐다.

쥘 베른의 상갑판이 나타나자마자 루스스와 휘휘가 뛰어서 올라타고, 린그란데 양이 그걸 따랐다.

내가 이끌려서 뛰어 오르자, 아인 소녀들이나 나나도 올랐다.

다른 멤버는 해치에서 선내로 뛰어들었다.

급가속하는 쥘 베른에서 떨어질 것 같으면서도, 갑판의 난간을 붙잡고 동료들을「이력의 손」으로 지탱했다.

어마어마한 속도로 비상하는 쥘 베른의 전방에 용사 하야토가 보였다.

"하야토!"

점점 다가오는 용사 하야토의 등을 향해서, 린그란데 양이 외쳤다.

손을 뻗는 용사의 팔을 린그란데 양이 붙잡고, 관성에 이끌려 떨어질 것 같으면서도 모두 함께 지탱하여 쥘 베른으로 끌어들였다.

쥘 베른은 속도를 줄이지 않고, 대성당을 향해 일직선으로 비상했다.

나는 상황을 알고자 공간 마법「멀리 보기」를 발동하여 마왕 주변을 부감 시점으로 보았다.

시체가 쌓인 방에 마왕과, 신전기사들에게 보호를 받는 교황이 있었다.

마왕이 교황에게 손을 뻗었다.

도시 핵을 이용한 것으로 보이는 파란 장벽을 세 장의 반사광린이 연속 공격으로 부수고, 교황을 지키고자 앞으로 나선 신전기사를 마왕이 휩쓸었다.

급제동을 하느라 갑판에서 떨어질 뻔하면서도, 아인 소녀들이 지탱해줘서 자세를 고쳤다.

눈앞에 대성당의 꼭대기에 뚫린 구멍이 보였다.

용사 하야토에 이어서, 그 구멍으로 뛰어들었다.

우리가 자자리스 교황이 있는 방—「천공의 방」에 도착한 것은 정말로 아슬아슬한 타이밍이었다.

이 정도로 아슬아슬하지 않았으면, 파란 하늘이 한 눈에 보이는 유리 돔이나 종교화처럼 띠 형태로 그려진 스텐드글라스 신화를 탐닉할 수 있었을 텐데.

“두아아아알리리이이이이아즈아아아아아아아아아아아.”

마왕이 포효를 지른다.

교황을 붙잡으려는 마왕의 팔을, 사방팔방에서 뻗은 그림자의 촉수가 달라붙어서 막았다.

—그림자 마법 「그림자 묶기(섀도우 바인드)」랑 닮았다.

“마왕이여! 물러나도록 하라!”

“여기는 파리온 신을 섬기는 성자님의 거처다! 네놈 같은 무리가 와도 되는 장소가 아니다!”

달려온 것은 현자와 성검을 가진 신전기사 메자르트다.

방금 본 그림자 촉수는 현자의 마법이 틀림없다.

“찾으러 갈 수고가 줄었군.”

용사 하야토가 교황을 지키는 위치에 서서, 성방패를 들고 파란 빛을 둘렀다.

분명히 유니크 스킬「무적의 방패」를 발동한 것이리라.

루스스와 휘휘 두 사람은 마왕의 퇴로를 끊는 것처럼 등 뒤를 막았다.

"마왕은 레벨 62, 스킬은 안 보인다. 마왕의 상대는 용사 나리에게 맡기고, 신전기사단은 성하를 지켜라!"

현자가 자자리스 교황을 등 뒤로 감싸면서, 주위의 신전기사들에게 명했다.

"네놈이 말할 것도 없다."

투덜댈 것이라 생각했지만, 신전기사 메자르트는 순순히 교황을 지키는 위치에 섰다.

신전기사들이나 현자에게 수호를 받으면서, 교황은 낯선 신성 마법의 영창을 시작했다. 마력의 고조로 생각하면, 상급 마법이나 금주 같은 거겠지.

"하야토 님, 지원하겠습니다."

나는 요정검을 뽑아서 용사의 대각선 뒤에 섰다. 나나와 아인 소녀들도 임전 태세로 내 좌우에 위치를 잡았다. 그녀들에게는 철저하게 견제만 하라고 해뒀다.

"사토, 무리는 하지 마라. 상대는 마왕이다."

"자신의 분수는 잘 알고 있습니다. 하야토 님의 지원에만 전념할 생각입니다."

오늘의 주역은 용사 하야토다.

"이이이이이이이잉우우여어어어어어어어엉우우우우르르르르."

용사를 위협하는 것처럼, 마왕이 다시 포효했다.

암자색의 파문이 마왕의 몸을 뒤덮고, 반사광린이 나타나 바닥과 가구를 동강내 버렸다.

등 뒤에서 일격을 넣으려던 루스스와 휘휘가 마왕과 거리를 벌렸다.

마왕의 공격은 두 사람을 견제하는 것처럼 보였지만, 굳이 따지자면 투정을 부리는 어린애 같은 인상을 받았다.

"『인형』이라고 하는 거예요."

포치가 마왕의 말을 번역했다.

"두아아알리리리즈아아아아아앙아아아어."

몸을 비튼 마왕이, 우리들을 통째로 쓸어버리고자 전갈 꼬리를 내리쳤다.

"포트―."

지근거리에서 뿜어져 나온 예상 밖으로 빠른 마왕의 공격에, 나나의「포트리스」발동이 늦는다.

축지를 써서 옆으로 움직여, 아파 보이는 전갈꼬리를 마력 갑옷으로 핀 포인트 가드하여 발로 차올렸다.

가까운 곳을 지나는 꼬리에 머리칼이 흩날리고, 키가 큰 신전 기사의 투구에 붙어 있던 끝 부분의 장식이 찢어져 날아갔다.

교황의 상급 마법이 발동한다. 아무래도 전체강화형의 지원 마법인가 보다.

"마왕이 아까 뭐라고 했지?"

납작 엎드린 타마와 포치에게, 마왕의 말이 무슨 뜻인지 물었다.

“『돌리자』라고 했어~?”

“아닌 거예요. 지금 그건 『돌려줘』라고 한 거예요!”

이어보면 「인형을 돌려줘」, 인가?

“—인형? 설마!”

현자가 뭔가 깨달은 것 같은 표정으로 교황을 돌아보았다.

마왕의 손톱을 하야토의 성방패와, 미전개판 포트리스를 발동한 나나의 대형 방패가 받아냈다.

돌아오는 꼬리 끝을 리자가 받아 흘리고, 리자를 절단하려는 반사광린을 포치와 타마가 팔랑크스로 요격했다. 아리사도 몰래 공간 마법 「격리벽」으로 둘을 지원했다.

튕겨나간 반사광린을 측면에서 걷어차 퇴장시켰다.

내가 걷어차도 부서지지 않는 걸 보면, 나나의 포트리스에 가까운 방어력이 있는 모양이다.

“으그그~.”

“**먼먼찮은** 거예요.”

용사 일행이나 아인 소녀들이 필사적으로 마왕을 공격했지만, 마왕의 손톱이나 꼬리, 무엇보다도 공방일체의 반사광린에 막혀서 유효타를 주지 못하고 있었다.

뒤에 있는 교황을 지키면서 싸우는 거고, 지원 마법도 제대로 못 걸고 시작된 긴급조우전이라서 어쩔 수 없긴 하다.

루루와 미아도 메리에스트 황녀나 린그란데 양과 함께 후방에서 공격하고 있지만, 자동으로 움직이는 반사광린의 방어를 좀처럼 돌파하지 못하고 있었다.

"성하! 누군가에게 인형을 받지 않으셨습니까? **풀로 엮은 인형**에 짚이는 바라도?"

"아아, 그거라면, 저쪽 서랍에……."

마왕에게 집중해서 흘려들었지만, 뒤에서 현자와 교황이 무슨 이야기를 하고 있다.

"■■■……."

갑자기, 현자가 교황의 수호를 포기하고 방의 한 구석에 있는 서랍으로 달려갔다. 희미하게 영창이 들렸다.

그가 여는 것도 귀찮다는 듯이 유리문을 때려서 부수고, 안에서 꺼낸 인형 같은 것을 들고 「마왕!」이라고 외쳤다.

"이이이잉여어어어엉우우우우우으르르르르르."

마왕이 집요하게 노리고 있던 교황을 포기하고, 현자 쪽에 돌진했다.

"이걸 바란다면 받아라!"

"이이이잉여어어어엉우우우우우으르르르르르."

호를 그리며 날아간 인형을 좇아서 마왕이 도약했다.

"—그림자 감옥(섀도우 제일)."

현자가 발동을 보류하고 있던 그림자 마법을 썼다.

마왕의 발치에 드리운 그림자에서 뻗은 칠흑의 촉수가, 마왕을 묶어서 그림자로 끌어들이고자 준동한다.

"두아아알리리이이이이이즈아아아아아어."

마왕이 인형을 지키는 것처럼 배에 끌어안았다.

그대로 저항하는 기색도 안 보이고, 그림자에 끌려들어가—

사라졌다.

"붙잡은 건가?!"

용사 하야토의 물음에 현자가 고개를 좌우로 흔들었다.

"아니, 놓쳤네. 믿을 수 없지만, 한 걸음 남은 참에 전이를 했다네. 역시 마왕이라고 해야 하나."

나는 맵을 열어 마왕의 현재 위치를 체크했다.

—좋아.

마왕은 지난번 도망쳤을 때와 같은 제6마굴에 있다.

겨우 두 번째지만, 마왕이 도망치는 전이처는 제6마굴이 기본이라고 생각해도 될 거야. 나중에 용사 하야토에게 전달하고 작전을 짜야지.

"뉴~ 그림자는 그림자~?"

맵을 닫고서 목소리 쪽을 돌아보자, 마왕이 사라진 그림자가 있던 장소를 타마가 타박타박 만지고 있었다.

그림자가 자유롭게 움직이는 것이 신기했던 모양이다.

"성하! 성하는 무사하십니까?!"

방 입구에서 신관들이 쏟아져 들어왔다.

"걱정을 끼쳤군요. 저는 무사합니다."

교황은 걱정하는 신관들에게 무사함을 알리고, 자신을 목숨 걸고 지킨 자들에게 감사의 말을 했다.

"성하, 그 인형은 어떤 자에게 받으신 겁니까?"

"현자 나리! 성하는 지치셨습니다. 질문이라면 내일 낮 이후에 다시 하시오!"

시종 같은 신관이 현자의 질문을 가로막으며 물리쳤다.

"기다리세요."

교황이 시종 신관을 말리고 돌아보았다.

"솔리제로, 그 질문은 중요한 것입니까?"

"예, 누군가가 마왕을 이용해서 성하를 시해하려고 했을 가능성이 있습니다."

"그 인형은 오늘 『치유 의식』이 끝난 다음에, 소년에게 받은 물건입니다. 그 소년이 사람을 해치려는 사심을 숨기고 있다고 보이지는 않았어요."

"황송한 혜안이십니다. 아마도, 그 소년은 흑막에게 이용당했을 뿐이겠지요."

"그것은 안 좋군요. 담당관에게 물어보면 소년의 신원도 알 수 있을지 모릅니다. 솔리제로, 미안하네만 어른의 사정으로 폐를 끼치지 않도록 수고를 좀 해주겠어요?"

"성하의 뜻에 따르겠습니다."

현자가 교황에게 깊숙하게 신하의 예를 취했다.

교황이 다른 방으로 이동하자, 현자는 작은 소리로 영창하여 그림자에 풍덩 가라앉아 사라졌다. 아마도 그림자 마법인 「그림자(섀도우) 건너기(포탈)」일 것이다.

분명히 그 소년을 보호하러 간 게 틀림없다.

내 뇌리에 라이트 소년의 모습이 스쳤지만, 아무래도 그가 그 소년이라는 일은 없겠지.

"뉴!"

타마가 현자가 사라진 그림자를 탁탁 만졌다.

뭔가 타마의 심금을 울리는 것이 있었던 모양이다.

"못 들어가~?"

바닥에 얼굴을 붙이고서 말하며, 눈썹 모양이 고리처럼 될 정도로 찌푸렸다. 천재 타입인 타마라면 조만간 인술로 그림자에 들어가거나 할지도 모르겠다.

나갈 때 용사 하야토가 고위신관에게 붙잡혀 뭔가 대화를 시작했기에, 우리는 「천공의 방」 구석에서 대기하기로 했다. 이곳의 스테인드글라스는 볼 맛이 나니까 얼마든지 기다려야지.

"마왕 아저씨는 아주아주 강했던 거예요."

"반성~?"

"네, 자신의 미숙함을 통감한 기분입니다."

"예스 리자. 방어구의 성능에 의지해서는 안 되는 것을 재인식했다고 고합니다."

전위진은 자기들보다 격이 높은 마왕과 직접 대결한 것으로 이래저래 생각하는 바가 있는 모양이다.

사투를 경험함으로서 얻는 것이 있었는지, 마왕을 쓰러뜨리지도 않았는데 눈에 띌 정도로 동료들의 경험치 게이지가 늘어 있었다.

"하급은 마구 캔슬 당했고, 중급도 비늘에 반사돼서 안 돼. 아마, 메리의 공격을 보니까, 단일 개체 공격은 상급도 반사되나 봐."

"금주."

"응, 그거라면 비늘까지 한꺼번에 뭉개버릴 수 있을 것 같지만, 고위력에 효과 범위가 넓어서 아군이 휘말릴까봐 무서워."

미아와 아리사에게는 왕성의 금서고에서 얻은 금주를 알려줬다.

"금주는 아직 시험해본 적이 없지 않아?"

"응. 주문이 너무 길어서 아직 완벽하게 영창할 자신이 없으니까."

"영창 실패, 위험."

미아가 입 앞에 양손 검지로 가위표를 만들었다.

"마왕전까지는 완벽하게 해야지."

"응, 특훈."

아리사와 미아가 얼굴을 마주보며 고개를 끄덕였다.

"루루는 어땠니?"

"비늘의 이동이 너무 빨라서, 금뢰호총이나 불 지팡이 총으로 틈을 노리는 건 어려울 것 같아요. 광선총이라면 노릴 수 있을 거라고 생각하지만, 모래의 방어막에 막혀버릴 것 같아요."

"가속포라면 가능성 있는 느낌?"

아리사의 질문에 루루가 고개를 끄덕였다.

"응, 비늘의 이동 패턴을 읽으면 될 거라고 생각해."

마왕과 직접 대결하는 사태가 일어나면 1회용 가속포를 꺼내도 된다고 루루에게 허가를 해뒀다.

정식판 가속포는 사격 시퀀스에서 몸을 고정시켜 회피 행동을 못하니까, 반사광린처럼 위험한 공격 방법이 있는 이번에는 금지했다.

"사토, 오늘은 해산이다."

신전기사의 높은 사람과 이야기를 하고 있던 용사 하야토가 돌아왔다.

"너희들도 연전으로 지쳤지? 느긋하게 쉬고 활력을 쌓아둬."

그건 좋지만 휴식하기 전에 전할 말이 있다.

"하야토 님, 잠깐 귀를—."

나는 용사 하야토에게 어떤 정보를 전달했다.

"—그건 정말이야?"

"네, 저도 제6마굴에서 봤습니다."

반신반의하는 용사 하야토의 눈을 바라보며, 사기 스킬의 도움을 빌어 진지하게 전했다.

"알았어. 가능한 빨리, 작전을 실행한다."

다행이다. 믿어주는 모양이군.

"네 도움을 받기를 잘했어."

용사 하야토가 내미는 주먹에, 내 주먹을 가볍게 부딪쳐 응답했다.

막간: 어둠 속에서

“마왕님, 부하도 없이 단독으로 강습을 하다니 무모함이어요.”

마굴 안쪽. 제단에 웅크린 마왕 곁에, 사양할 것 없이 다리를 꼬면서 심녹색을 한 상급 마족이 존중하는 태도도 없이 잘못을 지적했다.

물론, 마왕도 상급 마족의 말 따위 듣지 않는 모양이다.

“이이이이잉여어어어어어엉으으으으르르르르르르.”

마왕은 풀로 엮은 너덜너덜한 인형에 볼을 비볐다.

방금 전까지 아무도 없었던 그림자에서, 남자 한 명이 나타났다.

“녹색 나리. 사진왕 폐하는 어떻지?”

“마왕님이라면 보는 그대로임이어요.”

상급 마족은 4개 있는 어깨를 재주 좋게 으쓱거렸다.

“죽은 딸의 유품이니 사진왕에게는 소중한 거겠지.”

“—죽은? **죽인**이 아님이어요?”

“아아아아아아아아아아아슈라우카오오오오오오오오오오오.”

죽였다, 라는 말을 들은 마왕이 절규했다.

상급 마족이 손가락으로 귀를 막는 포즈를 하면서, 초승달처럼 호를 그리는 입에서 뱀 같은 혀를 움직여 입맛을 다셨다. 일그러진 희열을 즐기는 것 같다.

"**이건** 이거대로 즐거움이어요만, 용사를 상대하는 데는 조금 미덥지 못한 것임이어요."

팔짱을 끼고서 상급 마족이 신경질적으로 발을 굴렀다.

"사진왕의 일은 용사를 상대하는 것이 아니다."

"그럼이어요? **마왕 폐하**는 인간을 학살하고, 맛있는 불행과 저주와 투쟁을 뿌려주면 좋겠음이어요."

"녹색 나리의 취향은 그렇다 치고, 폐하에겐 폐하의 목적이 있는 것이다."

"『폐하의』 목적, 인것임이어요……."

말 없이 네 목적이겠지라고 말하는 상급 마족에게, 남자는 입을 다물고 말하지 않았다.

"**성녀**님에게 말해서, 새로운 그릇에 다시 넣는 것을 권하는 것임이어요."

성녀라는 말에 속뜻을 두고서, 상급 마족이 목을 뻗어 남자에게 귓속말을 했다.

"그게 가능하면 고생은 안 한다."

남자 또한, 마왕을 한심하게 생각하고 있는 것이다.

"어째서임이어요? 성녀님의 권속으로 만들면, 다음은 다른 그릇에 『주인님의 조각』을 옮기기만 하면 됨이어요?"

"그 권속화를 못하는 거다. 마왕화가 진행된 사진왕에게는, 가짜 기아스가 안 듣는다. 고작해야 이미 묶은 기아스와 매료로 마왕군을 증강하는 것뿐."

"『증강』임이어요까—."

상급 마족이 히죽 웃었다.

마치, 「증강」이라는 것이 명분임을 꿰뚫어보고 있다고 남자에게 말하는 것 같았다.

"증강할 거라면, 『마왕』을 늘리는 게 어떤 것임이어요? **알**의 안에서 『조각』을 꺼내, 잔학한 범죄자에게 심어서 부화시키는 것임이어요."

걸쭉한 침이 입 안에 넘쳐서, 늘어진 산의 방울이 바닥을 녹였다.

"분명히, 이 세상 것이라고 생각되지 않을 정도의 진미가 넘칠 것임이어요."

"유감이지만 『보라색 머리칼』은 많지 않다. 이웃나라를 돌아봤지만, 새롭게 손에 넣은 것은 하나뿐. 조각에 깃드는 『권능』도 전투에 맞지 않았다."

"그것인 것임이어요……. 사람들이 경애하는 성자가 사람들 앞에서 마왕이 된다. 좀처럼 볼 수 없는 최고의 시추에이션, 이어요. 상상만 해도 침이 멈추지 않는 것임이어요."

"그건 마지막의 마지막이다. 함부로 쓸 수는 없다."

"유감이어요…… 어쩔 수 없음이어요. 미는 새로운 알을 찾으러 다녀옴이어요. 그때까지 즐거운 연회는 미뤄두면 참 기쁠 것임이어요."

"녹색 나리, 가기 전에 권속을 빌리고 싶다."

"좋음이어요. 돌아올 때까지 마왕 폐하가 토벌되면 흥이 식음이어요니까."

상급 마족이 팔을 휘두르자, 제단 사이에 몇 개의 흉흉한 마법진이 나타나며 크고 작은 갖가지 마족이 소환됐다. 하급 마족이 많지만, 중급도 적지 않다. 개중에는 상급에 가까운 중급 마족도 있는 것 같다.

"녹색 나리, 감사하—."

"이것만으로는 미덥지 못한 것임이어요."

남자의 말을 가로막고, 상급 마족이 아공간에서 「검은 마핵」을 꺼냈다.

"—녹색 나리, 그것은!"

당황하는 남자를 무시하고, 상급 마족이 그 검은 마핵을 마왕 위에 훌쩍 던져 버렸다.

"으으으르르르르에에에에뻬어어어—."

마핵에서 뻗은 검은 독기의 실이, 마왕을 묶어 표피를 찢고서 파고들었다.

"—그오오오오오오오오오오."

마왕이 절규를 지르며 실을 뜯어내려고 몸부림쳤지만, 그 손가락을 통과하여 몸속으로 파고들어간다. 구역질이 날 것 같은 씹는 소리와 영혼을 찢어낸 것 같은 절규가 제단의 방을 채웠다.

고통에 날뛰는 마왕의 손 안에서, 그토록 소중하게 여기던 인형이 뒤틀리고 풀을 잡아두던 천이 찢어졌다.

그 무참한 모습이 마왕의 눈에 비쳤다.

"아아아아아아아아아아아아슈우라우카오오오오오오오오오."

후회의 목소리로 절규하는 마왕을 상급 마족이 희열에 찬 표정으로 내려다보았다.

이윽고, 모래 같던 외피 안쪽에 있던 보라색 피부가 독기에 오염되고, 타르 같은 칠흑에 문드러진 것으로 바뀌었다.

"녹색 나리……."

"무엇, 임이어요? 이걸로 마왕 폐하는 지금까지보다 몇 배나 강해진 것임이어요. 마신님의 가호를 얻은 마왕 폐하에게 용사와 영웅들이 살육되는 모습을 상상만 해도 몸서리가 드는 것임이어요."

남자의 항의도 어디서 바람이 부냐는 식으로, 상급 마족은 부하 마족들과 춤을 추었다.

물론 남자도 마왕이 강해진 것은 알고 있었다.

다만, 그 탓에 마왕을 조종하여 「마신옥」의 봉인을 풀려고 했던 남자의 꿍꿍이는 암초에 걸리게 됐다.

"걱정할 필요 없음이어요. 만약 쓰러져도, 그때는 마왕 폐하 안에서 **키운** 『오염』이 감옥에 퍼져서, 순식간에 감옥 안을 기분 좋은 독기의 바닥에 가라앉혀줄 것임이어요."

"녹색 나리, 그게 사실인가?"

남자가 상급 마족 쪽을 보았다.

"물론임이어요. 다만, 자아는 완전히 『오염』에 먹혀 버렸음이어요니까, 얼른 봉인에 가까운 장소로 보내는 편이 좋음이어요?"

"알았다. 내가 옮기지."

"그게 좋음이어요. 다들 마왕 폐하를 열심히 지키는 것임이어요."

녹색 상급 마족은 권속인 마족들에게 명하더니 심녹색의 와

이번으로 변해서 날아갔다.

토벌 작전

"사토입니다. 미스터리에서는 서두에 등장하는 지나치게 수상한 인물은 미스리드용으로 준비되는 경우가 있습니다. 물론 미스터리가 아닐 경우는 의외로 그대로 범인인 경우가 많지만요."

"마왕이 도망치는 곳을 알았어? 정말이야? 사토?!"

용사 하야토에게 말한 다음, 차원 잠행선 쥘 베른의 회의실로 이동해서 용사 일행과 마주앉아 있었다. 물론, 동료들도 함께다.

"네. 저희들에게 탐색을 맡기신 제6마굴 안쪽에서 숨겨진 통로를 발견하여 그 안쪽에서 마왕 신봉 집단의 거점을 파악했습니다. 거기서 그들이 말했습니다. 『또 용사들이 마왕님에게 죽으러 간다더라』, 『그러면 마왕님이 언제 돌아오셔도 괜찮도록 제단을 정돈하자』라고."

사기 스킬의 도움을 빌어서, 마왕의 전이처가 제6마굴이라는 정보에 설득력을 주고자 이야기를 꾸며냈다.

실제로는 마커를 단 마왕의 현재 위치를 맵으로 확인하여 이 사실을 깨달은 것뿐이지만, 유니크 스킬의 공개 없이 설명하는 게 어렵기에 그런 이야기를 꾸며냈다.

"혹시, 일부러 쥘 베른의 회의실을 빌렸다는 건—."

메리에스트 황녀의 물음에 고개를 끄덕였다.

"그래, 그런 거구나…… 조금 성가시네."

린그란데 양도 내 의도를 깨달은 모양이다.

다른 종자들이나 동료들도 납득한 표정이다.

"무슨 일인데?"

"모르겠거든~."

루스스와 휘휘가 불평을 했다.

"모르는 건 두 사람뿐."

궁병 위이야리가 기가 막힌단 기색으로 말했다.

"어? 말도 안 돼."

"진짜로?"

"포치도 모르는 거예요."

"타마도 몰라몰라~?"

포치와 타마가 동의하자, 루스스와 휘휘는 더욱이 쇼크를 받은 느낌이다.

"사토는 파리온 신국에 마왕의 첩자가 있는 걸 염려하는 거야."

"그래, 그런 거구나."

"알고 있었어. 나는 사실은 알고 있었다니까."

"타마는 몰랐어~?"

"포치도 몰랐던 거예요! 휘휘는 굉장히 굉장한 거예요!"

타마와 포치에게 칭찬을 받은 휘휘가 새삼스레 아는 척한 거라고 말하지 못해 어색한 표정을 지었다.

"사토, 질문."

궁병 위이야리가 손을 들었다.

"마왕이 언제 돌아와도 괜찮도록 제단을 정돈하는 게 전이처의 준비라는 건 상상이 되지만, 정말인지 아닌지 확인할 필요가 있지 않아?"

"맞는 말입니다."

궁병 위이야리의 질문에 고개를 끄덕였다.

"그래서, 조사 전문의 부하를 감시로 두고 왔습니다."

"그런 녀석이 있었어?"

"네. 사람들 앞에 나서는 걸 병적으로 두려워해서 소개는 못 합니다만, 잠복의 실력은 제가 보증합니다."

용사 하야토가 끼어들기에, 사기 스킬의 도움을 빌어서 꾸며냈다.

"그 자에게 보고가 있었습니다. 마굴이나 『천공의 방』에서 마왕과 싸운 뒤, 그 제단에 마왕이 전이해왔다고 합니다."

"진짜야!"

"네, 틀림없습니다."

"드디어 마왕의 꼬리를 붙잡았구만."

루스스의 물음에 대답하자, 휘휘가 용사 하야토랑 비슷한 태도로 기뻐했다.

"기다려, 기뻐하기 전에 몇 가지 확인해야 해."

"—뭘 말야?"

메리에스트 황녀가 말하고 나를 보았다.

용사 하야토의 물음은 무시하고서.

"사토, 마왕은 그 곳 말고는 전이 못하는 거야?"

"그건 미확인입니다만, 그럴 가능성이 높다고 생각됩니다."

"근거는?"

"마왕이 성도 습격에 전이를 쓰지 않았기 때문이죠."

"썼잖아."

"현자의 그림자에 붙잡힌 마왕이, 전이로 도망치는 걸 사토도 봤잖아?"

"아뇨, 그게 아니라—."

"사토가 말하는 건, 어디로 대성당에 침입했느냐야."

"린그란데 님 말이 맞습니다."

교황이 있던 「천공의 방」의 벽이 부서져 있기에 마왕이 어디서 나타났는지 목격자를 찾아봤더니, 공항 반대쪽에 있는 사막에서 나타나 일직선으로 대성당을 향해 돌진했다는 증언을 들었다.

나는 그것을 그들에게 말했다.

"그러면, 하나는 괜찮겠어. 또 하나는—."

"마왕이 전이로 도망친 다음에, 어떻게 제6마굴까지 하야토 님을 데리고 가는가, 인가요?"

"아니, 그건 괜찮아. 우리들은 『신이 내린 부적』이 있어."

메리에스트 황녀가 말하기로는, 파리온 신이 종자들에게 내리는 탈리스만은 종자 곁으로 용사를 소환하는 일을 할 수 있다고 한다.

꽤 편리하다. 직접 제작이 가능하다면 동료들에게 하나씩 들려주고 싶을 정도다.

“그러면, 또 하나의 염려란 것은?”

“추격전을 하는 장소가 적의 본거지라는 거야. 마왕과 싸우고 있는 와중에 레벨 50이 넘는 사진병이나 중급 이상의 마족이 참전하면, 이쪽이 도망치게 될 거야.”

“어째서? 그건 마굴 안에 있는 마왕을 쓰러뜨릴 때랑 같잖아?”

루스스가 모두의 의문을 대변하는 것처럼 물었다.

“건설중인 거점과, 완성된 거점은 달라.”

—건설중인 거점?

“그러니까, 메리에스트 님은 제6마굴이 아닌 마굴에서 활동하고 있는 것은, 새로운 거점을 만들기 위해서라는 말인가요?”

“그래, 마왕은 사진병을 양산하는 『스폰포이테』를 만들고 있는 것 같아.”

“—스폰 포인트야.”

용사 하야토가 메리에스트 황녀가 잘못 말한 것을 정정했다.

스폰 포인트는 MMO-RPG 같은 것에 흔히 있는 몬스터가 재배치되는 장소다.

이 경우는 사진병을 생산하는 마법진이나 마법장치를 말하는 거겠지.

“마왕은 스폰 포인트를 만들어 뭘 하려고 하는 걸까요?”

조용히 이야기를 듣고 있던 아리사가 「나 무서워」라고 말하는 표정으로 내 소매를 잡았다.

"빤하잖아!"

"마왕은 세계정복을 위해서 군세를 만들고 있는 거야!"

"데인저~ 데인저~?"

"그건 아주아주 큰일난 거예요."

"마스터, 마왕군과 싸우기 위해 제 자매와 『펜드라』를 서둘러서 육성해야 한다고 진언합니다."

루스스와 휘휘의 농담을 진심으로 받아들여 당황하는 동료들을 달랬다.

타마의 놀란 목소리에 레트로 슈팅 게임의 보스 등장음을 떠올리고 조금 입가가 씨익 올라간 것은 비밀이다.

"뭐, 정말인지는 알 수 없지만 좋지 않은 계획인 건 틀림없겠지."

용사가 마무리 짓고, 이야기를 본래 궤도로 되돌렸다.

"문제는, 본거지의 대처를 어떻게 할 것인가로군."

"쥘 베른에 성검사나 현자도 태우고 가?"

"그건 어렵네요."

궁병 위이야리의 말을 메리에스트 황녀가 부정했다.

"어째서~?"

"마왕이 성도를 습격한 이상, 추기경도 성도나 교황의 수호를 허술히 할 수는 없을 테니까요."

척후 세이나의 물음에 메리에스트 황녀가 대답했다.

"괜찮잖아. 파리온 신국에는 마왕측의 첩자가 있잖아?"

"그래그래. 뒤에서 찌르는 것보다는 우리만 가는 편이 싸우기 편하잖아."

"그러고 보니 첩자 문제도 있었죠."

루스스와 휘휘의 말을 들은 서기관 리로가 화이트보드에 「첩자 문제」라고 커다랗게 썼다.

"우리들과 뤼켄 정도라면 싸울 수 있겠지."

"조금 레벨이 부족하지만, 루도루나 카운도도 쓸만하지 않아?"

"뤼켄이라면 전력으로 셀 수 있지만…… 희생이 늘어날 것 같아."

"……상대의 거점에서, 마왕이랑 2연전이니까요."

린그란데 양과 메리에스트 황녀가 우울한 기색으로 탄식했다.

"—용사님."

묵직한 분위기가 회의실을 가득 채운 그때, 어른스럽게 이야기를 듣고 있던 아리사가 벌떡 일어섰다.

"본거지에 있는 마왕이 아닌 적은, 저희들한테 맡겨 주세요."

"허니 쪽에?"

용사 하야토가 아리사를 본 다음에 시선을 나에게 옮겼다.

"네, 아리사가 말한 것처럼, 마왕이 아닌 적은 저희들에게 맡겨 주세요. 어느 정도의 군세가 나타나든, 하야토 님 쪽으로는 결코 보내지 않겠습니다. 안심하고 마왕을 토벌해 주세요."

의표를 찔린 표정을 짓고 있던 용사 하야토가 「크크큭」 하고 웃음을 참은 다음, 폭발하는 것처럼 웃음을 터뜨렸다.

아무리 그래도 너무 큰 소리로 들렸는지, 용사 하야토가 데굴데굴 굴렀다.

조금 나답지 않은 말투였을지도 모른다.

어떻게 설득할까 망설이는 사이에, 용사 하야토가 웃음을 억누르고 말했다.

"하하하— 믿는다, 사토."

"하야토, 정말로 괜찮아?"

린그란데 양이 묻자 용사 하야토가 고개를 끄덕였다.

"어째서일까— 사토가 말하면, 정말로 믿을 수 있을 것 같단 말이지."

용사 하야토가 눈가에 맺힌 눈물을 닦으며 말했다.

"그 신뢰에 응답할 수 있도록 전력을 다하겠습니다."

"그래, 부탁한다, 사토."

용사 하야토가 내민 손을 마주 쥐고, 아리사가 그 위에 손을 겹치자 종자들이나 동료들이 차례차례 손을 겹치고, 마왕 토벌의 성공을 기원하며 함성을 질렀다.

◆

"하야토 님, 이걸."

나는 잊기 전에 성도에 잠입하고 있는 마왕 신봉 집단「자유의 빛」구성원 목록을 건넸다.

"이건— 사토, 이걸 어디서?"

"시가 왕국에는 우수한 첩보원이 많이 있으니까요."

사기 스킬의 도움을 빌어 그럴 듯한 변명을 했다.

"메리, 곧장 사법 담당인 시프나스 주교에게 말해서 수배를—."

—그는 좋지 않군.

"기다려 주세요."

용사 하야토를 말렸다.

"왜 그래? 이 녀석들을 이 몸의 감정 스킬로 보면, 『자유의 빛』 구성원인지 아닌지는 금방 알 수 있는데?"

의문스런 기색의 용사 하야토에게, 시가 왕국의 왕도에서 호즈나스 추기경이 「마신의 찌꺼기」 사건을 일으킨 일을 말했다.

"그건 알고 있어. 파리온 신국에서도 상당히 소동이 일어났지."

"그 이야기랑, 수배를 말린 것에 무슨 관계가 있는 거구나?"

린그란데 양에게 고개를 끄덕이고, 추기경이 감정 스킬로 간파할 수 없는 인식 저해 계통의 신기를 가지고 있던 것을 말했다.

"사토는 하야토의 감정에 대해 모르는 거야?"

"알고 있습니다. 하야토 님, 아리사의 머리색을 기억하고 계신가요?"

아리사가 전생 특전으로 신이 내려준 「자기 확인」 스킬의 숨겨진 기능에 대해 가르쳐준 것이 용사 하야토라고 했으니까, 아리사가 전생자라는 것은 그도 알고 있을 거다.

"허니의? 물론이지. —그렇군. 그렇단 말이지."

용사 하야토의 의문스런 표정이 금방 납득한 표정으로 바뀌었다.

전생자라는 증거인 아리사의 보라색 머리칼에서, 전생자 중에는 용사에 필적하는 「능력 감정」이라는 인물 감정 스킬을 가진 자가 있다는 것에 생각이 미친 모양이다.

"허니도 가지고 있는 거군?"

"네, 용사님."

아리사가 외부인용 숙녀 필드를 발생시키며 고개를 끄덕였다.

"그런 그녀도 호즈나스 추기경의 스테이터스는 간파하지 못했어요."

"다시 말해서 이 몸의 감정 스킬로도 간파하지 못하는 녀석이 있다는 거군?"

"네. 사전 조사에서는 사법 담당인 시프나스 주교가 호즈나스 추기경과 같은 신기를 가지고 있다는 정보가 있었습니다."

"시프나스가 말이지, 그건 좋지 않은데……."

"그래, 신기의 소유와 『자유의 빛』 구성원이 같은 거라고 연관 지을 수는 없지만, 의심하기에는 충분한 이유가 되겠어."

내 대답을 들은 용사 하야토와 메리에스트 황녀가 씁쓸한 표정을 지었다.

"딱히 어느 쪽이든 상관없지 않아?"

"무슨 뜻?"

휘휘의 발언에, 궁병 위이야리가 고개를 갸웃거렸다.

"통보하고서, 그 목록에 있는 녀석들을 일부러 놔주면 주교가 범인. 전부 붙잡아서 제대로 처분하면, 주교는 범인이— 아닌지 맞는지는 모르지만, 그건 그거대로 좋지 않아?"

"분명히……."

신관 로레이야가 일리 있다고 중얼거렸다.

"휘휘가 그런 말을 하다니, 사막에 호우라도 내릴 것 같아~."

"뭐야아~?"

놀림을 받은 휘휘가, 도망치는 척후 세이나를 뒤쫓아서 방을 뛰쳐나갔다.

"그러면, 구성원 목록은 휘휘가 말한 것처럼 시프나스 주교에게 건네요. 리로, 미안하지만 목록을 복사해줘. 나는 뤼켄에게 말해서 정찰대에서 감시나 미행이 특기인 인원을 빌려올게."

메리에스트 황녀가 선언하고 행동을 개시했다.

뒤는 그녀들에게 맡기고, 구성원들이 도주했을 때에 대비해서 모두에게 마커를 달아뒀다.

"그러면 이 몸은 로레이야와 린과 함께, 다음 조사대를 편제할 준비를 하고 올게."

용사 하야토가 말하고 종자들을 보았다.

"나는 뭐 할까?"

"나는 쥘 베른의 정비. 루스스도 도울래?"

"오히려 부숴버릴 것 같으니까 관둘래. 나는 밖에서 몸을 움직이고 올게."

궁병 위이야리는 정비, 루스스는 트레이닝을 선택했다.

"포치도 수행하고 싶은 거예요!"

"타마도 닌자해~?"

"루스스 님, 겨루기를 부탁할 수 있을까요?"

"좋네~. 가끔은 다른 상대랑 연습하는 것도 재밌겠다."

"저도 참가 희망이라고 고합니다."

"가자."

루스스가 말을 하고는 아인 소녀들과 나나와 함께 방을 나섰다.

"다들, 수련 좋아하네~."

"연습 열심히 해."

아리사와 미아도 그것에 이어서, 나도 루루와 함께 방을 나섰다.

그러고 보니—.

마왕이 되찾으러 온 인형은 뭐였던 걸까?

현자가 뭔가를 아는 것 같았고, 라이트 소년의 아버지 일도 있으니까 한번 만나봐야겠어.

◆

"놔! 이거 놓으라니까!"

"에이, 닥쳐라! 이 지저분한 모래 종족이……!"

중간에 모두와 헤어져 현자가 있는 뒤뜰로 왔는데, 무슨 소동이 일어나고 있었다.

병사들에게 팔을 붙잡힌 것은 라이트 소년이었다.

"귀족님!"

나를 발견한 라이트 소년이 필사적으로 손을 뻗었다.

무슨 일이 있었는지는 모르지만, 그를 내친다는 선택지가 없으니 사정을 들으러 갔다.

"펜드래건 각하가 아는 자입니까?"

"나는 그가 입국했을 때 신원보증인입니다."

마침 잘 됐네. 병사가 나를 아는 모양이다. 자기소개를 생략할 수 있어서 좋네.

"그래서 그는 무슨 짓을 한 거죠?"

"나는 아무것도 안 했어!"

병사에게 질문한 건데, 대답은 라이트 소년이 했다.

"다리가 안 좋은 할머니가 부탁해서, 감사의 인형을 교황님한테 준 것뿐이야."

이런, 설마 했는데 마왕의 인형을 교황에게 건넨 것은 라이트 소년이었나 보군.

"너는 나쁜 녀석들에게 이용당한 모양이다."

"그런 거야? 할머니는 나쁜 녀석 같지 않았는데. 『직감』도 아무렇지도 않았어."

라이트 소년에게는 「직감」이라는 레어 스킬이 있다.

그렇다면, 할머니도 흑막에게 이용당했을 뿐인 일반 시민일 가능성이 높다.

"그가 말하는 할머니를 찾을 수 있을까요? 진범이 할머니를 입막음 할지도 몰라요."

"알겠습니다. 인상착의를 그릴 수 있는 자를 불러오겠습니다."

병사 한 명이 성당 옆의 관사로 달려갔다.

"그가 말하는 할머니가 발견될 때까지, 그는 제가 맡겠습니다. 괜찮겠죠?"

"그, 그러시다면—."

"괜찮을 리가 없지 않나!"

허가를 하려던 병사들의 말을 신경질적인 목소리가 가로막았다.

목소리의 주인은 사법 담당인 시프나스 주교였다. 그는 내 AR표시에도 스테이터스를 위장할 수 있는 아이템을 장비하고 있는 요주의 인물이다.

"—데려가도록 하게. 죽지 않을 정도로 고문해서 흑막을 알아내는 것이네."

주교에게 지시를 받은 병사들이 경례하고, 라이트 소년을 또다시 구속했다.

이대로 손 놓고 끌려가게 되면, 확실하게 감옥에서 죽을 것 같다.

나는 라이트 소년을 구하고자 그의 앞길을 막으려 했지만, 그곳에 선객이 있었다.

"현자 나리, 어째서 방해를 하는가?"

병사들 앞길을 막은 것은 현자였다.

그의 뒤에는 용사 하야토의 종자인 서기관 리로의 모습도 있었다.

"그는 아무것도 모른다네. 펜드래건 경이 말한 것처럼 그는 이용당했을 뿐이지."

현자는 떨어진 장소에 있던 우리들의 대화를 들은 모양이다.

"성하를 노린 것은 성하를 시해하여 이득을 보는 자겠지."

넘버2인 추기경이나 그에 버금가는 지위에 있는 주교가 그것에 해당한다.

"나나 추기경 예하가 성하를 시해하려고 했다는 건가?!"

주교도 같은 결론에 이르렀는지 큰 소리로 말하며 격노했다.

"그렇게 말하진 않았네. 그러나, 주교 예하에게는 부하가 많지."

"내 부하 중에 마왕 신봉 집단에 협력하는 자 따윈 없네!"

그러는 주교가 제일 의심스러운데 말이지.

"『자유의 빛』은 교활하지. 가족을 인질로 잡혀서 어쩔 수 없이 협력했다는 사건이 과거에도 있지 않았던가?"

"그, 그것은……."

주교가 입술을 깨물었다.

"그러면, 제가 맡아도 괜찮을까요?"

"그것과 이것은 다른 이야기야. 네놈을 신용하기에는 재료가 부족하지."

이 틈을 타서 라이트 소년의 보호를 하겠다고 나섰지만, 택도 없이 기각 당해 버렸다.

라이트 소년이 울음을 터뜨릴 참이라, 조금 조바심이 났나 보다.

"주교 예하. ―나는 파리온 신국과 시가 왕국의 우호를 맺기 위해 방문한 관광 부대신이, 『자유의 빛』과 손을 잡을 거라고 생각지 않는다네."

어째선지 현자가 지원을 해준다.

"그래도 믿을 수 없다면, 용사 나리에게 맡기시게. 종자인 리로 공이라면 언제나 성도에 있으니 심문하는 것도 문제없겠지."

현자가 「괜찮겠나?」라고 묻자 리로가 수긍했다.

"기다리시게! 나는 그러한 것에는 동의하지 않아! 그 애송이가 성하께 인형을 건넨 것은 사실! 아는 것을 모두 심문한 다음이 아니면 건네줄 수 없네!"

주교가 꽤 고집이 세다.

"주교 예하도 그의 스킬을 감정하지 않았는가? 그는 훈련된 첩자가 아니라네. 심문관이 추궁을 한다 해도, 고통에서 벗어나기 위해 위증을 할 가능성이 높지."

논리적으로 반박을 받은 주교가 「으그그」 하고 신음했다.

"따라서, 풀어두고 그를 입막음하기 위해 나타나는 자를 붙잡는 것이 좋겠네."

현자는 그런 주교의 귓가에 다가가 조그맣게 귓속말을 했다.

"내 부하를 붙일 셈이지만, 그걸로 부족하다고 생각한다면 주교 예하도 부하를 붙이시게. 아니면 풀어둬서 뭔가 안 좋은 점이라도 있나?"

"입막음만 당하고, 놓치게 되면 어쩔 건가?"

"그 정도 일도 못하는 자를 붙여둘 셈은 없네. 주교 예하도 내 부하들에 대해서는 아실 텐데?"

"만약 놓친다면, 현자 나리가 책임을 져야 할 것이네! 성하의 총애를 방패 삼아, 언제까지나 횡포가 통할 거라 생각지 말게!"

"단단히 마음에 새기지."

"—흥."

현자의 부하는 어지간히 실력이 좋은지, 주교는 신음하기만 하고 반론을 못한 채 마지막에 빤한 대사를 남기고 떠났다.

주교가 어깨를 씩씩거리며 물러간 뒤, 현자가 그 자리를 지휘하여 라이트 소년은 서기관 리로가 맡게 되었다.

현자는 「소년에 대한 수배를 해두지」라며 대성당으로 가고, 교대한 것처럼 찾아온 인상착의 작성 병사가 라이트 소년에게 할머니의 특징을 물어보는 것을 지켜보았다.

끝난 다음에 현자를 만나려고 했는데, 맵 정보를 보니 교황의 방에 있었다. 「마왕의 인형」 건이나 「라이트 소년의 아버지」 건을 그에게 물어보는 건 다음이 될 것 같다.

◆

"마왕의 소재를 재조사하는 것은 좋지만, 대대적인 희생을 지불하고서 발견해도 지금까지 그런 것처럼 마왕을 놓치고 끝나는 것이 아닌지?"

다음날 용사 하야토와 참가한 회의에서, 시작되자마자 추기경에게서 기대한 그대로의 질문이 왔다.

사전에 의논한 것처럼, 서기관 리로가 대책에 대해 말했다.

"—공간 마법을 저해시키는 마법 장치, 라고?"

"네, 펜드래건 경이 엘프의 마을에서 대여한 물건입니다."

보르에난 숲이라면 정말로 있을 법 하지만, 이번에는 단순히 더미다.

"이미 성능을 확인하고 쥘 베르느에 실었다. 파리온 신국 측에서 공간 마법사를 불러준다면, 시험해봐도 좋아."

"현자 나리, 어떤가?"

"시험해볼 것도 없겠지. 지금 용사 나리가 거짓말을 해도 메리트가 없네. 사가 제국의 공간 마법사로 시험을 해본 거겠지?"
용사 하야토가 고개를 끄덕였다.
"그걸로 정말 마왕의 도망을 막을 수 있는 것인가?"
"네. 시프나스 주교 예하. 유효 범위에 넣을 수만 있다면 확실하게."
불안해 보이는 주교의 질문에 서기관 리로가 대답했다.
"실패했을 때의 변명인지?"
그렇게 태클을 건 것은 추기경이었다.
"상대는 마왕입니다. 절대라는 건 없어요. 용사 나리가 믿고 있습니다. 우리들도 믿어야지요."
조용히 듣고 있던 교황이 두둔해 주었다.
"마왕의 전이를 막을 수 있다면, 나도 토벌에 참가하지."
"전이를 막을 수 있다고 정해진 것은 아니야. 그리고 지난번 마왕 습격을 잊었나! 현자 나리가 없으면 누가 마왕과 싸우고 성하를 지킨다는 것이지!"
추기경이 당황한 어조로 뜻을 거두기를 권했다.
"걱정할 것 없네. 성하께는 우수한 신전기사들이 있지. 이번 마왕 습격도, 내가 달려갈 때까지 성하를 지켜낸 것은 그들이 아닌가?"
현자의 말에 추기경이 입을 다물었다.
"걱정이 된다면 성검을 쓰는 메자르트 경 말고 다른 신전기사들은 대성당에 남기면 된다네. 파리온 신국의 영예를 짊어지는 자는 한 명 있으면 충분하지 않은가?"

"아니, 메자르트는 마왕전의 비장의 카드로서 성하 곁에 남겨야 한다."

"추기경 예하! 성검은 수호보다는 공세에 써야 한다고 주장합니다!"

성검사 메자르트 씨가 의자를 쓰러뜨릴 기세로 일어서서 전선에서 빠질 수는 없다고 주장했다.

"물러서시게, 메자르트. 나도 추기경 예하에게 찬성이라네."

주교도 추기경에게 찬성했다.

굳이 따지자면 그는 마왕에게 위협이 될 수도 있는 성검사를 교황 호위 명목으로 성도에 붙잡아두고 싶을 뿐인 것 같은 기분도 드는데.

"성하, 저의 토벌 참가를 허가해 주십시오."

"메자르트!"

"물러서시게!"

교황에게 직소한 성검사를 추기경과 주교가 황급히 말렸다.

"—성하."

말을 건 현자에게 고개를 끄덕이고, 교황이 성검사나 추기경들을 순서대로 보았다.

"도브나프, 시프나스, 저와 성도의 안전을 생각해주는 것은 기쁘게 생각해요. 그러나, 저는 메자르트가 바라는 대로, 용사나리와 솔리제로와 함께 마왕 토벌에 보내고 싶습니다."

"성하!"

"다시 생각해 주십시오!"

추기경과 주교가 교황에게 매달렸다.

"용사 나리가 떠난 다음, 저는 파리온 님의 가호와 대성당의 힘을 이용해 성도를 신성 결계로 봉하겠습니다. 마왕이라 해도, 그리 간단히 부술 수는 없을 거예요."

모두가 조용히 교황의 이야기에 귀를 기울였다.

"성도에 남는 리로 공이라면, 용사 나리에게 구원을 청할 수도 있다고 들었습니다."

교황이 바라보자 서기관 리로가 수긍했다.

"도시에 가득한 힘을 방어에 돌리면, 농작물이나 수원을 유지하는 것이……."

"네, 지장이 생기겠지요. 그러나, 이것은 싸움입니다. 파리온 님의 사도인 용사 나리가 전력으로 마왕과 싸울 수 있도록, 우리들 파리온 신국의 백성도 그들을 뒤에서 지탱하는 것이지요. 그것이야말로 파리온 님의 신의에 따르는 것이라고 저는 생각합니다."

교황이 타이르자, 추기경과 주교도 깊숙하게 고개를 숙이며 그의 뜻에 따랐다.

물론 추기경은 경제적 손실을 생각해서 씁쓸한 표정이었고, 주교는 마왕전의 전력 강화를 막지 못해서 난처한 표정이었다.

"그러면, 용사 나리, 계속해서—."

교황이 재촉하자, 그 다음은 부대 편제에 관해서 이야기를 나누었다.

대략적으로 지난번과 같고, 용사의 부대에 우리들과 현자가 동행하는 것이 결정됐다.

우리는 용사의 제안으로 합류했는데, 현자는 본인이 강하게 희망했기 때문이다. 눈치가 좋은 현자가 있으면 긴급시에 전력을 낼 수가 없어서 에둘러 신전기사의 부대에 떠넘기려고 했지만, 성검사나 흑기사가 현자의 의견에 찬동했기 때문에 흐름에 져버렸다.

참고로, 마왕을 발견하면 나와 척후 세이나는 제6마굴로 급행하게 되어 있었다.

다음은 용사 하야토 일행이 마왕을 도주시키면, 척후 세이나가 「신이 내린 부적」으로 쥘 베른에 탄 용사 하야토 일행을 소환할 예정이다.

출발은 부대의 휴식이나 마왕전에서 순직한 신전기사단장의 장례식이 끝난 사흘 뒤로 정해지고, 우리는 잠시 동안의 휴식을 취하게 됐다.

◆

"저 사람들은 뭐지?"

긴 회의를 마치고 용사 하야토와 함께 대성당 뒤쪽으로 나오자, 뭔가 사람들이 모여 있는 게 보였다.

소란과 함께 금속이 부딪치는 소리가 들렸다.

"무슨 시합을 하고 있는 것 같군요."

그렇게 말하며 다가가자, 동료들이 사가 제국의 전사들이나 종자들과 시합을 하는 것이 보였다.

"……■ 파열(퀵 버스트). ―에서 오의『앵화일섬』!"

"시합에 공격 마법이나 필살기를 쓰는 것은 매너 위반이라고 고합니다."

"전부 막아놓고서 말은 잘해."

나나는 린그란데 양과 시합을 하고 있었다.

공도에서 배를 타고 여행할 때 이파사 경이나 나를 상대했을 때랑 달리, 꽤 진심 모드다.

"호오, 움직임이 좋군. 시가 왕국의『성방패』레이라스 공에게 뒤지지 않는 실력이야."

용사 하야토가 나나의 움직임을 눈으로 좇았다.

"나나! 받아 흘리기는 일류다. 그러나 받아내는 게 아직 물러. 받는 순간에 몸을 살짝 숙여라. 그러면 위력이 줄어들어. 가능하다면 공격을 받아내기 직전에 신체강화를 거듭해서 걸어라. 마력 소비가 뛰어오르지만, 날아가지 않고 뒤에 있는 동료가 다치는 것보다는 낫지."

"예스 하야토, 가르침을 재현합니다. 린그란데, 폭렬 마법을."

용사 하야토에게 조언을 받은 나나가 실제로 연습한다.

"습득이 빠르군. 벌써 소화하고 있어."

웃는 표정의 용사 하야토가 나나 쪽으로 걸어갔다.

"마인 스킬은 쓸 수 있지? 그러면 단발 마법이나 하급 마법을 받아내는 게 아니라, 검으로 베어서 떨쳐라."

용사 하야토가 그렇게 말하고, 린그란데 양에게「불씨 탄환(파이어 샷)」

을 쏘도록 하여 성검으로 베어냈다.

"어때? 할 수 있겠어?"

"예스 하야토. 트레이닝을 개시한다고 고합니다. 린그란데에게 협력을 요청합니다."

"그래그래. 도와줄게."

나나가 몇 번이고 린그란데 양의 마법에 날아가면서 마법을 베어내는 연습을 한다.

"어느 정도 걸리면 할 수 있게 되나요?"

"하루아침에는 무리지. 루스스나 휘휘는 생각보다 금방 할 수 있게 됐지만, 그래도 열흘은 걸렸어. 린은 보름이었지."

참고로 용사 하야토와 세 명의 종자 말고 그걸 완벽하게 할 수 있는 자는 없다고 한다.

마법을 흩어놓는 것 자체는 금방 할 수 있게 됐지만, 위력을 완전히 없애버릴 정도가 되면 난이도가 뛰어오르는 모양이다.

꽤나 난이도가 높지만, 유용한 기술이니 나나가 익혀줬으면 좋겠다.

잠시 나나의 특훈을 지켜본 다음 다른 애들이 어떤지 보려고 주위에 시선을 돌려봤다.

"지 게인 류의 첫칼을 피하다니 제법이지 않은가!"

"루도루! 그 애는 나랑 호각으로 맞선 강자다. 긴장을 풀면 당할 거야!"

"포치는 거합발또의 프로인 거예요!"

포치는 사가 제국의 사무라이와 시합을 하는 모양이다.

그 옆에서는 리자와 루스스가 싸우고 있었다.

"으핫, 굉장하잖아. 하야토 수준의 찌르기네."

"루스스! 얼른 나랑 교대해! 나도 한 번 더 리자랑 싸우고 싶어!"

"시끄러! 내가 듬뿍 즐길 때까지 기다려!"

리자는 루스스와 호각 이상으로 겨루고 있었다.

내가 짐작하건대 휘휘하고도 멋진 승부를 한 모양이다.

"호오, 저 애도 상당한 인재로군."

용사 하야토가 세 사람에게 걸어가서, 리자에게 지도를 하기 시작했다.

즐거운 시합 상대를 빼앗긴 루스스와 휘휘가 항의했지만, 차츰 열기를 띠기 시작한 용사 하야토와 리자의 공방에 눈길을 빼앗겨 입을 닫았다.

용사 하야토는 상당히 봐주고 있지만, 그래도 그걸 따라갈 수 있는 리자는 굉장하다고 생각한다. 리자라면 괜찮겠지만, 용사가 공도에서 나를 지도할 때처럼 그만 무심코 필살기를 쓰지 않을까 조금 걱정이다.

그런 리자 너머, 조금 떨어진 나무 그늘에 궁병 위이야리와 루루가 있었다.

언뜻 일본풍 미소녀와 장이족의 미녀가 시집의 낭독이라도 하는 것 같은 분위기지만, 엿듣기 스킬이 포착한 대화는 조금 달랐다.

"루루, 너는 공기를 어떻게 읽어?"

"평범하게 눈으로 보고요. 표적이 멀 때는 술리 마법을 보조로 쓰고 있어요."

"헤에, 어떤 식으로?"

스나이퍼 루루의 저격 담론에는 조금 흥미가 있었지만, 그건 다음에 배우기로 하자.

두 사람 곁에서 미아는 류트로 곡을 연주하고, 아리사는 나무줄기에 기대어 금주의 마법서를 읽고 있었다.

"우왓, 불 마법의 마법 도구는 비겁하잖아!"

"마법 도구, 아냐~?"

"어떻게 다른데?"

"이건 인술~."

타마는 척후 세이나와 시합중이다.

타마는 쿠보크 왕국으로 여행할 때 익힌 불 광석의 가루를 사용한 화둔의 술법이나 바람 광석의 가루를 사용한 풍둔의 술법에 더해, 이번에는 다종다양한 인술을 사용하기 시작했다.

"—재미있는 술법이군."

어느샌가 현자가 옆에 서있었다.

"마법 계통 스킬 같은데, 처음 보는 것이로군."

"저건 인술이라는 스킬입니다."

"저것이 인술? 내가 아는 인술하고는 조금 다르네만— 참으로 흥미로워."

현자는 감정 스킬을 가지고 있으니까, 타마가 쓰는 스킬의 이름을 가르쳐줘도 문제없겠지.

그는 타마의 일거수일투족을 놓치지 않고자 진지한 표정으로 보고 있었다.

—그렇지.

좋은 기회니까 「마왕의 인형」이나 「라이트 소년의 아버지」에 대해 물어보자.

“지난번 인형 말입니다만, 소년이 말했던 할머니는 발견됐나요?”

“주교 나리에게 못 들었는가? 노파를 고용한 자까지는 판명됐지만, 사법의 손길이 닿기 전에 처리되어 버렸다고 하더군.”

도마뱀의 꼬리 자르기로군…….

“할머니는—.”

“무사하니 걱정 안 해도 된다네. 성하가 마음을 써주셔서 내 부하가 확보했지. 지금은 대성당의 허드렛일로 고용했을 걸세.”

다행이다. 상관없는 사람이 입막음으로 살해당하는 건 싫으니까.

“현자님은 그 인형이 뭔지 알고 계신가요?”

“**모른다네**. 수상한 기척은 느끼지 못했네. 주술 도구 같은 것이 아니라, 마왕이 되기 전에 소중히 여기던 것이겠지.”

마왕이 되어도 소중한 물건인가…….

어쩐지 신경 쓰이는 점이 있었지만, 그게 무엇인지 떠오르지 않는다. 기껏 높은 지력치도, 기억할 생각이 없었던 사상까지는 떠올리지 못한단 말이지.

그때 인형을 마킹 해뒀으면 좋았겠다고 후회했다.

“현자 나리, 그 인형을 교황 성하에게 건넨 소년 말입니다만—.”
나는 라이트 소년이 아버지를 찾아 성도에 온 것을 이야기하고, 그의 아버지를 성도에 오라고 권한 것이 현자라고 라이트 소년이 말했다며 그 행방을 모르는지 물었다.
“미안하지만 기억이 안 나는군. 주변 나라를 돌면서 수많은 재능 있는 자에게 권유를 했지. 그들 대부분은 성도로 데리고 왔네. 성도에 없다면, 마을에 돌아갔거나 역할을 받아 성도를 떠난 것 둘 중 하나일 걸세.”
현자는 조금 생각한 다음에 말했다.
그는 각지에서 인재를 천거 하는 모양이다.
“급하지 않다면 문지기에게 수배를 하면 된다네. 필요하다면 내가 말을 보태주지.”
그 요청은 기쁘니까 부탁을 해뒀다.
나는 현자에게 인사를 하고, 서기관 리로가 돌보고 있는 라이트 소년에게 그것을 전하러 갔다.
금방 발견되는 건 아니지만, 아버지가 성도에 돌아온 것을 알게 되면 너에게 연락이 갈 거라고 하자 「고마워, 귀족님!」 하면서 춤을 추듯이 기뻐했다.
지금은 서기관 리로의 메신저 보이 같은 일을 하고 있다고 한다.

문지기에게 금품을 주고 라이트 소년의 아버지 건을 부탁한 다음, 마왕 토벌에 필요한 아이템을 만들러 보르에난 숲으로 갔다.
대강 완성되긴 했지만, 너무 바빠서 아제 씨랑 시시덕거릴 시간이 조금밖에 없었던 게 유감이다.

그리고, 작전 개시가 될 때까지 내가 목록을 제공한 『자유의 빛』은 두 사람을 빼고 모두 포박됐다. 그들에게 협력하고 있던 자들도 일제 적발됐다고 한다.

도망친 두 사람은 고레벨이며 「변장」, 「매료」, 「정신 마법」 같은 악용하면 위험한 스킬을 가진 녀석들이다.

사전에 사법 담당인 시프나스 주교가 도주시킨 것을, 서기관 리로가 파견한 첩보원과 교황 직할의 복면 조사관이 확인하여 그 또한 포박됐다.

이때 위장 아이템인 「도신의 장신구〔위작〕」도 드러나 그밖에 가진 자가 없는지 철저하게 수색을 했다고 하는데, 그밖에는 발견되지 않았다고 한다. 이 위장 아이템은 교황이 맡아서, 그밖에 못 들어가는 장소에 엄중하게 봉인된다고 했다.

붙잡힌 「자유의 빛」 구성원은 시프나스 주교를 포함하여, 성도의 처형장에서 교수형을 받게 됐다.

멀리서 매달리는 실루엣을 보고 말아서, 얼마 동안 기분이 안 좋았지.

시프나스 주교가 도주시킨 두 사람은 현자 휘하의 은밀부대가 발견하여 마찬가지로 처분됐다고 한다.

◆

작전 개시 전야, 우리는 마왕 토벌의 장려회를 열었다.

"마, 말도 안 돼! 카레 라이스라고오오오오오오!"

용사가 테이블 위에 늘어놓은 카레 세트를 보자마자, 커다란 소리로 외치며 일어섰다.

용사가 전세 낸 숙소라서 문제없지만, 조금 음량을 낮춰주면 좋겠다.

"진짜입니다."

빙그르 소리가 날 법한 기세로 돌아보기에, 고개를 끄덕이고 확인의 말을 해줬다.

"승리를 기원하여 돈가스[#3] 카레로 해봤습니다."

멧돼지 고기가 아니라, 사가 제국에서 수입했다는 돼지고기를 사용한 진짜 돈가스다.

"오옷, 역시 사토! 잘 알고 있잖아!"

용사가 더 못 기다릴 것 같아서, 아리사가 재빨리 손을 마주 대고 「잘 먹겠습니다!」라고 호령했다.

"크으으으으으으, 진짜 카레다!"

용사가 감동의 눈물을 흘리면서 카레라이스에 숟가락을 넣었다.

기세가 지나쳐서 카레라이스가 사방에 튀는 게 아닐까 걱정했지만, 그건 괜한 걱정이었다.

#3 돈가스 일본에서 돈가스(돈가츠)는 승리를 의미하는 「가츠」와 발음이 비슷하다고 하여, 합격이나 승리 등을 기원하는 음식으로 여긴다.

"맛있다아아아아아아아아아아아아아!"

한 입 먹고 외친 용사가 접시에 코를 박을 기세로 카레라이스를 먹어치웠다.

"역시 카레는 마시는 거라니까."

"아니, 그건 아니지."

아리사가 잘난 표정으로 말하는 것에 이견을 내고서, 용사의 종자들에게도 요리를 권했다.

"어쩐지 별난 향기의 스튜네?"

"맵지만 맛있어."

"나는 매운 거 싫어."

궁병 위이야리나 루스스는 맛있는 기색으로 카레를 먹기 시작했지만, 휘휘는 향기를 맡자마자 접시를 밀어냈다. 늑대 귀종족인 휘휘에게는 냄새가 좀 강했나 보다.

"어머? 맛있는데."

신관 로레이야가 귓가에 머리칼을 걸면서 고상하게 카레를 먹었다.

어쩐지 행동이 요염하다.

"안 먹을 거면 이리 줘."

휘휘가 옆으로 치운 접시를 용사가 재빨리 빼앗았다.

아니아니, 그냥 한 그릇 더 달라고 해도 된다니까.

"아아, 이것이 전설의 카레!"

"초대 용사님이 평생 추구했다는 환상의 요리로군요."

린그란데 양과 메리에스트 황녀는 감동에 떨면서, 좀처럼 숟

가락을 대지 못하는 모양이다.

"휘휘 씨, 매운 게 거북하다면 이걸 드세요."

"오오, 맛있을 것 같은 냄새야."

노멀한 오므라이스를 내밀었더니, 휘휘가 늑대 귀를 쫑긋쫑긋 움직이면서 접시의 음식을 먹기 시작했다.

"헤에? 달걀 요리? 사가 제국의 오믈렛 같아."

"오믈렛! 이, 이 빨간 소스는 당근일까요?"

그때 용사 뒤에서 카레를 다 먹은 척후 세이나와 서기관 리로가 멋진 속도로 휘휘의 양 옆에 앉아 접시를 들여다보았다.

"이, 이건 내 거야!"

두 사람의 기세에 불안해진 휘휘가 양팔로 끌어안는 것처럼 오므라이스 그릇을 가렸다.

"휘휘, 한 입 주세요."

"나도 먹고 싶어!"

서기관 리로와 척후 세이나가 휘휘에게 졸랐다.

"너희들의 『한 입』은 못 믿어."

"실례잖아! 세이나는 몰라도, 제 한 입은 귀여운 편이에요."

"잠깐~ 나도 귀엽단 말야~!"

종자들은 사이가 좋네.

"기다렸어~?"

"추가 두 그릇인 거예요."

세 사람의 말다툼을 조금 더 보고 싶었지만, 추가 그릇을 가져온 타마와 포치가 나타나서 다툼에 종지부를 찍게 됐다.

"추가 오므라이스가 도착했습니다만, 두 분도 드시겠어요?"
"야호~!"
"펜드래건 경도 사람이 묘하게 사악한걸."
척후 세이나는 즉시 오므라이스를 먹기 시작했고, 서기관 리로는 나를 **샐쭉** 노려본 다음 새침한 표정으로 오므라이스를 입으로 옮겼다.
"당근, 이 아냐? 이건 무슨 소스인가요?"
"토메이토~?"
"케첩인 거예요!"
"토메이토 케첩의 소스인가요?"
리로는 묘하게 능숙한 발음인 타마의 말과 일본어 발음인 포치의 말을 이어 버렸다.
"토마토에서 만든 케첩이라는 소스를 씁니다. 린그란데 님의 고향, 오유고크 공작령의 특산품이죠."
"—특산? 사토, 나는 그런 소스 모르는데?"
내 설명을 들은 린그란데 양이 반응했다.
"응, 사토."
"마스터가 개발했다고 소개합니다."
"헤에, 역시『기적의 요리사』구나."
미아와 나나의 해설에, 린그란데 양이 그리운 칭호로 나를 불렀다.
"기다리셨습니다. 오우미 소의 스키야키입니다."
커다란 스키야키 냄비가 올라간 왜건을 밀고서, 루루와 리자가 들어왔다.

"스키야키라고!"

다섯 그릇째 카레를 해치운 용사가 루루 쪽을 돌아보았다. 신관 로레이야가 그의 노래진 입가를 닦아주고 있었다.

"네, 용사님 나라의 요리예요."

루루는 용사를 상대로도 별로 평소와 다를 바 없다.

아마, 자기 요리를 맛있게 먹어주는 사람은 동료들처럼 보이는 거겠지.

"날달걀은 어떠신지요?"

"그래, 먹을래!"

루루와 반대로 보기 드물게 긴장한 리자가, 용사 하야토에게 날달걀을 담은 앞접시를 건넸다.

손이 살짝 떨리고 있는데, 무사의 떨림이 아니기를 기도하고 싶다.

"고, 고기~?"

"고기인 거예요. 하지만, 지금은『기다려』니까, 기다려야 하는 거예요."

타마와 포치가 군침을 주르르륵 흘리면서 스키야키 냄비 안의 쇠고기를 바라보았다.

—어허? 그런 지시를 내린 적은 없는데?

"하야토 일행이 먼저 즐기도록 해줄까 해서."

아무래도 아리사가 범인이었나 보다.

"걱정 안 해도, 절대 다 못 먹는 양을 준비했으니까 괜찮아."

오우미 소 통째로 세 마리 분량만 해도 대단한 양이지만, 거기에 더해서 「구역의 주인」 중에 있던 초거대한 소 계통 마물의 고기도 있다. 후자는 최상급의 오우미 소 정도는 아니었지만, 맛이 진한 스키야키에 쓰기에는 구분하기 힘들 정도의 차이니까 문제없을 거야.

"그리고 루루에게 다른 메뉴를 부탁했으니까, 이제 슬슬 오지 않을까?"

아리사의 말에 맞춘 것처럼, 문을 열고서 메이드들이 햄버그와 튀김을 가져왔다.

"햄버그~?"

"설마 했던 햄버그 선생님 등장인 거예요!"

타마와 포치가 「먹어도 돼?」라는 표정으로 이쪽을 돌아보기에, 고개를 끄덕여 허가해 주었다.

"와~아?"

"포치의 싸움은 이제부터인 거예요!"

타마와 포치뿐이 아니라, 다른 애들도 식사를 시작했다.

"그거, 맛있어?"

"물이 론론~?"

"나한테도 줘."

"물론인 거예요! 햄버그 선생님은 도량이 넓은 거예요!"

오므라이스나 카레를 다 먹은 휘휘와 루스스가 햄버그 산맥의 공략전에 참가를 표명했다.

리자가 도전하는 꼬치구이 전선은 척후 세이나와 용천주 병을 확보한 신관 로레이야가 참전한 모양이다.

미아가 프로듀스한 버섯 요리와 야채 요리는 궁병 위이야리와 서기관 리로가 열중하고 있었다.

"젊은 나리."

급사가 나에게 귓속말을 했다.

변장하고 있지만, 그는 전직 괴도 피핀이다.

"쿠로 님의 명으로 왔어. 독을 타려던 바보가 있기에 처리해뒀지. 묶어서 세탁실에 던져뒀으니까 일찌감치 회수해."

그렇게 말하더니, 그는 왔을 때와 마찬가지의 자연스러운 느낌으로 방을 나섰다.

만에 하나의 독살 대책으로 데리고 왔는데, 일을 제대로 해주는 모양이군. 고용하길 잘했어.

나는 술을 못하는 카운도 씨를 데리고 독살 미수범을 회수한 뒤, 뒤처리를 그와 그의 부하에게 맡기고 방으로 돌아왔다.

"사토, 마실래?"

"받겠습니다."

종자들과 동료들의 화기애애한 교류를 보면서, 린그란데 양이 내민 술잔을 받았다.

아무래도 사가 제국의 위스키가 담긴 모양이다.

"고마워, 사토. 최근 하야토는 마왕 토벌이 잘 안 돼서 여유가 없었으니까, 걱정했었어."

"그래, 어깨에서 힘이 풀리고 평소의 하야토로 돌아왔어. 당신은 최고의 원군이네."

나는 전혀 차이를 알 수 없지만, 그녀들은 최근 용사 하야토가 위태로운 느낌이었나 보다.

"황송합니다."

괜히 떠받들어주는 린그란데 양과 메리에스트 황녀의 말에 겸손하게 대답하고서, 가볍게 건배를 하고 술잔을 들이켰다.

—아차.

다 마시고 나서 후회했다.

좀 더 맛을 보면서 마셨어야 했는데.

"좋은 술이군요."

"그래, 황족밖에 못 마시는『사가』의 이름이 붙은 유일한 위스키인걸."

"그런 좋은 술을 주셔도 괜찮은 건가요?"

"그래, 로레이야가 독점하고 있는 용천주보다는 평범한 물건인걸."

확실히, 용천주는 돈을 아무리 내도 얻을 수가 없으니까.

"여러분도 어떤가요?"

나는 그렇게 말하고 품속을 거쳐 스토리지에서 꺼낸 용천주의 작은 병을 보여줬다.

"맛있을 것 같은 술 냄새가 났어요."

부드러운 질량과 술기운을 띤 요염한 목소리가 등 뒤에서 쏟아졌다.

고개를 그쪽으로 돌리자, 바로 앞에 상기된 신관 로레이야의 옆모습이 있었다.

내 등 너머로 술병에 손을 뻗다 보니, 등이 대단히 행복한 느낌이다.

“로레이야, 조금 진정해.”

“사토가 난처해하잖아.”

메리에스트 황녀가 타이르고, 린그란데 양이 내 손을 끌어 신관 로레이야의 강습에서 구해주었다.

“어머?”

“꺅.”

어느 신의 가호가 있었는지, 린그란데 양의 무릎 위에 신관 로레이야와 함께 다이브하게 되어버렸다.

물론 전력으로 노력하면 회피할 수 있었지만, 이번에는 신의 의지를 존중해서 상하의 부드러움을 탐닉하기로 했다. 철벽 페어도 진수성찬과 용사를 상대하느라 바쁜 모양이니까.

◆

밤도 깊어지고 연회가 술자리의 양상으로 변했으니, 동료들은 방으로 보내고 어른의 사교타임으로 이행했다.

감시자로 나선 아리사는 참가했지만, 잘못해서 섭취한 알코올에 격침되어 리자와 함께 꿈나라로 떠났다.

“사토, 이길 수 있다고 생각해?”

창가에서 야경을 바라보는 용사 하야토의 옆모습에는 희미한 불안이 있었다.

"하야토 님이라면, 이기실 겁니다."

다음 마굴 공략에서 마왕 종료 예정이니까, 반드시 이기게 만들어야지.

도주 수단만 억눌러 놓으면, 지금의 하야토 일행이라면 마왕을 이길 수 있는 실력이 있을 거다.

"그래! 네가 말해주면 반드시 이길 수 있을 것 같다니까!"

"네, 그래야 『사가 제국의 용사』죠."

"그래, 그렇고말고!"

용사의 밝은 웃음소리가 연회장에 울리고, 그 모습에 그의 동료들도 긴장이 풀린 모양이다.

이렇게 되면, 마왕 토벌도 어렵지 않겠어.

마왕 포위망

"사토입니다. 옛날에 읽은 명작 만화의 강적과 싸우는 장면에서, 동료를 먼저 보내기 위해 한 명씩 또 한 명씩 탈락하는 모습을 보며 손에 땀을 쥔 기억이 있습니다. 탈락한 동료가 마지막에 가세하러 오는 상황도 좋단 말이죠."

"사진병이 조금 강한, 가?"

사진병과 싸우는 정찰대를 지켜보면서, 용사 하야토가 중얼거렸다.

마굴에서 치르는 전투는 마왕 연전에 대비하여 용사 일행이 지치지 않도록 우리들과 사가 제국의 정찰대가 교대로 싸운다.

참고로 우리가 탐색하고 있는 마굴에 마왕이 있다.

이틀 정도 전에 마왕이 제6마굴에서 이동한 것을 감지하여, 용사 일행의 탐색 장소가 여기가 되도록 유도했다.

"그렇네요. 지원 마법으로 강화한 것 같습니다."

20퍼센트 정도 강해졌으니까 판별하기 어렵지만, 지원 마법으로서는 나름대로 우수한 부류다.

"그러면, 조금 나서야겠군."

현자가 알아듣기 어려운 목소리로 영창을 하고, 사진병에게 행동 저해 계통 그림자 마법을 썼다.
“단단히 버틸 때 다리가 미끄러지고, 다리를 올릴 때 저항이 늘어나는 정도이지만, 전력이 팽팽할 때는 의외로 쓸만하지.”
그가 말한 것처럼, 금방 형세가 역전되어 정찰대가 사진병을 쓰러뜨려버렸다.
“헤에, 하급 저해 마법도 쓸 수 있네.”
“레지스트 되지 않는 지원 마법에 기대는 편이지만, 쓸 때를 올바르게 파악하면 지원 마법 이상의 효과를 발휘한다네. 마법사라면 익혀둬서 손해 볼 것이 없지.”
“그렇구나~.”
아리사가 현자에게 맞장구를 쳤지만, 그녀도 자주 공간 마법으로 상대를 넘어뜨리거나 비슷한 일을 한다.
“……저해.”
미아도 생각하는 바가 있었는지, 마법서의 페이지를 넘겼다.
물 마법이라면 「엉킴 물줄기(엔탱글 아쿠아)」같은 게 좋지 않을까 생각한다.
“오우거 타입이 왔습니다. 두 사람, 갑니다.”
“아이아이 서~.”
“라져인 거예요!”
아인 소녀들이 통로 안쪽에서 온 데미 오우거 급의 사진병에게 덤벼들었다.
“눈가림의 술법~?”
타마가 고추 가루를 풍둔의 술법에 실어서 사진병에게 날려 보냈다.

—DEZZZZZZERYTT!

시야가 막힌 사진병이 얼굴을 뒤덮으며 비명을 질렀다.

“타아, 인 거예요!”

“—나선창격.”

무방비한 좌우의 옆구리에 포치의 찌르기와 리자의 필살기가 작렬했다.

—DEZZZZZZERYTT!

사진병의 체력 게이지가 굉장한 기세로 줄어들었지만, 아직 쓰러뜨리지는 못했다.

간신히 양손바닥에서 고압수처럼 뿜어낸 모래줄기가 포치와 리자를 쓸어버리고자 했지만, 두 사람은 깊게 들어가지 않고 재빨리 백스텝하여 안전권으로 도망쳤다.

“타마는 어른스런 목 사냥꾼~?”

공보로 사진병의 목덜미에 달라붙은 타마가 경동맥 부근을 베어버렸다.

타마를 뭉개버리려고 커다란 손이 노렸지만, 그것은—.

“—노려서, 쏩니다!”

스나이퍼 루루의 금뢰호총이 튕겨내 버렸다.

“방패 공격(실드 배쉬)이라고 고합니다!”

순동으로 품에 들어간 나나가 텅 빈 몸통을 대형 방패로 쳐서 날려버렸다.

그것에 미아의 물 마법 「수검산」과 아리사의 불 마법 「호화탄」이 마무리를 지었다.

미아의 정령 마법이나 아리사의 공간 마법은 현자 앞에서는 숨기기로 했다.

"오우거 뒤에 고속형이다!"

정찰대의 누군가가 외쳤다.

표범 같은 사진병 몇 마리가 전장으로 뛰어들었다.

"에이야~?"

"포치의 등 뒤로는 못 가는 거예요!"

타마와 포치가 벽을 달려 공격해온 표범 사진병을 쓰러뜨렸다.

루루도 금뢰호총으로 노렸지만, 재빠른 움직임으로 피해버린다. 금뢰호총을 맞히려면 정밀하게 공기 상태를 파악해야 하기 때문이겠지.

"—우웅—."

루루가 입술을 깨물었다.

스나이퍼 루루로서는 맞히지 못한 것이 분한 모양이다.

루루의 눈동자가 통통 벽을 차고 공격해오는 표범 사진병을 좇았다.

"그렇구나—."

금뢰호총에서 쏘아져 나간 뇌구탄을 표범 사진병이 방금 전처럼 피했다.

그러나 금뢰호총은 마치 의지를 가진 것처럼 궤도를 바꾸어, 표범 사진병의 앞길을 막는 것처럼 돌아가서 명중했다.

"어떻게?"

궁병 위이야리의 물음에 루루가 빛나는 표정으로 대답했다.

“에헤헤, 도망치는 곳으로 뇌구탄이 가도록, 공기의 흐름을 먼저 읽은 거예요.”

“먼저 읽는 수준이 아닌데…….”

어째선지 궁병 위이야리가 「네 짓이구나」라고 말하는 듯한 눈으로 나를 봤다.

루루가 굉장한 건 그녀의 노력과 재능 덕분이니까, 순순히 칭찬해줬으면 좋겠는데.

“꼬맹이들의 활약을 봤더니, 어쩐지 나도 싸우고 싶어지네.”

“그러게. 메리, 가끔은 싸워도 되지?”

“어쩔 수 없네. 지치지 않을 정도로 하세요.”

“나도 할래.”

그런 느낌으로 중간부터 전투 로테이션에 루스스와 휘휘와 궁병 위이야리를 더해, 우리들은 마왕이 있는 가장 안쪽 방으로 조사를 진행했다.

“고양이 귀 종족의 소녀여.”

몇 번째 짧은 휴식을 할 때, 사이좋게 간식인 히드라 육포를 먹고 있는 타마와 포치에게 현자가 접근했다.

“뉴~?”

귀를 폭 숙인 타마가 포치 쪽으로 몸을 붙이면서 현자를 올려다보았다.

타마는 현자가 어려운 모양이다. 나는 마시고 있던 커피 컵을 놓고서 자연스럽게 일어서, 언제든지 커버할 수 있도록 타마 곁으로 이동했다.

"타마가 뭔가 잘못했나요?"

"경계를 하게 만들어 미안하군. 그 소녀가 쓰는 기술에 흥미가 있다네."

내가 말을 걸자 현자가 대답했다.

"관찰해 보니 불 광석이나 바람 광석의 가루를 써서 신비로운 기술을 쓰고 있는 모양이네만, 다른 속성석은 쓰지 않는 것인가?"

"속성석~?"

"불 광석이나 바람 광석을 말하는 거야."

고개를 갸웃거리는 타마에게 속성석에 대해 설명했다.

"예를 들어서, 벼락 광석의 가루로 뇌격 따위는 못하는가? ―이런 식이다."

현자가 말하고 작은 주머니에서 꺼낸 벼락 광석을 타마에게 주고, 영창이 짧은 「작은 번갯불(리틀 라이트닝)」을 본보기로 써봤다.

그는 아리사처럼 마법 스킬이 없는 마법도 쓸 수 있는 모양이다.

"해볼래래~."

의욕이 생긴 타마에게 벼락 광석을 갈아내기 위한 줄과 작은 그릇을 건넸다.

흥미가 생긴 타마의 집중력은 굉장하다. 몇 번 실패하여 「찌릿찌릿~」 하고 비명을 지르며 감전되거나, 너무 급격하게 반응을 시켜서 섬광 탓에 「눈 따끔따끔~」 하고 비틀거리거나, 포치와 함께 정전기로 머리칼이 폭발하기도 했다.

그래도 다음날 휴식 시간에는―.

"타마는 굉장한 거예요!"

"됐어~?"

—자그마한 번갯불을 날렸다.

"흐흠. 해냈는가. 그러면 마인처럼 칼날로 만들거나 할 수도 있겠나?"

"해볼래래~."

방금 보여준 번갯불로 요령을 터득했는지, 타마가 마인 위에 스파크를 둘러서 번개 칼날 같은 것을 만들어냈다.

"이런 것도 있어~?"

이번에는 불 광석 가루를 써서 마인에 불꽃을 둘러 화염 칼날을 만들어냈다.

"대단하군. 그렇게 발전시켰는가……."

현자가 감탄한 기색으로 타마를 내려다보았다.

"타마, 검을 꾸물꾸물해주는 거예요!"

포치가 팔이나 몸을 연체동물처럼 꾸물꾸물 움직이며 요청했다.

"네잉."

그걸 들은 타마가, 화염 칼날과 번개 칼날을 휘게 만들어 채찍이나 사복검처럼 움직였다.

"—이럴 수가!"

예상 밖의 일에, 현자가 놀란 표정으로 굳어졌다.

"……아이들의 발상은 근사하군."

어색함을 헛기침을 하여 얼버무린 현자가 가지고 있던 지팡이에서 검은 돌 하나를 떼어내 그것을 타마에게 내밀었다.

AR표시를 보니, 검은 돌은 어둠 광석이 아니라 그림자 광석이라는 본 적이 없는 속성석이었다.

"이것을 주마."

타마가 받아도 되는지 망설이며 나를 올려다보았다.

"희귀한 물건 같습니다만, 괜찮은 건가요?"

"상관없네. 이 소녀가 그림자 광석으로 어떠한 신비를 일으킬지 보고 싶군."

그런 거라면 괜찮겠지.

타마에게 고개를 끄덕이자, 조심조심 손을 내밀어 현자에게 그림자 광석을 받았다.

"그림자 광석은 그림자에 간섭하는 그림자 마법을 보조하는 물건이다. 그림자에 써봐라."

"네잉."

타마가 그림자 광석의 가루를 쓰자, 그림자가 작게 파도쳤다.

"오우, 어메이징~?"

그림자를 만질 수 있는 것이 기쁜 건지, 타마가 천진한 표정으로 찰박찰박 그림자를 두드렸다.

"굉장한 거예요! 포치도 어메이징하는 거예요!"

가루를 나눠 받은 포치가, 눈동자를 반짝이면서 힘차게 가루를 그림자에 뿌렸다.

"—아."

쏙, 포치와 타마가 그림자에 가라앉았다.

리자가 황급히 두 사람의 목덜미를 잡아 끌어올렸다.

"위, 위험했던 거예요."

"포치, 반성하세요."

"네 인 거예요. 포치한테『어메이징』은 조금 일렀던 거예요."

포치는 아리사가 가르친 걸로 보이는「반성」의 포즈로 사과했다.

"—우측 길 감지! 또 고속형입니다!"

보초를 서고 있던 마법병이 외쳤다.

몇 마리의 표범 사진병이 몸을 숙이지 않으면 못 지나가는 좁은 샛길에서 뛰쳐나왔다.

레이더로 감지하고 있었으니까 내가 걷어차 쓰러뜨릴까 했는데, 현자가 팔을 뻗어 말리기에 그에게 처리를 맡겨봤다.

"……■ 그림자 채찍(섀도우 휩)."

사진병의 그림자에서 뻗은 그림자 채찍이 투망처럼 펴져 사진병을 붙잡았다.

타마도 그림자 광석 가루를 써서 흉내를 내보려고 했지만 잘 안 됐다.

"어려워~?"

"하루아침에는 안 되는가? 정진토록 해라."

"네잉."

현자가 고개를 끄덕이는 타마를 보고 만족스러운 기색이다.

그 등 뒤에서 정찰병들이 움직이지 못하는 사진병에게 쇄도하여 마무리를 지었다.

그리고 사흘째 아침, 정찰에 나섰던 척후 세이나가 가장 안쪽 방에 있는 마왕의 모습을 발견했다.

◆

『마왕의 상태가 이상해.』

척후 세이나의 보고를 듣고서, 소리가 나지 않도록 금속 갑옷을 벗은 용사 하야토와 내가 마왕을 확인하러 갔다.

"……갑옷을 입고 있는 건가?"

마왕은 온몸에 칠흑의 갑옷을 두르고 있었다.

"윤곽이 흔들리고 있습니다. 저건 고밀도의 독기겠죠."

"그렇다면 상대와 닿는 건 위험하겠군."

"네. 하야토 님에게 던졌던 독기 덩어리 정도는 아닐 거라고 생각하지만, 달라붙거나 하는 건 그만두는 편이 좋겠어요."

갑옷 틈에서 보이는 마왕의 얼굴이나 몸은, 피부를 잃은 것처럼 근육 섬유가 드러나 있었다.

마치 「마신의 찌꺼기」의 잔재에 닿은 「붉은 밧줄의 마물」 같은 인상을 받았다.

"전투 전에 걸 지원 마법에 독기 대처용을 넣도록 하지."

용사 하야토가 대답하면서 마왕을 응시했다.

아마, 감정 스킬로 마왕의 능력을 체크하는 거겠지.

"……진짜냐."

"무슨 문제가 있나요?"

AR표시에 뜨는 마왕의 정보로, 그가 무엇에 놀라는 건지는 알고 있었지만 확인을 위해 물어봤다.

"마왕의 레벨이 올라갔어. 전에는 이 몸보다도 낮았는데, 지금은 이 몸보다도 높다."

용사 하야토가 어려운 표정을 지었다.

레벨 62였던 마왕이, 며칠 지나지도 않았는데 레벨 72가 되면 그런 표정도 짓고 싶어지는 법이다.

참고로 용사 하야토가 레벨 69니까 치명적인 레벨 차이는 아니다.

"부하인 사진병을 쓰러뜨리고 올린 걸까요?"

"그건 아니야. 레벨은 높아질수록 다음 레벨에 필요한 경험치가 뛰어오른다. 레벨 50대의 레벨 업과 레벨 60대는 2배 이상 달라져. 아마도, 레벨 70대는 거기서 또 2배일 거다."

가장 안쪽 방에서 돌아오며, 용사 하야토가 설명해 주었다.

마굴에서 그렇게 사진병을 쓰러뜨린 그가 공도에서 만났을 때보다 레벨이 오르지 않은 걸 보면, 마왕의 레벨 업이 얼마나 이상한지 알 수 있는 법이다.

"아마도, 마왕이 전에 이 몸에게 던진, 그 구슬이겠지."

용사 하야토가 팔을 억누르면서 중얼거렸다.

—생각났다.

그러고 보니 「마신의 찌꺼기」의 잔재에 닿은 「뒤집어진」 기형 큰 쥐는 레벨이 20 정도에서 레벨 50까지 올라가 있었다.

그 구슬이 그 잔재와 같은 종류라면, 마왕의 레벨 업 이유도 그게 맞을 거야.

"그 구슬에 팔을 침식당했을 때, 격렬한 통증과 심장을 움켜진 것 같은 공포와 함께, 힘의 덩어리 같은 것을 느꼈다."

동행하는 나와 척후 세이나에게 들려준다기보다는 독백 같은 중얼거림이다.

"그 힘을 받아들였다면, 이 몸은 저 녀석을 압도할 수 있는 힘을—."

"하야토 님."

생각이 위험한 방향으로 갈 것 같아서 말을 걸었다.

"하야토 님이나 종자 여러분이 힘을 합치면, 반드시 이길 수 있습니다."

"사토……."

나를 보는 용사 하야토에게 고개를 끄덕였다.

"미력하게나마, 저희들도 힘을 보태겠습니다."

"그래~ 하야토. 우리들이 반드시 하야토를 이기게 할 거야. 더 믿어줘~."

"그렇구나, 세이나. 조금 마음이 약해졌던 것 같다."

익살을 부리는 척후 세이나를 보며, 딱딱했던 용사 하야토의 표정에도 웃음이 돌아왔다.

"루도루다~."

"카운도도 있는 거예요!"

마왕을 발견한지 이틀이 지나고, 흑기사 뤼켄과 사가 제국의 사무라이들이 합류했다.

"포치와 타마도 건강해 보이니 다행이다."

"건강하게 지냈소이까? 꼬맹이들."

사무라이 두 명이 타마와 포치하고 하이 터치로 인사를 했다.

듣자니 교류 시합을 하면서 친해진 모양이다.

"굼벵이 놈들, 이제야 왔나? 이걸로 드디어 마왕 토벌을 시작할 수 있겠군."

"뭐라고, 신전의 개가!"

"녹막이 기사가 어디서."

성검사 신전기사 메자르트와 흑기사 뤼켄이 싸우기 시작했다.

참고로 신전기사들이 도착한 것은 불과 다섯 시간 정도 전이다.

"얼른 준비나 해라! 더 이상 기다리게 하지 말고!"

"메자르트 공, 작전 개시는 삼각 반 뒤예요."

기세를 올리는 신전기사에게 메리에스트 황녀가 못을 박았다.

"뤼켄도 괜한 체력을 쓰지 마라. 이제 막 도착한 녀석들과 함께 잠시 선잠을 자고 피로를 떨쳐내라."

용사 하야토가 양자를 타이르고, 휴식을 취했다.

"사토, 가자."

척후 세이나가 부르러 왔다.

그녀와 나 두 사람은 마왕이 도망치는 제6마굴에 먼저 가는 것이다.

"알겠습니다. —그러면 다녀올게."

"주인님, 무모한 짓은 하지 마."

"아리사도, 다들 다치지 않도록 해야 된다."

동료들에게 간단히 주의를 주고, 척후 세이나와 함께 후속 부대에 있던 공간 마법사의 귀환전이로 지상에 돌아왔다. 용사 하야토의 부대에도 있었지만, 한 명밖에 없는 공간 마법사를 데리고 가버리면 비상시에 대응할 수 없으니까 후속 부대를 기다린 것이다.

"—기분 나빠. 역시 나는 전이를 좋아할 수가 없어~."

척후 세이나가 멀미가 난 것 같은 표정으로 중얼거렸다.

동감이다. 나나 아리사의 귀환전이는 이런 식이 되지 않으니까, 공간 마법사의 스킬 레벨이 그렇게 높지 않은 게 원인이겠지.

나는 공간 마법사에게 인사를 하고, 척후 세이나를 따라 사가 제국의 고속 비공정에 탔다.

출발 준비가 끝나있던 고속 비공정은 우리가 타고 해치가 완전히 닫히기도 전에 이륙했다.

굉음과 함께 속도를 올려서, 메마른 공기를 헤치면서 제6마굴로 비상했다.

◆

"사토, 여기서부터는 시간과의 승부야."

"알고 있습니다. 따라와 주세요."

나는 척후 세이나가 따라올 수 있는 아슬아슬한 속도로 제6마굴을 달렸다.

사실은 여유로운 스케줄이었지만, 흑기사가 세 각 반— 7시간 예정이었던 후속부대의 휴식을 네 시간으로 끝내버렸기 때문에 전력으로 이동하게 되는 꼴이 됐다.

다행히 고속 비공정이 제6마굴에 도착하기 직전에 통신 마법 장치로 연락이 왔으니 아슬아슬하게 시간에 맞을 것 같다.

통로에서 마주친 운 나쁜 사진병은 마핵을 걷어차서 제거하고, 속도를 줄이지 않고 달려갔다.

"아하하, 역시 하야토가 친구라고 말할만하네~."

"아직 여유가 있어 보이는군요. 조금 더 속도를 올리겠습니다."

"아냐아냐! 나는 아슬아슬해! 그런 속도는 무리이이이이이이이이!"

척후 세이나가 여유가 있어 보이기에, 더욱이 속도를 올렸다.

그런 식으로 노력한 덕분인지, 용사 하야토 일행이 전투를 시작하기 전에 숨겨진 통로에 도달할 수 있었다.

여기서부터는 은밀 행동이 요구된다.

마왕 신봉 집단 「자유의 빛」 구성원이 어슬렁거리고 있으니까.

『작전을 재확인한다.』

공간 마법 「멀리 보기」와 「멀리 듣기」가 용사 하야토 일행의 전황을 전달해준다.

아리사의 「전술 대화」로는 이번 거리를 커버할 수 없기 때문에, 내가 공간 마법을 사용했다.

『일단은 메리를 비롯한 후위가 공격 마법을 퍼붓는다. 그걸로 잔챙이 사진병을 섬멸할 수 있을 거야. 그래도 다섯 있는 대형 사진병은 몇 마리 남겠지. 그건 뤼켄 반, 메자르트 반, 허니 반, 종자 반이 친다.』

용사 하야토가 순서대로 각 반을 보았다.

『모두가 대형 사진병을 다 쓰러뜨릴 때까지, 내가 마왕을 억누른다. 담당한 대형 사진병을 다 쓰러뜨리면, 다른 반을 돕는 것도 잊지 마라. 마왕을 쓰러뜨리는 건 잔챙이를 모두 처리한 다음이야.』

흑기사 반과 신전기사 반을 바라보는 시간이 좀 길었던 것은, 그들이 작전을 무시하고 폭주하지 않도록 못을 박아두고 싶었기 때문이리라.

『마왕을 쓰러뜨리고, 모두 함께 살아서 돌아가자!』

용사가 그렇게 마무리를 짓고 가장 안쪽 방을 내려다보는 높은 지대로 올라섰다.

『마법반 영창 개시, 끝난 뒤에는 메리의 신호를 기다려.』

메리에스트 황녀는「신이 내린 부적」을 써서 영창 동기를 쓰고 있다.

아마, 전술급 금주를 쓰는 거겠지. 아리사와 미아는 불과 물의 상급 마법을, 현자는 그림자 마법이 아니라 흙 계통의 상급 마법을 영창하고 있다.

"사토."

공간 마법이 보내는 영상이나 소리에 너무 집중을 한 탓인지, 척후 세이나가 부르자 조금 흠칫해버렸다.

"순찰을 도는 발자국이 있어. 꽤 새 거야."

"그러면, 여기서부터는 수신호를 쓰죠."

레이더에 비치는 구성원들을 피하면서 나아갔지만, 그것은 척후 세이나에게 말할 수 없으니 무난한 대답을 해두었다.

척후 세이나에게 대답하는 사이에, 마왕에 대한 마법 공격이 시작됐다.

가장 안쪽 방이 흙먼지로 가득 차고, 거기에 아리사의 것으로 보이는 업화의 격류가 쏟아진다.

증기와 불꽃에 밀려난 흙먼지가 흘러나오고, 마왕 주변의 상황이 보이기 시작했다.

마왕 주위는 현자의 것으로 보이는 땅바닥에서 돋아난 돌기둥이 둘러쌌고, 세 마리 정도의 대형 사진병이 만신창이로 간신히 살아 있었다.

금주를 맞은 것치고는 마왕의 대미지가 적은 것 같다. 분명히 반사광린이 우수한 거겠지.

현자의 흙 마법은 범위가 넓은 모양인지, 여기저기에 아주 굵은 돌기둥이 돋아나고, 상당한 수의 중형 사진병이 쓰러졌다.

『간다! 이 몸을 따르라!』

작전 그대로 용사 하야토가 마왕에게 돌격하고, 세 마리의 대형 사진병에게 나머지 멤버가 덤벼들었다.

용사의 종자가 중앙의 대형 사진병을, 흑기사를 비롯한 사가 제국군이 오른쪽의 대형 사진병을, 성검사를 비롯한 신전기사들이 왼쪽의 대형 사진병을 각각 담당하는 모양이다. 동료들은 유격군으로, 고전하고 있는 장소를 지원하러 들어간다.

그 싸움을 지켜보면서, 나와 척후 세이나는 「자유의 빛」 경비망을 빠져나가며 앞으로 나아갔다.

“사토, 목적지는 아직이야? 하야토 일행이 마왕과 싸움을 시작했어.”

척후 세이나가 재촉한다.

그녀들은 「신이 내린 부적」으로 간단한 신호를 보낼 수 있는 모양이다.

“조금 남았습니다.”

나는 맵을 힐끔 보고서 대답했다.

이제 그렇게 멀지 않다.

—GZUGABBBBBO!

반사광린을 두른 마왕이 포효한다.

『갸오~?』

『마왕이 뭐라고 하는지 알겠습니까라고 묻습니다.』

『타마는 몰라~?』

『포치도 잘 모르겠는 거예요.』

동료들의 대화를 들으며 나아갔다.

전에 「싸우지 않고 마왕과 화해할 수 있을지도」라고 생각했지만, 마왕화가 너무 진행돼서 대화 불능이 되어버린 모양이다.

“사토, 누군가 있어.”

“『자유의 빛』 구성원이겠죠. 조금 기다려서, 저 통로를 갑니다.”

다른 통로에서는 너무 멀리 돌아가게 되니까, 바위 뒤의 구성원이 지나가기를 기다렸다.

그러는 사이에 건너편에서는 살아남아 있던 세 마리 사진병도 처리되고, 나머지는 마왕 하나뿐이 되었다.

『루도루~! 이놈 마왕!』

사무라이 한 명이 손톱 휩쓸기 한 번에 퇴장하고, 마왕에게 붙잡힌 신전기사가 검은 증기를 피우며 미이라처럼 말라 죽었다.

마왕은 전에 봤을 때보다 훨씬 강해졌다. 레벨만 그런 게 아니라, 그것 말고도 이것저것 성가셔진 모양이다.

의외로 성검사와 흑기사가 활약하고 있지만, 유효타를 주는 것은 종자에게 지원을 받는 용사 하야토 뿐인가 보다.

리자가 마왕의 팔에 창을 박았다.

움직임이 멈춘 그녀를 노리고, 마왕의 반사광린이 쏟아져 내린다.

『리자 씨!』

『리자는 제가 지킨다고 선언합니다!』

나나가 폐쇄 전개한 포트리스를 두른 대형 방패로, 반사광린에서 리자를 지켰다.

『위험해~?』

『타마 고마워인 거예요!』

포치를 날려버리려는 마왕의 꼬리를, 타마가 1회용 방어 방패 팔랑크스로 비껴냈다.

손에 땀을 쥐면서, 마음속으로 동료들을 응원했다.

그런 동료들을 한꺼번에 해치우려고 마왕이 모래 브레스를 뿜었다.

『……■ 적층 강벽(파일업 월).』

현자가 만들어낸 벽은 모래 브레스를 몇 초밖에 못 막고 사라져버렸지만, 그 몇 초 사이에 동료들은 안전권으로 이탈했다. 의외로 일을 멋지게 하는군. 그가 조금만 더 늦었다면, 이것저것 가리지 않고 유닛 배치를 써서 동료들을 여기로 끌고 왔을지도 모른다.

현자는 철저하게 지원만 하는지, 저해 마법이나 아까 그 방어 마법으로 진영을 가리지 않고 지원하고 있었다.

다만 말없이 지원하는 탓에, 언뜻 방해하는 것처럼 보이는 경우도 있어서 흑기사에게 매도를 받고 있었다.

"여기? 널찍하네~."

마왕전을 지켜보는 사이에 목적한 장소에 도착했다.

도쿄 돔 열몇 개 분량 정도의 넓이가 된다. 이 정도로 넓으면 개막 때 금주를 때려 박을 수 있겠어.

대공동의 지면이나 천장은 종유 동굴처럼 기복이 풍부하여 차폐물은 부족할 일이 없는 느낌이라, 후위가 진을 치기 좋아 보이는 장소 몇 군데를 픽업했다.

땅바닥에는 몇 군데 모래 웅덩이가 있고, 모래 표면에는 독벌레가 우글우글 꿈틀거린다.

"저게 제단?"

세이나가 가리키는 쪽을 보았다.

중앙의 한 단 낮은 분지 같은 장소에 제단이 있었다.

제단에는 사악해 보이는 상이 세워져 있고, 그것을 둘러싸는 것처럼 다 드러난 기둥이 불규칙하게 몇 개나 서 있었다.

어두워서 잘 안 보이지만, 희미한 불빛이 비추는 기둥은 고통스런 표정을 한 얼굴이 양각되어 있는 악취미적인 것이다. 오래 보면 밤에 악몽을 꿀 것 같다.

"네, 그런 모양입니다."

맵에 달아둔 표식이 저기를 가리킨다.

그곳에는 「자유의 빛」 구성원들이 독경 같은 목소리를 내면서 뭔가 의식 같은 일을 하고 있으며, 기둥 바깥쪽에는 마족이 빙의한 32마리의 사진병이 대기하고 있었다.

사진병 대부분은 레벨 30대지만, 레벨 50이 둘과 레벨 60이 둘 있었다.

레벨 50인 하나는 동료들의 사냥감으로 남겨둔다 치고, 다른 세 마리는 개막의 마법 공격을 틈타 처리해버리자. 불확정 요소는 제거해두는 게 좋아.

그런 생각을 하면서, 동료들과 용사 하야토의 싸움을 공간 마법으로 지켜보았다.

이제부터는 용사가 마왕을 몰아붙이고, 도망친 마왕을 뒤쫓아 여기에 도착할 때까지 대기다.

"정말로 마왕이 올 거라고 생각해?"

"옵니다."

동료들이 걱정이라, 척후 세이나의 물음에 조금 건성으로 대답해 버렸다.

저쪽에서는 종자들의 콤보 공격에 이어서 성검사와 흑기사의 필살기가 적중하고, 유니크 스킬이나 성구로 강화된 용사 하야토의 필살기가 반사광린을 베고서 마왕에게 닿았다.

—GZYGABBBBBO!

한쪽 팔이 잘려나간 마왕이 절규를 내지르고, 용사 앞에서 사라졌다.

"—정말로 왔어."

그쪽에서 사라진 것과 동시에, 제단이 있는 장소에 마왕이 나타났다.

AR표시에 뜨는 마왕의 체력 게이지는 60퍼센트 정도 남았다.

"네, 다음은 세이나 씨 차례입니다."

"알고 있어."

척후 세이나가 품에서 탈리스만을 꺼냈다.

그 탈리스만이 희미하게 깜빡거렸다.

"건너편 준비가 끝난 것 같아. —한다, 사토."

긴장한 기색의 척후 세이나에게 고개를 끄덕였다.

"위대한 파리온 님! 내 소원과 수명을 양식 삼아, 용사 소환을 이루어줘."

척후 세이나는 눈을 감고서, 그렇게 기도하면서 탈리스만을 가슴에 안았다.

"나는 종자! 용사 하야토의 종자 세이나!"

그녀의 기도에 응하여, 가슴 앞에서 「신이 내린 부적」이 섬광처럼 파란 빛을 뿜었다.

제단 쪽에서 마족 사진병들이나 시미터를 뽑은 「자유의 빛」

구성원들이 이쪽으로 온다.

"역시, 발견되네~."

척후 세이나가 가볍게 말했지만, 용사 소환을 실행하는 데는 상당히 부담이 있는지 굉장한 땀을 흘리고 있었다.

"꽤 예뻤어요."

탈리스만에서 넘치는 빛이.

"그렇게 칭찬하면 쑥스러워~. 하지만 내 마음과 목숨은 하야토 거야."

의식을 하고 있던 구성원들과 이제 막 전이해온 마왕은 제단 주변에 웅크린 채 움직일 기색이 없었다.

그러나, 주변에 대기하고 있던 사진병들과 시미터를 든 구성원은 노호 같은 기세로 공격해왔다.

"조금 위험하려나~."

척후 세이나가 자동으로 화살이 보충되는 연사 크로스보우로, 선두에서 달리는 고속 타입의 사진병을 요격했다. 지친 탓인지 조준이 어설프다.

나도 활로 비행형의 날개 뿌리 부분이나 고속형의 무릎 관절을 노려 쏘았다.

보폭이 넓은 대형 사진병도, 불과 10초 정도만에 우리들 눈과 코앞까지 다가왔다.

"나는 하야토가 올 때까지 죽을 수는 없어."

"세이나 씨는 안 죽어요."

왜냐 하면—.

위기일 때 나타나는 게 용사니까.

용사 하야토

"이 몸은 어린 여신 파리온의 사명을 이루기 위해서 세계를 여행했다. 겨우 발견한 마왕을 몇 번이나 놓쳤지만, 마침내 몰아세웠다. 이제는 힘을 합쳐서 쓰러뜨리는 것뿐이다. ―용사 하야토 마사키."

"이 몸, 등장!"

파도치는 것 같은 이펙트를 넘어, 차원의 틈에서 차원 잠행선 쥘 베른이 본래 세계로 돌아왔다.

―있다.

어슴푸레한 공간 너머.

보라색 빛이 비추는 마왕이 있다.

사토의 이야기와 세이나의 통신을 믿지 않은 건 아니지만, 이렇게 자기 눈으로 보자 드디어 몰아세웠다는 실감이 솟아오른다.

시야 구석에 세이나와 사토가 있었다.

"기다렸지!"

사진병이나 곡도를 번득이는 수상쩍은 복장의 녀석들이, 두 사람을 향해 쇄도하고 있었다.

"주포 발사!"

이 몸이 전성관풍의 통신기를 향해 외치자, 발사준비를 마치고 있던 쥘 베른의 주포가 열선으로 사진병의 무리를 휩쓸어버린다.

사토와 세이나 두 사람이 거기에 맞춘 것처럼 후방으로 거리를 벌렸다.

—잘 알고 있잖아.

"린, 지금이다!"

"—뇌신멸장(雷迅滅葬, 헬 썬더)!"

이 몸의 신호로, 발동을 대기하고 있던 메리 일행의 동기 마법이 뿜어져 나갔다.

대공동의 천장과 땅바닥 사이에 가느다란 번갯불이 무수히 생기더니, 마왕과 사진병들에게 엉킨다. 의외로 수수한 조짐 다음에, 굉음과 섬광이 대공동을 채우고 강렬한 오존 냄새를 동반한 흙먼지가 격류가 되어 흘러들었다.

몇 번을 봐도 어마어마한 위력이야.

흙먼지의 격류는 지상에 있는 세이나와 사토를 날려버리고, 하늘에 떠오른 쥘 베른마저도 밀어냈다.

조금 걱정되지만, 세이나와 사토라면 잘 버텨줄 거야.

"커다란 게 일곱 마리 정도 살아남았군."

"마족이 빙의한 대형 아냐? 그 녀석들은 끈질기니까."

모래먼지 너머에서 보이는 그림자를 세었다.

기분 탓인지, 특별히 강해 보이던 두 마리가 없다. 마왕으로 의태하는 레벨 60대의 사진병으로 보였는데 겉으로만 그럴 듯하게 위장했었나 보군.

“역시 주인님. —미아!”

리바이어선 브레스
“해룡백섬(海龍白閃)!”

허니의 목소리를 지우는 것처럼, 엘프 아가씨가 보류해둔 마법을 발동했다.

막대한 마력이 마법으로 변환되어, 레이저 같은 초고압의 소용돌이치는 물줄기가 대형 사진병의 머리 부분을 날려버리고 그대로 마왕에게 박혔다.

상급 마법으로 생각할 수 없는 위력이니까, 분명히 엘프 비전의 금주 같은 거겠지.

금주로 분류되기에 걸맞은 어마어마한 마법이지만, 마왕에게 준 대미지는 적다. 마왕이 반사광린을 겹쳐서 금주의 궤도를 비껴낸 것이다.

비껴낸 물줄기가 천장을 부수고 흩어져서, 종유석이나 바위가 모래흙과 함께 쏟아져 내렸다.

블루 인페르노
“창염지옥(蒼焰地獄)!”

간발의 차이도 없이 허니의 금주가 이어졌다.

화염 계통 상급 공격 마법인 「화염지옥」의 불꽃색을 파랗게 바꾼 것 같은 작열의 격류가, 대형 사진병들이나 마왕을 집어삼켰다.

집속 밀도는 엘프 아가씨의 금주보다는 못하지만, 효과 범위의 넓이와 침투성은 「창염지옥」 쪽이 위겠군.

반사광린을 우회한 파란 불꽃이 마왕의 몸을 태우고, 뜨거운 증기의 격류가 폭발적인 속도로 이 몸들 쪽으로 다가온다.

이 몸은 성방패를 겨누었지만, 그보다 빠르게 쥘 베른을 지키는 역장이 증기를 막았다.

아마 엘프 아가씨가 뿜어낸 금주가 남긴 물이 급격한 가열로 수증기 폭발을 일으킨 거겠지.

"나머지는 마왕과 대형 하나뿐인 것 같네."

둘 다 큰 대미지를 받아서 곧장 움직이지 못하는 것 같다.

"꼬맹이들, 제법이잖아."

"정말이지, 장래가 두려워."

메리 일행 셋이 탈리스만으로 동기해서 사용한 금주에는 못 미쳐도, 둘이 합치면 그에 필적하는 위력이 된다고 생각한다.

허니 일행은 마력이 떨어져서 다운됐다.

뭐, 메리 쪽도 잠시 동안 마법약과 스킬로 마력 회복에 전념해야겠지.

지금부터는 이 몸들의 턴이다.

"용사님, 적은 이미 숨이 넘어가고 있습니다!"

쥘 베른이 착지하는 것과 동시에, 흑기사 뤼켄이 뛰쳐나갔다.

"나는 파리온 신국 제일의 실력자, 성검 블루트강에게 인정받은 신전기사 메자르트로다!"

성검의 파란 빛을 끌면서 신전기사 메자르트가 따라갔다.

공을 세우려는 두 사람은 말릴 틈도 없이 작전을 무시하고 돌격했다.

"저 바보들이—."

현자 나리가 불쾌한 기색으로 내뱉었다.

세이나와 사토가 모래 속에서 기어 나와 이쪽으로 달려왔다.

"다행히, 적은 마왕과 대형 사진병 하나뿐이다. 대형 사진병은 사토 쪽에 맡기고 싶다. 루도루와 카운도 둘은 작전대로 사토 쪽 지원이다. 현자 나리도 지원을 부탁하지."

모두 수긍하는 것을 확인하고, 이 몸은 비상 신발로 날았다.

등 뒤에서 루스스와 휘휘가 뛰쳐나오는 소리가 들렸다. 가볍게 돌아보자, 위이와 세이나도 뒤를 따르고 있었다.

그 등 뒤에서, 쥘 베른이 차원의 틈으로 선체를 가라앉혔다.

사토 일행은 루도루 일행이나 현자 나리와 함께 대형 사진병을 유인하고, 이 몸들이 싸우기 쉽도록 마왕에게서 떨어진 장소로 끌고 가는 모양이다.

현자 나리도 있고, 사토 일행이라면 분명히 잘 해주겠지.

—GZYGABBBBBO!

마왕이 포효를 지르며, 먼저 덤빈 뤼켄과 메자르트 공을 가볍게 상대하고 있었다.

전혀 상대가 안 되는 두 사람이지만, 결코 약한 게 아니다. 시험작 흑기사 장비를 받은 뤼켄은 강력하기로 소문난 사가 제국에서도 손꼽히는 기사이며, 교황에게 성검을 받은 메자르트 공은 파리온 신국 제일의 신전기사다.

그 두 사람이 마치 날벌레처럼 날아가 버렸다.

—역시 마왕, 상대로서 부족함이 없어.

"강력초래. 《노래하라》 아론다이트! 《연주하라》 투나스!"

근력 증강 계통의 신체 강화 스킬을 쓰고, 성검과 성갑옷의 성구를 읊었다.

성갑옷의 가슴에서 파랗고 청정한 마력이 넘치고, 이 몸을 통해 성검으로 흘러든다.

전능감과 비슷한 강력한 힘에 취할 것 같은 마음을 다잡고, 파리온 신에게 받은 유니크 스킬을 쓴다.

"내 성검에 『최강의 창(꿰뚫지 못할 것 없으리)』, 내 방패에 『무적의 방패(막아내지 못할 것 없으리)』."

파란 인광이 이 몸의 몸을 두 번 흘렀다.

마왕이 눈앞이다. 뤼켄 일행이 만든 마왕의 틈을 찌르기 위해, 순동으로 마왕의 품으로 뛰어들었다.

"섬광 나선 찌르기(샤이닝 스트랏슈)!"

마왕의 심장을 노리고 뿜었다.

파란 불똥을 튀기면서도 몇 장의 장벽을 꿰뚫고, 성검의 날이 마왕의 심장으로 파고든다.

—GZYGABBBBBO!

칼날 앞에 흑자금의 빛이 모였다.

마왕이 만들어낸 「반사광린」이다.

이 몸은 온몸의 탄력을 쥐어짜내, 마왕의 방패인 반사광린을 꿰뚫고자 더욱이 파고들었다.

단단하고 깊다. 「최강의 창」을 두른 성검은 유니크 스킬의 이름 그대로 꿰뚫지만, 그 관통에 이르기까지 저항이 큰 것이다.

게다가 마왕은 그 반사광린을 성검 앞에 몇 겹으로 만들어냈다.

이윽고, 이 몸의 기세도 멈춘다.

—GZYGABBBBBO!

마왕은 성검이 박힌 반사광린과 함께 몸을 휘둘러, 이 몸의 자세를 무너뜨린다.

방패를 든 손의 반대쪽에서, 사복검 같은 마왕의 꼬리가 다가온다.

마왕의 흉상이 희열로 일그러진다. 승리를 확신하는 거겠지만— 어설프군.

네가 상대하는 게 누군지 알려주마.

이 몸은 비상 신발로 공중을 차서, 상하역전되는 것으로 성검을 놓지 않고 성방패로 사복검 꼬리를 받아냈다.

파란색과 암자색의 빛이 힘을 겨루지만, 「무적의 방패」의 힘을 띤 성방패를 꿰뚫을 수 있을 리 없다.

필살의 위력을 담은 꼬리 덕분에, 성검을 단단히 물고 있던 반사광린이 빠졌다.

마왕이 추가로 독 손톱 공격을 한다.

괜찮겠냐? 이 몸만 신경 쓰다간—.

"으라아아— 쌍인난무(트윈 블레이드 댄스)!"

"죽어둬! 수왕참문(브래들리 버스터)!"

마왕의 사각에서 대검 이도류의 루스스가 호쾌한 난무로 마왕의 장벽을 부수고, 거대하고 긴 자루 도끼를 휘두르는 휘휘가 필살기의 묵직한 일격으로 마왕의 독기 갑옷을 박살냈다.

—GZYGABBBBBO!

생각지 못한 공격으로 조바심이 난 마왕이 반사광린을 휘둘렀지만, 루스스와 휘휘는 이미 안전권으로 물러났다.

"으오오오오오!"

"천벌을 받으라!"

뤼켄은 마검의 붉은 빛을 끌면서, 메자르트 공의 성검 블루트 강은 눈부실 정도의 파란 빛을 뿜으면서 마왕에게 다가갔다.

—GZYGABBBBBO.

위험해.

마왕은 두 사람의 공격을 읽고 있었다.

"온다!"

이 몸의 경고가 끝나기도 전에, 카운터의 반사광린이 두 사람을 덮쳤다.

"우우우우우!"

"치이이이이이이!"

두 사람은 초고속으로 반응했지만, 반사광린의 세례를 받고서 적지 않은 대미지를 입었다.

뤼켄이 장비한 흑강제 갑옷은 튼튼해서 반사광린이라도 일격으로 절단되지 않지만, 메자르트 공의 미스릴 합금제 갑옷은 흑강보다도 무르다. 반사광린에 당해서 방패와 한쪽 팔을 잃은 모양이다.

"로레이야, 위이, 부탁한다!"

위이가 메자르트 공의 팔을 회수하고, 로레이야의 신성 마법이 메자르트 공의 팔을 재결합한다.

뤼켄은 타박상으로 그친 모양이다.

"이 비늘 진짜!"

"싸우기 어려워."

루스스와 휘휘가 반사광린을 필사적으로 피한다.

역시 반사광린은 성가시다. 방어력도 그렇지만, 갑옷째로 절단하는 공격력이 경장으로 접근전을 하는 루스스와 휘휘에게는 괴로운 모양이다.

"으오오오오오!"

의외로 뤼켄이 도움이 되고 있다.

부상을 당하면서도 전선에서 서브 탱커로 행동해주는 덕분에, 조금이지만 이 몸에게도 마왕의 체력을 깎아낼 여유가 생겼다.

전선으로 복귀한 메자르트 공도 큰 기술은 삼가고, 수수하게 성검으로 대미지를 거듭 쌓아 주었다.

메리와 린의 마력이 회복될 때까지 버티면 승기가 보일 것이다.

"루스스으!"

회피에 실패한 루스스가 모래먼지를 피우며 땅바닥을 굴렀다.

"크오아아아아아아아아아!"

이번에는 뤼켄이 공격을 받아 흘리는데 실패하여, 방패와 함께 날아가 버렸다.

역시 레벨 차이가 고비로군—.

이 몸에게는 버틸 수 있는 공격이라도, 루스스나 뤼켄에게는 치명적인 일격이 될 수 있다.

마왕은 레벨이 72나 된다. 레벨 69인 이 몸이라면 모를까, 동료들은 린의 레벨 58을 필두로 레벨 50대 중반이 많다. 뤼켄과 메자르트 공은 둘 다 레벨 51이다.

—그렇지만, 레벨은 참고사항일 뿐이다.

이 몸들을 농락한 노란색 상급 마족은 레벨 71이었지만, 이 마왕보다도 훨씬 성가신 상대였다. 백전연마의 경험과 종횡무진의 마법을 이용한 간접 공격은 단순히 힘으로 밀어붙이는 것보다도 위험하다.

그러나, 그렇다고 해서 이 마왕이 약한 것은 아니다.

아군이 조금이라도 유리하게 싸울 수 있도록, 뭔가 약점이 없는지 싸우면서 마왕의 스테이터스를 체크했다.

그러고 보니 마왕의 상태가 「오염」이었다. 마왕에게 저주 받았을 때의 이 몸과 같은 상태다.

자기자신에게 저주를 걸었나?

아니면 마왕화가 진행된 건가—?

"크아아아아아아!"

마족 사진병 쪽에서 날아온 현자 나리가 굉장한 기세로 마왕의 머리 부분에 격돌했다.

"뭘 하고 있는 거야?"

"오옷, 제법이네."

현자 나리가 그림자 마법으로 마왕에게 눈가리개를 했다.

—아이템 박스?

마왕의 머리에 달라붙은 현자 나리가 아이템 박스에서 뭔가 꺼내는 것이 보였다.

현자 나리가 마왕에게서 떨어지는 것과 동시에, 마왕의 머리 부분에서 커다란 폭발이 일어났다.

—GZYGABBBBBO!

마왕이 괴로워하는 포효를 질렀다.

"폭발, 이라니?"

"폭탄이라도 설치한 건가?"

위력은 별로였던 모양이지만, 그 덕분에 마왕에게 커다란 틈이 생겼다.

뤼켄과 메자르트 공이 그 틈을 찔러 단숨에 공세로 나섰다.

블랙로즈 허리케인
"으오오오오오오오오오! 흑장미난무(黑薔薇亂舞)!"

뤼켄이 마검에서 칠흑의 장미꽃잎이 흩어지는 이펙트를 내면서, 노호의 연속공격을 마왕에게 퍼붓는게 보였다. 상당히 호쾌하군.

아크 블레이저
"《명예》와 함께— 천위멸섬(天威滅閃)!"

성구로 강화된 메자르트 공의 성검 블루트강이 눈부실 정도의 파란 빛을 끌면서 마왕의 몸통을 쓸었다.

표면을 파헤치는 일섬 뒤에, 상처에서 모래색의 피가 뿜어져 나왔다.

"제법이잖아. —쌍인난무!"

"으랏차차, 죽으라고! —수왕참문!"

루스스와 휘휘의 연계 기술이 마왕의 턱을 쳐올리고 자세를 무너뜨렸다.

"시가 왕국 제식 검술, 오의— 앵화일섬!"

순동으로 후방에서 들어온 린이, 벚꽃잎이 흩어지는 이펙트와 함께 공보로 하늘을 달려, 마왕의 무방비한 목에 필살의 일격을 때려 박았다.

"얕아—."

린이 분한 기색으로 중얼거렸다.

마왕의 목을 3분의 1정도밖에 못 벴다.

어새신 백스텝
"—절명자돌(絶命刺突)!"

등 뒤에서 몰래 다가간 세이나의 일격이 마왕의 경추를 찔렀다.

동료들의 연속공격으로 장벽을 잃은 마왕의 목에 직격했지만, 공격력이 낮은 소검을 이용한 찌르기로는 마왕에게 커다란 대미지를 주지 못하는 모양이다.

떨쳐내는 마왕의 움직임에 맞추어, 세이나가 이탈했다.

"《노래하라》 아론다이트! 《연주하라》 투나스!"

이 몸은 효과가 끊어져 있던 성구를 재발동했다.

파란 빛이 이 몸의 몸을 감싸고, 성갑옷의 가슴에서 청정한 마력이 넘쳐 성검으로 흘러든다.

체인애로우 서클
"묶어라— 쇄시진결계(鎖矢陣結界)!"

움직이려는 마왕이 위이가 쏜 화살이 만드는 결계에 묶였다.

"역시, 위이. 일을 멋지게 한다니까."

다음은 이 몸 차례다.

샤이닝 블레이드
"—섬광연열참!"

이 몸은 푸악 흙먼지를 피우면서 파고들어, 성검을 뒤로 크게 뺀 자세에서 단숨에 필살기를 뽑었다. 성검의 궤적이 파란 호를 그리며, 그 잔재가 호 모양의 광선처럼 흩어졌다.

마왕의 목이 절단되고, 머리를 잃은 거체가 땅으로 떨어진다.

“해치웠나?!”

그것을 본 뤼켄이 외쳤다.

“아직 살아 있는 모양이다.”

이 몸의 감정 스킬이 가르쳐줬다.

“그림자 감옥(섀도우 제일).”

“이력속쇄(마나 체인 홀드).”

현자 나리와 메리의 마법이 마왕의 몸을 묶었다.

마왕에게 다가가, 성검을 상단으로 들어 마왕의 머리를 내려다보았다.

“이걸로 끝—.”

“하야토!”

사각에서 날아온 무언가를 반사적으로 성검을 휘둘러 두 동강 내는 것과, 린의 경고는 동시였다.

“—짚더미? 아니, 이건 인형인가?”

자신이 벤 것의 정체를 의문스레 보았다.

—GZIMGUBBBBO!

마왕의 머리가 절규했다.

그 충혈된 눈동자가 일사불란하게, 두 동강 난 인형을 보고 있었다.

틀림없다. 저건 마왕이 대성당에 쳐들어오면서까지 되찾으려고 했던 인형이다.

어째서, 이것이? 아니, 어디서 날아왔지?

범인은 바위 뒤에 있었다. 강아지 정도 크기의 소마족(임프)이다.

캬캬 귀에 거슬리는 소리로 웃고 있었다.

"—하야토!"

직감 스킬을 가진 루스스가 외쳤다.

루스스가 바라보는 곳, 마왕 근처에 있던 모래가 미약하게 꿈틀거린 것처럼 보였다.

"마왕 주위에서 떨어져!"

이 몸은 외치자마자, 유니크 스킬 「무적의 방패」를 거듭해서 걸었다.

반응한 것은 루스스와 휘휘 두 사람뿐. 당황하는 뤼켄과 메자르트 공이 대피할 틈도 없이, 스파크를 띤 격렬한 모래 폭풍이 이 몸들을 삼켰다.

유니크 스킬로 강화된 성스러운 방어구를 입고 있어도 몸을 갈아내는 것처럼 느껴지는 강렬한 모래폭풍이 이 몸의 몸을 덮쳤다.

영원처럼 생각되는 고통에도 끝은 있었다.

기세를 잃기 시작한 모래폭풍 속에서, 방패 뒤에서 시선을 돌려 동료들의 상태를 확인했다.

후방의 로레이야와 메리는 무사하다. 비상용으로 준비한 대형 방패와 사전에 사용했던 신성 마법으로 모래 폭풍을 견딘 모양이다.

회피 행동이 빨랐던 루스스와 휘휘는, 만신창이지만 로레이야 근처까지 철수해 있었다. 위이는 「신이 내린 부적」을 방어에 쓴 모양이다. 살아남아준 것은 기쁘지만, 그 대가가 커서 과로 상태였다.

다음은 허니 일행—.

대형 방패를 쓰는 나나는 절반 정도 모래에 묻혀 있지만, 그 등 뒤에 보호 받은 허니 일행은 모두 무사했다.

역시「상처 모르는」펜드래건이구만.

허니 일행이 싸우고 있던 마족 사진병은 벽 근처까지 흘러가 있지만, 물리 내성이 있었기 때문인지 아직 살아남았다.

다른 멤버는—.

현자 나리의 모습은 안 보이지만, 그가 죽었을 거란 생각이 안 든다. 아마도 그림자 마법으로 그림자 속에 대피했겠지.

루도루와 카운도 두 사람은 갈비뼈나 팔이 골절됐지만 일단 무사하다.

뤼켄은 간신히 생존. 메자르트 공은 빈사 상태로 허니 일행 쪽으로 흘러간 것을 발견했는데, 팔다리가 이상한 방향으로 꺾여 있다. 뤼켄과 메자르트 공은 방치하면 위험해 보이지만, 멀리 떨어진 장소에 있는 두 사람 곁으로 로레이야를 파견할 여유는 없다.

다행히, 사토 일행이 구하러 갔다. 지금은 그들을 믿자.

그보다도 마왕을 상대하는 것이 먼저다.

이 몸이 절단한 머리가 본체에 달라붙은 데다가, 체력과 마력이 모두 회복됐다.

게다가, 출발점으로 돌아간 것이 아니다. 상황은 더욱 나쁘다. 모습이 두 사이즈 정도 커진 데다가, 팔이 넷으로 늘어났고 박쥐같은 날개가 추가됐다.

그건 그나마 좋다. 재생한 마왕이 흉악한 모습이 되는 것은 게임에서도 마찬가지다.

문제는 레벨이다. 레벨 72였을 텐데, 지금 확인했더니 레벨 82로 올라 있었다. 이래서는 동료들은 물론, 이 몸이라도 힘들지 모른다.

—GZIMYBBBBO.

마왕의 몸에 검은색으로 착각할 정도의 암자색 빛이 흐르고, 열 몇 장의 반사광린이 나타났다.

이제 슬슬 다음 라운드가 시작되는 모양이다.

◆

—GZIMYBBBBO!

마왕이 포효를 지르고, 모래 폭풍의 제2탄, 제3탄을 무차별로 뿌려댔다.

제2라운드의 싸움이 시작된 것도 잠시. 모래 폭풍을 연발하는 마왕에게 저항하지도 못하고, 이 몸들은 엄폐물에 몸을 숨기며 재기를 꾀했다.

사토 일행은 루도루 일행을 데리고 통로에 대피했다. 마족 사진병이 뒤를 쫓아갔지만, 사토 일행이라면 분명히 처리해줄 게 틀림없다.

이 몸은 함께 피난한 동료들의 얼굴을 순서대로 보았다.

“여기서부터 전위는 이 몸 혼자서 한다. 루스스와 휘휘는 메리 쪽을 호위해."

"우리는 따라갈 거야."

"그래, 목숨 따위 아깝지 않아. 하야토가 마왕에게 일격을 넣을 틈을 만들겠어."

"……루스스, 휘휘."

가벼운 어조를 만드는 두 사람의 손에, 이 몸의 손을 겹쳤다.

"메리, 이 몸들이 마왕의 수호를 모두 부수면, 보충되기 전에 전력을 다해 금주를 때려 박아."

"알겠어요."

"……하야토."

메리와 린이 비통한 표정으로 고개를 숙였다.

말은 안 했지만, 「이 몸까지 한꺼번에 금주의 표적으로 쏴라」라는 뜻은, 그녀들에게도 전해진 모양이다.

"위이랑 세이나는 원거리에서 저격과, 루스스나 휘휘가 당했을 때 회수를 부탁해."

"우왓, 우리들 당하는 게 전제야?"

"하야토, 그건 아니지."

익살을 부리는 두 사람에게 맞춰 「미안 미안」 하고 가벼운 느낌으로 대답하고, 묵직한 분위기를 불식했다.

연기가 괜찮았는지는 자신이 없다.

"그러나, 절대로 죽지 마라. 죽지만 않으면 로레이야가 치유해줄 거야."

이 몸은 「무한수납」에서 꺼낸 마법약을 동료들에게 나눠줬다.

"처음부터 전력으로 간다. 가속약이 떨어지기 전에 마왕을 쓰러뜨린다."

""""그래!""""

가속약은 사용한 다음에 반동이 크니까, 가능하면 쓰기 싫었다.

마굴을 조사하면서 한 번도 안 썼고, 지금까지의 마왕전에서도 쓰지 않은 비장의 수 중 하나다.

중첩할 수 있는 만큼 지원 마법으로 강화를 거듭하고서, 성구와 유니크 스킬을 쓴 이 몸들은 엄폐물에서 뛰쳐나갔다.

"—섬광연열참!"

이 몸에게 쇄도하는 반사광린을 필살기로 쳐내고, 마왕을 향해 달렸다.

—GZIMYBBBBO!

나머지 반사광린이 랜덤 궤도로 공격해 온다.

그것을 성검과 성방패로 막으며 길을 열었다.

이 몸의 오른쪽에서 피보라가 솟았다.

"루스스! 잘도 루스스를!"

비통한 목소리로 휘휘가 외쳤다.

루스스가 몸통에서 두 동강이 나 있었다.

그녀 곁으로 달려가고 싶은 마음을 의지의 힘으로 억누르고, 이 몸은 순동으로 마왕의 품에 뛰어들었다.

"섬광 나선 찌르기!"

파란 빛이 소용돌이치고, 암자색의 빛이 흩어지면서 마왕의 장벽을 부순다.

방금 전까지는 일격으로 꿰뚫은 장벽이었는데, 이번에는 막혀버렸다.

이게 레벨 차이라는 건가…….

그러나, 이 정도로 꺾일 생각은 없다.

한 번으로 안 된다면, 몇 번이든 반복해주마.

"루스스의 원수우우우우!"

—위험해.

흥분한 휘휘가 마왕을 향해 필살기를 뿜었다.

흑자금의 빛이 번득이고, 휘휘의 몸을 지나친다.

"—휘휘!"

피보라를 뿜으며, 대각선으로 베인 휘휘가 무너졌다.

아직이다. 아직 안 죽었다.

이 몸은 순동으로 마왕과 휘휘 사이에 끼어들어, 마왕의 추가 공격에서 휘휘를 지켰다.

지원 마법의 효과를 잃으면서도 7장까지 반사광린을 막아냈지만, 이 몸에게 가능한 것은 거기까지였다.

8장째 반사광린에 유니크 스킬의 힘이 떨어져가는 성갑옷의 옆구리를 파헤쳐지고, 9장째 반사광린이 투구를 두 동강으로 부수었다.

이마에서 흐르는 피가 한쪽 눈에 들어가 시야 절반이 붉게 물들었다.

10장째 반사광린은 위이의 화살과 린의 폭렬 마법이 막아주었다.

11장째 반사광린은 오기로 들어 올린 성검으로 격추할 수 있었지만, 그것이 마지막 발버둥이었다.

12장째와 13장째의 반사광린이 도망칠 수 없는 타이밍에 이 몸을 공격했다.

두 장을 회피하는 것은 무리다.

그렇다면, 회피를 버리고 일격이라도 마왕에게 먹여주마.

"우오오오오오오오오오오오오오!"

필살기를 뿜어내기 직전, 마왕의 눈앞에 새로운 반사광린이 나타났다.

성검이 반사광린에 박혀 멈춘다.

젠장, 여기까진가.

마지막 한 수가 막혔다.

메리가 마법 공격을 강행하더라도, 두꺼운 방어장벽에 막히고 끝날 거다.

아니다. 이런 곳에서 끝날 것 같냐.

절망을 타파할 기사회생의 무언가를 찾아, 주위에 시선을 돌렸다.

—멈췄다?

이 몸의 목을 베고자 좌우에서 다가오던 반사광린의 움직임이 멈춰 있었다.

"공간 마법 『격리벽』이나 『차원 말뚝』 같은 걸까?"

—용사님. 수비는 나한테 맡겨.

어디선가 허니의 목소리가 들렸다.

—지금, **최강의 원군을** 그쪽으로 보냈어.

파란 빛이 반사광린을 부수었다.

반짝반짝 흩어지는 반사광린의 파편 안에 그 녀석이 있었다.

"사토로군—."

"기다리셨죠, 하야토 님."

허니가 보내준 원군은, 파랗게 빛나는 검을 손에 들고 종횡무진 공격해오는 반사광린을 차례차례 받아 흘려, 반사광린끼리 부딪히게 하여 파괴해버리기까지 했다.

"—그 검은."

사토의 손에는 낯익은 성검이 있었다.

메자르트 공이 쓰고 있던 성검 블루트강이다.

"잠시 빌렸습니다."

의식을 거쳐 사용 허가를 얻은 성검사도 아닌 사토가, 신이 내린 성검을 쓸 수 있을 리 없다.

그러나, 사토는 성검에게 거절당하지 않고 태연하게 그것을 들고 있었다.

"루스스 씨와 휘휘 씨는 하급 엘릭서로 치유해서 위이야리 씨에게 맡겼어요."

"둘은 무사한가!"

이 몸의 물음에 사토가 고개를 끄덕였다.

설마, 이 몸뿐이 아니라 동료들도 구해주다니. 허니가 말한 것처럼 그야말로 최강의 원군이다.

"마왕에게 효과가 있을지는 모르겠습니다만—."

사토가 허리의 파우치에서 핸드벨을 꺼냈다.

이 몸의 감정 스킬이 그 핸드벨의 정체가 「마를 봉하는 방울」이란 이름의 마법 도구라는 것을 가르쳐 주었다.

사토가 핸드벨을 흔들자 딸랑, 시원스런 소리가 울렸다.

마왕의 공격력과 방어력이 대폭 내려간 것을 감정 스킬이 가르쳐 주었다.

역시. 「마를 봉하는」 방울이군.

—GZIMYBBBBO!

격노하는 마왕의 포효에도 흔들리지 않고, 사토는 마왕과 대치했다.

"《명예》와 함께—."

—이봐이봐.

"용사밖에 못 쓰는 성검을 쓰고서, 거기다 성구까지 소화하는 거냐."

무심코 느슨해지는 입가를 긴장시키고, 듬직한 친구 옆에 나란히 섰다.

세 번째 유니크 스킬 「무한재생」으로 상처를 치유하고, 반사광린을 받아 흘리지 않고 파괴하기 시작한 사토 옆에서 절반을 맡았다.

"파리온 신의 배려일지도 모르죠."

"그거 마음 든든하군. 이 몸의 등 뒤를 맡기지."

"네, 맡겨 주세요."

사각에서 공격해오는 반사광린을 사토에게 맡기고, 이 몸은 마왕 본체에 덤벼들었다.

놀랍게도, 가속약을 먹어 초고속으로 싸우는 이 몸의 등 뒤에, 사토는 늦지 않고 따라오며 서포트해주었다.

—GZIMYBBBBO!

마왕이 외치자, 등을 찢고서 벌레의 다리 같은 손이 좌우에 네 개씩 돋아나 공격해온다. 마왕의 팔보다 4배 정도 길고, 마디가 셋이나 되어 움직임을 읽기 어렵다.

손 끝에는 반사광린과 같은 종류의 손톱이 있고, 중간에서 절단해도 금방 새로운 것이 돋아난다.

새로운 위기일 텐데, 그런 것이 신경 쓰이지 않을 정도로 부드럽게 싸울 수 있었다.

사토다.

이 몸이 싸우기 쉽도록, 사토가 지원해주고 있다.

"말도 안 돼. 레벨 45밖에 안 되는 사토가 어째서 저렇게 싸울 수 있지?"

"성검 덕분—인 건 아니겠지?"

"그야 그렇지. 주인인 메자르트도 비늘을 파괴 못했었잖아."

마왕에게 견제공격을 하면서 대화를 하는 세이나와 위이의 목소리가 들린다.

—GZIMYBBBBO.

마왕이 움직임을 멈추고, 팔을 물렸다.

뭔가 할 셈이다.

"하야토 님!"

"사토, 이 몸 곁으로 와라!"

유니크 스킬을 발동하며 사토를 방패와 나 사이로 불렀다.

다음 순간, 마왕 주위의 모래가 솟아올라, 스파크를 두른 모래폭풍이 또 다시 일어났다. 이번 모래폭풍은 어둠보다도 짙은 흉흉한 칠흑이다.

생각보다도 위력이 약하다.

마치 누군가가 이 몸에게 닿지 않도록 모래폭풍에 간섭하고 있는 것 같다.

그래도 적지 않은 대미지를 입었지만, 「무한재생」이 상처를 입을 때마다 치유해준다.

그리고 무한히 이어질 것 같았던 모래폭풍도, 이윽고 끝났다.

"어떻게 살아남았군……. 굉장한 위력이었어."

모래폭풍을 끝낸 마왕의 등에서 돋아난 손이, 자신을 둘러싸는 것처럼 땅바닥에 박혀서 감옥에 갇힌 것처럼 보였다.

"네, 죽는 줄 알았습니다."

"무사했구나, 사토."

이 몸의 방패와 몸으로 지켰다고는 하지만, 「무한재생」도 없는 사토가 어째서 상처가 없을까?

"왜 그러시죠?"

"아니, 아무것도 아냐. 메리! 마왕이 움직이기 전에 마무리를 짓는다!"

지금이 절호의 기회다.

그러나, 메리 쪽의 반응이 없다.

"메리, 린, 로레이야!"

땅에 쓰러진 동료들의 몸에서 검은 증기 같은 것이 나온다.

그것이 과거 이 몸을 좀 먹었던「마신의 저주」라는 것을, 신이 내린 감정 스킬이 가르쳐 주었다.

—GZIMYBBBBO.

경직 시간이 끝난 마왕이 움직였다.

"사토, 미안하다. 꽝을 뽑은 모양이야."

후위의 지원도 없이, 단 둘이서 마왕과 싸우게 됐다.

"아뇨, 하야토 님."

사토가 가진 성검 블루트강이 파란 빛을 띠었다.

"꽝이 아닙니다. 그리고 포기하다니 하야토 님답지 않아요."

"이 몸답지 않다, 란 말이지."

아무래도, 조금 마음이 약해진 모양이다.

"그랬었지. 잊을뻔했다—."

이 몸은 유니크 스킬을 재기동했다.

"—이 몸은 용사. 어린 여신 파리온의 용사 하야토다!"

순동으로 마왕의 품에 파고들어, 필살기 모션에 들어갔다.

반사광린이 없는 지금이 바로 마지막 찬스다.

—GZIMYBBBBO!

이 몸을 쓰러뜨리고자, 마왕의 벌레 손이 좌우에서 공격해온다.

그러나 회피할 생각은 없다. 사토라면 분명 이 몸의 지원을 해줄 거라고 믿고 있으니까.

"섬광연열참!"

아까보다도 저항이 적다.

1격째의 필살기가 장벽을 부순다.

이 몸의 시야에, 한쪽 벌레 손을 「앵화일섬」으로 베어낸 사토가 두 발째 「앵화일섬」으로 또 한쪽의 벌레 손을 베어내는 것이 보였다.

린의 특기인 「앵화일섬」은 발동이 빠른 필살기지만, 이 정도로 빠른 것은 이상하다.

이 몸도 지지 않고자, 2격째를 뿌렸다.

"연격— 섬광연열참!"

대각선으로 뽑어낸 일격이, 파란 호를 그리며 마왕을 지키는 칠흑의 갑옷을 절단했다.

그러나, 본체에 대한 대미지는 미약하다.

"이런, 얕아."

사토의 보기 드물게 초조한 목소리가 들렸다.

벌레 손 하나를 완전히 못 베어낸 모양이다.

"맡겨둬."

위이의 화살이 벌레 손을 튕겨냈다.

기세는 줄었지만, 벌레 손은 이 몸의 어깨를 꿰뚫고자 다가온다.

"—수호를!"

린의 목소리와 함께, 벌레 손앞에 두꺼운 장벽이 생겼다.

장벽에 막힌 벌레 손에서 시선을 돌리고, 이 몸은 다음 한 수로 옮긴다.

빙글 몸을 돌리고, 원심력을 실으면서 다음 필살기의 모션에 들어갔다.

그때 동료들의 모습이 보였다. 화살을 쏘아내고 힘이 다한 위이와 그녀를 지탱하는 세이나, 그리고 「신이 내린 부적」을 든 린이 만족스러운 표정으로 모래에 쓰러진다. 분명히 로레이야가 그녀들을 움직일 수 있도록 한 거겠지.

뒤에서 이 몸을 지탱해주는 동료들에게 감사하며, 「최강의 창」을 거듭했다.

—GZIMYBBBBO.

마왕의 앞에 흑자금의 빛이 모였다.

반사광린이 발생하는 조짐이다.

"—섬광 나선 찌르기!"

흑자금의 빛이 형태를 이루는 찰나, 신속으로 뻗어낸 파랗고 청정한 빛이 흑자금의 빛을 쳐부수고 유니크 스킬의 힘이 실린 찌르기가 마왕에게 닿았다.

그러나, 아직 조금 부족하다.

성갑옷 투나스가 만들어낸 막대한 마력을 모두 성검으로 흘려 넣었다.

마왕이 이 몸의 성검을 붙잡았다. 또 한쪽 손은 이 몸을 죽이려고 들어 올렸다.

"뇌신용창(雷迅龍槍, 드래고닉 썬더)."

메리의 목소리가 희미하게 들렸다.

용의 형상을 한 벼락의 창이 마왕의 머리 꼭대기에 박혔다.

공기를 태우는 오존 냄새에 이어서, 그림자 둘이 뛰어들었다.

"하야토!"

"마무리를!"

이 몸을 분쇄하려는 마왕의 팔을 루스스의 대검과 휘휘의 긴 자루 도끼가 떨쳐냈다. 두 사람은 무리한 대가로, 그대로 몸부림치며 땅에 쓰러졌다.

—GZIMYBBBBO!

이어서 덮쳐오는 성가신 전갈 꼬리는 사토의 성검이 땅바닥에 꿰어서 막았다.

정말이지 듬직한 녀석들이야.

샤이닝 스타 브레이크

"우오오오오오오오오! 섬광폭성참(閃光爆星斬)!"

마왕에게 성검을 박은 채, 이 몸은 필살기를 썼다.

표피에서 파란 빛이 넘치고, 마왕의 몸이 안쪽에서부터 찢어진다.

—GZIMYBBBBO!

체력이 제로가 되어 몸이 붕괴하기 시작해도, 마왕은 쓰러지지 않았다.

새로운 반사광린이 마왕 옆에 나타났다.

반격 같은 걸 하도록 두겠냐.

"멸망해라, 마와아아아아아아아아아아아아앙!"

이 몸이 필살기를 유지한 채 검을 비틀자, 마왕의 몸에서 튀어나오는 파란 빛의 칼날이 마왕을 안쪽에서부터 완전히 파괴했다.

승리의 연회

"사토입니다. 어느 빛의 나라에서 온 히어로처럼, 사명을 다한 다음은 아쉬움을 주면서도 물러가는 것이 약속입니다. 그렇지만, 창작의 세계 바깥에서는 그렇게 쉽사리 이해하지 못하는 일도 간혹 있는 법입니다."

"멸망해라, 마와아아아아아아아아아아아아아아앙!"

—GZIMYBoOoo.

용사 하야토의 필살기가 작렬하고, 마왕이 단말마의 절규를 지르며 암자색의 안개와 대량의 모래가 되어 땅으로 무너졌다.

나는 로그에 흐르는 문자를 읽었다.

〉칭호 「마왕 살해자 『사진왕』」을 얻었다.
〉칭호 「조력자」를 얻었다.
〉칭호 「무대 뒤의 힘자랑」을 얻었다.

제대로 토벌이 된 모양이군.

"하야토 님, 마왕 토벌 축하드립니다."

"그래, 드디어 쓰러뜨렸다."

휘청거리는 용사 하야토를 지탱하고, 마왕이 남긴 모래의 산을 올려다보았다.

그 안에 마왕의 핵이었던 것으로 보이는 암자색의 깨진 구체가 드러나 있었다.

"—하야토."

메리에스트 황녀의 목소리에 돌아보자, 동료들이 부축한 종자들이 이쪽으로 다가왔다.

"해냈어."

"아직이야. 다들, 탈리스만을—."

메리에스트 황녀가 재촉하자, 종자들이 품에서 「신이 내린 부적」을 꺼냈다.

"왔어!"

메리에스트 황녀가 가리키는 곳, 구체가 있던 곳에서 두 개의 암자색을 한 작은 빛이 떠올랐다.

저건 「신의 조각」이다.

『해피~ 래피~ 피피피~』

『크케케케케, 깔깔깔깔~』

어쩐지, 지금까지 본 「신의 조각」하고 상태가 다르다.

어쩐지 금지약물을 섭취해서 하이해진 중독자 같았다.

""""신이 내린 부적이여! 사악을 《봉인》하라!""""

용사의 종자들이, 「신이 내린 부적」을 「신의 조각」에 내밀며 외쳤다.

암자색의 빛을 파란 격자가 둘러싸고, 메리에스트 황녀가 가진 한 사이즈 커다란 부적으로 빨려들어갔다.

아하, 역대 용사는 이렇게 「조각」을 처리했구나. 납득했다.

"—하, 하야토!"

린그란데 양의 비통한 외침이 제단의 방에 울렸다.

어디선지 하늘에서 쏟아진 파란 빛이 용사 하야토를 감쌌다.

힘이 빠진 느낌의 용사 하야토가 광원을 올려다보며, 뭔가 말하는 것이 보였다.

그의 주위에서 반짝반짝 빛나는 빛이 방해되어 잘은 알 수 없지만, 그의 말 속에 「파리온」이라는 단어가 분명히 있었다.

—고마워.

파란 빛 쪽에서 어린 여자애의 목소리가 들린 것 같았다.

환청이었을지도 모르지만, 저건 분명히 용사 하야토 곁으로 나를 이끈 파란 머리칼의 수수께끼 어린 소녀가 틀림없다. 역시 그건 파리온 신이었겠지.

이윽고 빛이 사라지자, 침묵이 그 자리를 지배했다.

린그란데 양이 「듣고 싶지만 듣고 싶지 않다」 같은 복잡한 표정으로, 용사 하야토를 바라보았다.

"파리온 신이야. 내일 아침에 마중을 온다는군."

아무래도, 용사 하야토는 본래 세계로 돌아가는 모양이다.

"그, 그럴 수가……! 너무 빨라!"

린그란데 양이 외치고 용사 하야토에게 안겨 들었다.

"……미안해, 린."

용사 하야토는 상냥한 손놀림으로, 그런 린그란데 양의 머리칼을 쓰다듬었다.

메리에스트 황녀가 주저한 다음에, 물음을 던졌다.

"하야토…… 무슨 일이 있어도 돌아가 버리는 거야?"

"미안, 메리. 이 몸은 그쪽에서 기다리는 사람들이 있어."

용사 하야토는 조용한 어조로 고했다.

"……그렇, 구나."

대답은 알고 있었는지, 메리에스트 황녀는 눈동자에 떠오른 눈물을 감추는 것처럼 고개를 숙였다.

다른 종자들도 입을 다물고, 적막감이 가득한 묵직한 분위기가 자리를 채웠다.

"—축하를 해요!"

그런 묵직한 공기를 밝은 목소리로 부순 것은 아리사였다.

"기껏 마왕 토벌을 했으니까, 한껏 진수성찬을 준비해야지!"

"좋아, 축하연회다!"

"먹는 건 맡겨둬!"

아리사의 제안에 맨 먼저 올라탄 것은 루스스와 휘휘였다.

무리해서 만든 밝은 목소리에서, 그녀들의 슬픔이 전해졌다.

"그렇지, 하야토가 좋아하는 사가 소의 고기말이나 볶음밥도 만들어줄게."

"비장의 브랜디도 내놓을게요."

궁병 위이야리와 신관 로레이야도 밝은 목소리로 이어서 말했다.

린그란데 양과 메리에스트 황녀는 절박한 느낌이었지만, 축하 연회 자체에 이견은 없는 모양이다.

"뉴!"

타마의 귀가 움찔 움직이고, 마왕이 남긴 모래의 산을 보았다.

그 모래의 산이 만드는 그림자가 꿈틀거리고, 사람의 모습이 되었다.

"돌아오는 것이 늦은 모양이군."

적인가 하여 경계했지만, 나온 것은 현자였다.

그러고 보니 맨 처음 모래 폭풍 공격 때, 그림자 공간으로 대피를 했었지.

"사토."

쿡쿡 소매를 끄는 미아에게 귀를 기울였다.

"독기."

미아의 재촉을 받아 독기시로 보자, 마굴 안은 전에 봤을 때보다도 몇 배, 아니 수십 배나 짙은 독기가 가득했다. 특히 마왕이 남긴 모래 산 부근이 짙다. 마왕을 강화하고 있던 오염이, 이 독기를 만들어냈을 지도 모르겠군.

이걸 방치하면 귀찮은 일이 일어날 것 같아.

"사토, 돌아가자!"

용사 하야토의 등 뒤에, 차원 잠행선 쥘 베른이 나타났다.

그들은 중상자를 태우고 성도로 귀환하는 모양이다.

"하야토 님! 저희들은 『자유의 빛』이 남긴 유류품을 확인하고 돌아가겠습니다."

"—알았어. 내일 귀환까지는 돌아와라!"

그럴 필요 없다고 말하지 못했는지, 조금 망설이고서 허가해 주었다.

"네. 마굴의 출구에 비공정을 대기해주시면 도움이 되겠습니다."

"알았어. 고속 비공정을 대기시켜둘게."

그 말을 남긴 용사 하야토 일행은 차원 잠행선 쥘 베른에 올라탔다.

나는 그것을 보고서 정령광을 해방하여 독기를 정화했다. 정령광만으로는 조금 불안해서, 양산한 성비를 여기저기 배치해 효과를 높여봤다.

"주인님, 뭐 하는 거야?"

"묘비를 세워둘까 해서."

본명도 모르는 상대였지만, 하다못해 묘비 하나는 세워서 추도해주고 싶다.

전투중에 회수해둔 인형을 수복해서, 마왕의 묘에 바쳤다.

"나무아미~?"

"평안히, 인 거예요."

다 함께 추도의 말을 바쳤다.

독기의 정화가 끝날 때까지 시간이 남아서, 맵 검색으로 발견한 「자유의 빛」 관련 서류를 흩어져서 회수했다.

서류의 대부분은 마왕과의 싸움에서 유실됐지만, 마굴의 독기 농도를 높여서 양산한 사진병으로 파리온 신국의 침략을 꾸미고 있었다는 걸 알았다.

“최종 목표는 세계정복? 어느 시대의 비밀 결사야?”

“뭐, 마왕의 힘이 있으면 나라 한둘은 침략할 수 있을 테니까.”

몇 갠가의 거점도 새롭게 판명됐으니, 교황이나 추기경에게 「자유의 빛」 괴멸을 맡겨야겠군.

조사가 끝날 무렵에는 정령광과 성비의 콤보로, 독기가 상당히 흐려졌다.

이 장소는 독기가 흘러들기 쉬운 구조인지, 여기를 정화하기만 해도 전체 농도가 내려가서 편했다.

◆

“그러면 마왕 토벌을 축하하며, 건배!”

““““건배!””””

갖가지 술의 뚜껑을 따고, 메리에스트 황녀가 준비한 「용사 하야토와의 추억의 요리」가 비좁게 늘어섰다.

고기 요리가 많은 것은 용사 하야토의 취향이겠지.

동료들은 음주가 금지니까, 그녀들은 기본적으로 식사가 중심이다.

우리가 성도에 돌아온 것은 일몰 직전이라서, 나랑 루루는 준비를 돕지 못했다. 연회의 음식 준비나 급사는 사가 제국에서 파견된 스타일이 빼어난 미인 메이드들이 해주는 모양이다.

“사토! 잘 마시고 있나!”

"네, 물론이죠."

술병을 한 손에 들고 나타난 용사 하야토가 내 잔에 술을 따랐다.

나도 테이블에 있던 용천주를 그의 잔에 따랐다.

"너나 허니가 없었다면, 이 몸들은 분명히 마왕에게 못 이겼을 거야. 도와줘서 정말 고맙다."

"아뇨, 저희들은 아주 약간 도왔을 뿐입니다. 하야토 님은 어엿하게 마왕을 쓰러뜨려 주셨어요."

실제로 우리가 토벌한 것은 마왕의 부하들뿐이고, 마왕을 쓰러뜨린 건 거의 용사 일행의 힘이다.

"조금이 아니야—."

어째선지 용사 하야토의 얼굴이 가깝다.

그의 성적 취향은 조금 어린 쪽으로 향했을 뿐이지 노멀이었을 텐데?

"—고맙다, 사토. 아니, 용사 나나시."

용사 하야토가 내 귓가에 속삭였다.

어라? 들킬 요소가 없었을 텐데?

"무슨 말씀이신지?"

"걱정 마라. 숨기는 것 같아서 아무한테도 말 안 했어. 용사나 의식 마법으로 사용 허가를 받은 자밖에 못 쓰는 성검을 자유롭게 쓰고, 훨씬 격이 높은 마왕하고 호각 이상으로 싸웠지."

가세할 때 성검을 쓴 것은 실수였을 지도 모르겠네.

성검 블루트강은 성검사 메자르트 씨를 절 베른에 실을 때 반납했다.

"눈치 챘냐, 사토? 너는 마왕하고 싸우면서, 단 한 번도 다친 적이 없었거든? 게다가 네가 뒤를 지켜준 다음부터는 이 몸도 다치질 않았어."

조금 정도는 대미지를 받아뒀어야 할지도 모르지만, 새로 만든 백은 장비를 더럽히기 싫었단 말이지.

"그 사실을 알고서도, 사토가 레벨 45라고 믿는 사람은 어지간히 멍청이지."

그렇게 말하고 용사 하야토가 웃은 다음, 진지한 표정으로 말을 이었다.

"사토, 이 몸이 일본으로 돌아간 다음에 내 동료를 부탁한다."

"무슨 뜻이죠?"

마왕을 토벌한 그가 일본으로 돌아가는 건 알고 있지만, 그거랑 그의 종자를 나에게 맡기는 것이 어떻게 이어지는 거지?

마왕 토벌에 연관된 종자들이라면 사가 제국이든 다른 나라든 마음껏 영달을 꾀할 수 있는 거 아냐?

"리로나 노노의 이야기로는, 최근 사가 제국의 중앙이 수상쩍다고 해."

"전쟁이라도 일으키는 건가요?"

"그래, 그럴 가능성이 높아. 특히 대륙 동방의 족제비 제국이랑 싸울 셈일지도 모른다."

전에 조금 들은 적이 있는데, 인간족이 다스리는 소국이나 아인들의 나라 몇 개를 족제비 제국이 침략하여 멸망시키거나 병합됐다고 했다.

“저 녀석들이 인간들 사이의 다툼에 동원될 것 같으면, 보호해줘.”

“네, 맡겨 주세요. 사가 제국의 손이 닿지 않는 장소에 숨기죠.”

무노 백작에게 부탁해서 식객으로 들여도 괜찮고, 옛날 용사 다이사쿠처럼 보르에난의 숲에서 보호해도 된다.

“네가 그렇게 말해주니 든든하군!”

어깨의 짐을 내린, 안도한 표정으로 술잔을 들이켰다.

“이 몸이 할 수 있는 일이 있으면 말해줘, 너한테라면 아론다이트를 양도할 수도 있어.”

용사 하야토가 말하며 나를 보았다.

마침 잘됐다. 그에게 부탁하고 싶은 것이 있으니 편승해야지.

“그러면, 본래 세계로 돌아가면, 이걸 좀 보내주실 수 있을까요?”

“편지?”

“네. 제가 있던 곳과 같은 세계라고 장담할 수는 없지만, 가족에게 건강하게 지내고 있다는 편지를 보내고 싶어서요.”

가족이나 친구, 그리고 메타보 씨 같은 동료에게 보내는 편지 다발을 용사 하야토에게 건넸다.

아리사와 히카루의 편지도 함께 들어있다.

“그래, 분명히 받았다. 반드시 이 몸이 직접 건넬 테니까 안심해.”

“잘 부탁드립니다.”

가슴을 턱 두드리며 용사 하야토가 받아들여주었으니 안심이다.

본래 세계에서 죽어버린 아리사 쪽은 장난이라고 받아들일 가능성이 높지만, 아리사는 그렇다면 그거대로 괜찮다고 말했다.

"하야토, 잠깐 괜찮아?"

"린?"

어쩐지 요염한 인상의 린그란데 양이 와인을 한 손에 들고 나타났다.

그녀가 입은 비취비단의 드레스는 대단히 어른스러운 재단으로, 페로몬을 풀풀 풍기고 있었다.

예복을 입은 흑기사나 정찰대의 병사들이 아까부터 힐끔거리며 훔쳐볼 정도였다.

"사토, 하야토를 빌릴게."

"네. 뜻대로."

나는 보호자 같은 기분으로 용사 하야토와 린그란데 양을 배웅했다.

"이, 이거슨 NTR[#4] 플래그 아냐?"

방금 전까지 「하야토×사토 아니면 사토×하야토」라는 망언을 하고 있던 아리사의 머리를 따콩 때렸다.

"무슨 바보 같은 소리를 하는 거야."

사모하는 사람과 영원한 작별이라면, 마지막 추억을 바라는 건 극히 당연한 일이지.

나는 린그란데 양의 마음이 성취되기를 기도하며 잔을 비웠다.

#4 NTR 네토라레의 줄임말. 자신이 좋아하는 이성을 다른 이에게 빼앗기는 상황을 의미한다.

◆

이튿날 아침, 용사 하야토의 귀환을 배웅하기 위해, 우리들은 대성당의 뒤쪽에 있는 광장에 모였다.

지구에 돌아가도 이상하지 않을 양복 차림의 용사 하야토가, 사가 제국 사람들이나 파리온 신국의 사람들과 작별인사를 했다.

"하야토!"

인파를 헤치고, 서기관 리로와 꼭 닮은 소녀가 나타났다.

"노노! 안 늦고 잘 왔어!"

"황실 전용정, 빌렸어."

그녀는 용사 하야토에게 안기더니, 말수 적게 사가 제국에서 안 늦은 이유를 고했다.

"축하해."

"그래, 고마워. 이것도 노노랑 동료들이 뒤에서 지탱해준 덕분이야."

용사 하야토가 서기관 노노의 머리를 쓰다듬었다.

그런 용사 하야토의 몸이 희미한 파란색 빛을 띠었다.

"미안, 노노. 이제 슬슬 가야 하나 봐."

용사 하야토가 말하고 노노의 포옹을 풀고, 종자들의 얼굴을 한 명씩 바라보았다.

"메리. 내가 사가 제국에 소환됐을 때부터, 계속 나를 지탱해 줘서 고마워."

"—하야토. 나의 용사님."

메리에스트 황녀가 용사 하야토에게 허그를 하고 볼에 입을 맞추었다.

그러고 보니, 용사 하야토의 일인칭이 「이 몸」에서 「나」로 바뀌었다.

“세이나, 노란색 자식에게 전멸당할 뻔한 다음에, 다시 한 번 일어설 수 있었던 건 네 덕분이야.”

“헤헹, 또 따귀 맞고 싶으면 언제든지 돌아와~.”

눈물을 참은 척후 세이나가 용사 하야토를 끌어안았다.

그리고, 신관 로레이야, 루스스, 휘휘, 궁병 위이야리, 서기관 리로, 서기관 노노 순서로 작별을 나누고, 마지막으로 린그란데 양 차례가 됐다.

“린, 처음 만났을 때는 콧대만 높은 망할 귀족이었지만—.”

이봐이봐, 용사. 뭔 말을 하는 거야.

“—지금은 둘도 없는 내 최고의 이해자야. 여동생이랑 꼭 화해해.”

“하야토, 하야토하야토하야토…….”

린그란데 양이 울음을 터뜨리고, 그를 꼭 끌어안았다.

말이 제대로 안 나오는 모양이다.

“아리사는 작별 안 해도 돼?”

“그래, 어제 작별의 말을 했는걸.”

일단 확인했더니, 아리사가 그렇게 대답했다.

“—시간이 됐다.”

그리고 하늘에서 빛이 쏟아졌다.

"파리온 신이 세계를 이어놓을 수 있는 시간도 한계가 있나봐. 이제 그만 갈게."

용사 하야토가 가지고 있던 성검 아론다이트를 린그란데 양에게 맡겼다.

"다들, 건강해—."

용사 하야토의 모습이 떠오르고, 그 모습이 투명하게 사라졌다.

누군가가 「하야토」라고 부른 것을 시작으로, 차례차례 종자들이 용사 하야토의 이름을 불렀다.

사라지기 직전까지 손을 흔들고 있던 용사 하야토가 사라진 하늘을, 우리들은 질리지도 않고 올려다보았다.

◆

"사토, 잘 마시고 있어?!"

"네, 마시고 있어요. 하지만, 린그란데 님은 이제 슬슬 주량이 과한 것 같습니다."

용사의 송환을 배웅한 다음 그의 종자들이 용사 하야토의 추억을 논하는 모임에 초대를 했는데, 어째선지 그 다음에 술에 취한 린그란데 양이 들러붙었다.

취한 린그란데 양은 달라붙는 술버릇이 있는지, 내 목에 한쪽 팔을 두르고 아까부터 술을 계속 따르고 있었다.

술병째로 직접 나발을 부는 건 공작 영애로서 문제가 있다고 생각한다.

"정말이지, 절벽에서 뛰어내리는 심정으로 여자인 내가 유혹했는데, 그 목석은 입맞춤도 한 번 안 했다니까!"

"하야토 님은 윤리관념이 뛰어난 신사니까요."

어제 린그란데 양의 결사적인 접근은 실패한 모양이다.

"정말이지, 남자라면 가끔은 짐승이 되란 말이야!"

"그렇네요, 격정에 몸을 맡기는 것도 필요하죠."

내가 적당히 맞장구를 쳤더니, 린그란데 양이 조용해 졌다.

아무래도, 취해서 잠든 모양이다.

문에서 토템 폴처럼 안을 들여다보던 동료들에게 그녀를 침대에 눕혀달라고 부탁했다.

나는 소파에 고쳐 앉아서, 루루가 가져다 준 입가심의 과실수를 마셨다.

"흠, 이건 예상 밖인데."

"그 편지 말야?"

메뉴의 마커 일람을 바라보면서 아리사에게 고개를 끄덕였다.

그곳에는 용사 하야토에게 맡긴 편지가 실려 있었다. 현재 위치는 「제N세계선, 행성 지구, 일본국」이라는 표시가 떴다. 참고로 N 부분은 어마어마한 단위의 숫자가 있었다.

마커 일람에는 용사 하야토의 이름도 남아 있다.

유니크 스킬은 세계를 넘어서도 작동하나 보군.

"주, 주인님! 모, 몰래 돌아가거나 하진 않을 거지?"

"그래, 물론이지."

아리사가 내 손을 덥석 잡고서 물어보기에 즉시 답했다.

"만약 고향에 돌아갈 수 있으면, 그때는 다 같이 함께 지구 관광을 하자."

분명히 도쿄의 마천루나 서브컬처가 넘치는 아키하바라 같은 곳에 가면 기뻐해줄 게 틀림없다.

내 농담을 들은 아리사가 「그거 좋겠네」라며 웃었다.

뭐, 르모크 왕국에서 아오이 소년을 비롯한 일본인을 무차별 소환한 유니크 스킬 「세계를 잇는 힘」이나 사가 제국의 용사를 소환하는 시스템처럼 신에서 유래된 원리가 없으면 조금 어려울 것 같다.

메뉴로 인식할 수 있으니까, 유닛 배치라면 갈 수 있을 것 같기도 하다.

그렇지만 AR 표시에 나타나는 유닛 배치 페이지를 보면, 용사 하야토의 세계에 있는 「스즈키 이치로의 친가」는 유닛 배치로 갈 수 있는 지배영역이 아닌 모양이다.

이럴 거면 유닛 배치의 전이처로 쓸 수 있을 법한 텐트라도 그쪽에서 조립을 해주도록 부탁했으면 좋았을지도 모르겠다. 텐트는 상설해두기가 어려우니까, 내가 들어갈 수 있는 사이즈의 개집 같은 것도 좋으려나.

뭐, 그걸 실행했다고 해도, 리스크는 있을 거다.

아리사에게 「혼각화환」을 빌려서 유닛 배치를 해도 「영혼의 그릇」이 부서질 것 같으니까 조금 무섭다.

일본으로 귀환을 검토하는 건, 사가 제국의 소환진을 구경한 다음이 되겠네.

◆

용사 하야토 송환으로부터 이틀 뒤—.

"사가 제국에 오면, 언제든지 찾아오세요. 그때 용사 신전의 소환진을 보여준다는 약속을 지키겠어요."

"네. 서방의 소국들에서 관광 부대신의 임무를 마치고 나면 찾아뵙겠습니다."

우리는 차원 잠행선 쥘 베른 앞에서, 메리에스트 황녀를 비롯한 용사의 종자들과 작별을 나누고 있었다.

"사토, 어제는 미안해."

어색한 표정의 린그란데 양이 고개를 홱 돌린 채 사과했다.

"나는 사가 제국에서 종자의 의무를 다하면 오유고크 공작령으로 돌아갈 생각이니까, 언제든지 놀러 오도록 해."

그렇게 말한 다음「세라에 대한 걸 용서한 건 아니야」하고 안정적인 시스콤의 모습을 발휘했지만, 그건 분명히 용사 하야토와 헤어진 걸 얼버무리기 위해 기운을 짜낸 것이리라.

"또 맛있는 술이 있으면 보내주세요."

"네, 로레이야 님이 좋아할 법한 술을 발견하면 반드시."

신관 로레이야와 그런 약속을 했다.

"나랑 휘휘는 사가 제국에 돌아가면 무사수행의 여행을 떠날 거니까, 시가 왕국에 들렀을 때 상대해줘."

"응, 나도 상대해줘. 가속약을 먹은 하야토의 움직임을 따라갈 수 있는 사람이 루스스랑 나 말고도 있을 거라고는 생각 못 했어."

루스스와 휘휘가 씨익 웃으며 말했다.

그때는 성장한 타마와 포치에게 상대를 부탁해야겠군.

다음으로 내 앞에 나타난 것은 궁병 위이야리였다.

"사토, 관광을 좋아한다면 사가 제국의 귀 종족 보호구에 오도록 해. 귀 종족은 인간족과 교배가 가능하니까, 강한 사토는 분명히 환영해줄 거야."

귀 종족 보호구에는 흥미가 있지만, 종마 같은 취급을 받을 것 같으니 조금 망설이게 되네.

"또 봐, 사토. 나도 시가 왕국에 첩자로 놀러 갈게."

"아뇨아뇨. 평범하게 놀러 오세요. 환영하겠습니다."

그런 뒤숭숭한 발언을 한 것은 척후 세이나.

"……고마워. ……하야토를 도와줘서."

서기관 리로의 등 뒤에 숨어서 그녀와 같은 얼굴의 서기관 노노가 두런두런 인사를 하자, 이어서 마지막으로 서기관 리로가 사무적인 보고를 했했다.

"각하의 조력에 감사드립니다. 사가 제국의 황제 폐하께서, 훗날 시가 왕국으로 서한을 보내실 겁니다. 내용은 아마도 훈장 수여와 사가 제국 명예귀족의 수여에 대해서겠죠."

그리고 리로가 덧붙여서 말을 이었다.

"받을지 말지는 자유지만, 훈장은 저희들과 같은 거니까 하야토와 함께 마왕을 토벌한 기념으로 받아주세요."

서기관 리로는 그렇게 말하고 덧없이 미소를 지었다.

그녀들이 탄 은색의 배가 차원의 틈으로 사라지는 걸 지켜보고, 파리온 신국이나 사가 제국 사람들이 해산했다.

사무라이 두 사람이나 신세를 진 메이드들에게 인사를 하고서, 우리들도 숙소를 떠나기로 했다.

"—귀족님!"

대성당의 넓은 부지를 걷고 있는데, 앞에서 모래 종족의 라이트 소년이 커다랗게 손을 흔들며 달려왔다.

서기관 리로에게 보호되고 있던 그였지만, 마왕이 토벌된 다음에는 그 이전에 일하고 있던 일터로 복귀한 모양이다.

"아빠의 행방을 알았어!"

현자가 수배해준 문지기에게서 연락이 왔다고 한다.

"그거 잘 됐네."

마왕 퇴치도 끝났으니, 파리온 신국을 섬구로 날아다니며 맵 검색으로 찾아줄까 생각했는데, 괜한 참견이었나 보다.

"현자님의 배려로, 나도 아빠가 있는 곳에 갈 수 있게 됐어!"

"그래? 어떤 곳이야?"

"재능 있는 자의 숨겨진 힘을 끌어내는 마을이래."

아리사의 물음에 라이트 소년이 대답했다.

라이트 소년에게는 「직감」이라는 희귀 스킬이 있으니까 「재능 있는 자」로 인정받았을지도 모르겠다.

"현자님은 분명히—『수행의 마을』이라고 불렀어."

"이름 그대로네."

아리사의 말에 동의하지만, 조금 흥미가 있었다.

"수행~?"

"포치도 수행 좋아하는 거예요!"

"나는 별로 안 좋아하지만, 아빠랑 같이 살기 위해서 힘낼 거야!"

"그래, 힘내라."

웃는 얼굴의 라이트 소년을 격려했다.

그는 「현자님이 불렀어」라고 하며 대성당 쪽으로 달려갔다.

다 함께 그 모습을 지켜보고 있는데, 아리사가 시선을 이쪽으로 돌렸다.

"주인님, 다음은 어디 갈 거야? 역시 사가 제국?"

"마왕 퇴치 때문에 제대로 관광도 못했으니까, 파리온 신국이나 서방 소국들을 듬뿍 관광한 다음에 사가 제국으로 가자."

내 제안은 웃는 표정과 함께 받아들여지고, 다 함께 어디부터 구경하러 갈 건지 이야기하며 여관을 찾아 큰 길로 갔다.

에필로그

“용사여, 짧은 승리를 즐기도록 해라.”

어슴푸레한 땅 속에서, 갈라진 목소리가 반향 됐다.

“네놈이 마왕을 쓰러뜨린 것으로, 마신옥은 독기로 가득 찼다.”

남자는 불빛도 없이 어둠 속을 나아갔다.

“세계를 구해야 할 용사가, 마신옥의 봉인을 푸는데 도움을 주고, 세계에 파멸을 해방시키는 것이다.”

여기는 제6마굴, 용사와 마왕이 사투를 벌인 장소다.

“참으로 통쾌하구나! 불쾌한 용사도 사라진 지금, 방해하는 자도 없다.”

남자는 종착점에 발을 들였다.

“……어찌된 거냐.”

제단의 방에 가득해야 할 독기가 예상 이상으로 흐린 것을 남자는 깨달았다.

“봉인이 독기를 빨아들인 건가?”

불길한 예감에 남자의 발걸음이 빨라졌다.

“말도 안 된다! 독기 농도가 1할도 안 된다고?! 계획을 시작하기 전의 절반도 못 미치지 않는가!”

봉인이 있는 장소에 도착한 남자는, 마법 장치를 조작하여 너무나 말도 안 되는 사실에 아연해졌다.

“어떻게 된 것이냐? 용사의 종자들에게 정화할 만한 시간은 없었다. 파리온 신전의 자들이, 그 정도의 독기를 이렇게 짧은 시간에 정화할 수는 없다. 마를 떨치는 용린분이라고 해도, 비축량만으로는 충분할 리 없어.”

남자가 어둠을 향해서 부르짖었다.

“설마— 시가 왕국에 나타났다는 용사의 짓인가?! 저왕이나 구두를 쓰러뜨렸다는 이야기는, 시가 왕국의 프로파간다가 아니었다는 것인가…….”

연말의 시가 왕국 왕도를 습격한 「찌꺼기」 사건은 시가 왕국의 수호신인 천룡의 참전으로 실패했다는 것이 그들의 공통 견해였다.

“녹색 나리는 한때 시가 왕국에 있었을 터. 돌아오면 캐물어야겠군.”

동맹자의 불성실함에 남자는 핏대를 세웠다.

“이러한 일로 내 바람은 끊어지지 않는다. 반드시 마신옥의 봉인을 풀어내겠다.”

움켜쥔 주먹에서 피가 떨어졌다.

“내가 바로 『현자』다. 토우야 같은 늙은이와는 다른 것이다.”

남자는 그 사실을 깨닫지 못하고 계속 독백했다.

“아직 보지 못한 시가 왕국의 용사여! 현자 솔리제로 님이 이끄는 재앙의 군세가, 네놈의 나라를 멸망시켜주마! 멸망해가는 나라를 바라보며, 피눈물을 흘리도록 해라! 그리고, 절망하는 네놈을 내 그림자로 찢어주마."

남자가 어둠을 향해 외쳤다.

"그리고 재앙의 군세로 땅을 다진 다음에는, 학대 받아온 내 일족이 왕으로 군림하는 낙원을 세우는 것이다. 성녀의 힘과 재앙의 군세가 있으면, 성공은 약속된 거나 마찬가지. 반드시 새로운 제국을 세워내겠다!"

외침은 이윽고 홍소가 되어, 어둠 속으로 사라졌다.

그의 마음에, 자신의 야심을 위해 죽어간 마왕 따위 한 조각도 남아 있지 않았다.

다만 지하에 흐르는 바람이, 죽어간 마왕을 위무하는 것처럼 조금씩 모래 산을 무너뜨릴 뿐이었다.

EX-1: 하야토의 귀환

"나는 어린 여신 파리온의 소원에 응답하여, 용사 하야토 마사키로서 사가 제국에 소환됐다. 몇 번이나 죽을뻔하면서도 사명을 다하고, 나는 돌아왔다. 그리운 고향이다. —마사키 하야토."

"파리온 신이 세계를 이어놓을 수 있는 시간도 한계가 있나 봐. 이제 그만 갈게."

하늘에서 내려오는 상냥한 파란 빛이 나를 감싼다.

"다들, 건강해—."

동료들이나 사토가 지켜보는 가운데, 내 몸이 하늘로 떠오르고 시야가 빛으로 휩싸였다.

희미하게 린이나 메리가 내 이름을 부르는 비통한 소리가 들렸다.

—미안, 린. 미안, 메리.

나는 마음 속으로 동료들에게 사과했다.

《감사, 용사》

주파수가 안 맞는 라디오처럼, 노이즈가 섞인 목소리가 들렸다.

이 귀여운 앳된 목소리는 파리온 신이다.
동시에 흘러 들어오는 이미지가 그녀의 마음을 나타낸다.
아무래도, 내 마왕 토벌에 감사를 해주는 모양이다. 하얗게 물든 시야 탓에 어린 여신의 모습이 안 보이는 것이 유감이었다.

《이별, 사죄》

—신경 쓰지 마. 선택한 건 나야.
파리온 신의 미안해 보이는 사념에 고개를 옆으로 저었다.

《다행, 미래, 축복》

—그래, 헤어진 동료들이 걱정하지 않아도 될 정도로 행복해질 거야.
내 말에, 어린 여신이 웃음의 이미지를 보냈다.
그래, 어린애는 웃어야지!

◆

"여기는—."
깨닫고 보니, 나는 돌바닥 위에 서 있었다.
—신사의 경내?
그렇지! 여기는 소환됐을 때 있던 신사야.

"돌아왔구나……."

나는 계단을 달려서 내려갔다.

붉은 도리이가 만드는 아치를 빠져나가, 배기가스 냄새가 나는 도로로 뛰쳐나갔다.

"꺅!"

옆에서 여자애의 비명이 들렸다.

내가 뛰쳐나온 탓에 놀라버린 모양이다.

"미안— 타치바나!"

"—어? 마사키 군?"

로리 얼굴의 소꿉친구— 타치바나 유미리를 발견한 나는 그대로 가녀린 몸을 끌어안았다.

"어, 자, 잠깐, 하야토 이런 건 좀 더 로맨틱한 장소에서……."

당황하는 소꿉친구의 말에, 나는 그리움에 오열을 억누르지 못하고 울어 버렸다.

"뭐야? 어디 아파? 저기, 하야토."

"유미리, 유미리, 나는 돌아왔어. 돌아왔어."

꼴사납게 우는 나를, 유미리는 당혹하면서도 상냥하게 끌어안아 주었다.

◆

"자, 페카리. 좋아하잖아."

"그래, 고마워. 또 페카리를 마실 수 있는 날이 오다니—."

그녀가 내민 스포츠 드링크를 보고 또다시 눈물이 치민 내 얼굴에, 유미리가 손수건을 댔다.

방금 전에 끌어안은 탓인지, 유미리의 볼이 조금 붉다.

"—어라?"

"이번엔 뭐야?"

유미리가 의문스럽게 눈썹을 찌푸렸다.

"왜, 세일러복이야?"

이 녀석은 코스프레 취미 같은 거 없었을 텐데.

"너 말야! **아까 전까지** 같이 학교에 있었잖아."

—아까, 라고?

나는 유미리의 눈동자를 보았다.

"뭐, 뭐야?"

유미리가 몸 앞에 팔을 교차시켜서 가드 포즈를 취했다.

거동이 수상할 정도로 동요했지만, 내가 그걸 깨달은 건 집에 돌아간 다음이다.

이때의 나는, 더 중요한 일이 있었다.

"지금은 몇 년 몇 월 몇 일이야!"

"어?"

당황하는 유미리의 어깨를 붙잡고서 물었다.

"가르쳐줘!"

"으, 응…… 2013년 3월 3일, 덤으로 시간도 필요해? 12시 15분이야."

시간은 기억 못하지만 날짜는 틀림없다.

오늘은 내가 소환된 날이다.

"시간 마법은 존재하지 않을 텐데……."

"잠깐, 중2병은 중학교에서 졸업하라고 말했잖아? 또 도졌어?"

내가 중얼거리는 걸 들은 유미리가 뭐라고 했지만, 나는 그건 신경 쓰지 않고 자기 얼굴을 착착 만졌다.

"정말로, 괜찮아?"

"거울! 거울 없어?"

"있는데?"

걱정하는 표정의 유미리가 내민 작은 거울로, 자기 얼굴을 보았다.

―소환됐을 무렵의 나다.

"어라? 그러고 보니 왜 양복 같은 걸 입고 있어? 아르바이트 면접?"

"이야기하면 길어지는데―."

나는 어린 여신의 서프라이즈에 유쾌한 기분이 되면서, 유미리에게 이세계의 이야기를 했다.

처음에는 전혀 믿지 않았던 유미리였지만, 내가 손가락 힘만으로 동전을 넷으로 접어 뭉개자 납득했다. 납득한 다음에는 「동전을 접는 건 법률 위반이야」라고 혼내는 게 유미리답다.

물론, 남아 있는 힘은 일부뿐이다.

스킬은 못 쓰게 되어 있고, 이세계 용사를 하던 때와 비교하면 근력도 슬플 정도로 떨어졌지만, 충분히 상식 밖의 힘이 남아 있으니 간단히 할 수 있었다.

아마도지만, 조금 훈련하면 초일류 운동선수의 동료로 들어갈 수 있을 것 같다.

출발하기 전에 사토가 옛날 소설을 참고했다고 하면서 허리에 감아준 황금제 철사가 5킬로그램 정도 있으니까, 학생 기업을 하는 것도 즐겁겠는데.

"흐~응, 힘들었구나. 그래서 이세계에 연인이나 처자식을 남기고 왔어?"

말이 가볍다.

아무래도 완전히 믿어주는 건 아닌가 보다.

뭐, 좋아. 나도 자신이 아닌 누군가가 이런 말을 했다면 웃어넘길 테니까.

"아니, 연인도 처자식도 없어—."

—내 마음 속에는 언제나.

내가 바라보자 유미리가 볼을 물들였다.

허니— 아리사 왕녀에 대해서는 입 다물어야지.

"미안 유미리. 나는 집으로 돌아가서 여동생한테『다녀왔어』의 인사를 해야 해."

내가 진지한 표정으로 말하자, 어째선지 맥 빠진 기색의 유미리가 기가 막힌단 표정으로「바이바이」하고 손을 흔들었다.

"내일 봐."

유미리의 아무렇지도 않은 인사에 볼이 풀어졌다.

"그래, **내일 봐**."

"잘 가~."

내가 대답하자, 유미리가 만족스러운 기색이었다.

◆

"이치로 오빠의 친구?"

사토와 닮은 분위기의 미녀가 의심스럽게 나를 보았다.

"네, 그가 맡긴 편지를 전하러 왔어요."

"너, 몇 살?"

"스— 열 일곱 살이요."

하마터면 이세계에 있을 무렵의 나이로 대답할 뻔했다.

"그러면, 초등학생 때 이치로 오빠랑 알게 됐어?"

—무슨 뜻이지?

"아뇨, 1년 정도 전이요."

그렇게 대답한 순간, 그녀의 얼굴에서 표정이 사라졌다.

"그래—."

가면 같은 표정의 미녀가, 「돌아가」라고 하면서 현관 안쪽으로 돌아섰다.

"기, 기다려 주세요. 편지만이라도."

"장난이라면 어디 다른 데 가서 해—."

차가운 목소리로 말하더니, 눈앞에서 탁 현관문을 닫아버렸다.

"난처하네."

직접 건네면서 이세계에서 사토의 근황 같은 것도 가르쳐주고 싶었는데…….

편지를 넣을 수 있는 우체통을 찾으며 걷고 있는데 비가 내렸다. 편의점에서 비를 피하려고 가볍게 속도를 내어 길을 달려가는데, 공원 한구석에서 비에 젖은 골판지에 젖은 상의로 그림자를 만드는 여자애를 발견했다. 교복에 「코하이」라고 적힌 명찰이 달려 있으니까 중학생이겠지.

뭔가 없을까 하여 가방을 뒤졌더니, 접이식 우산이 있었다. 그러고 보니 계속 넣어뒀었지.

"감기 걸린다."

나는 우산을 펼쳐 여자애한테 씌워줬다.

골판지 박스 안에는 강아지가 있었다.

"고마워, 오빠."

돌아본 여자애가 순순히 인사를 했다.

그럴 셈은 전혀 없지만, 꼬시는 걸로 의심하지 않은 것은 내 인덕이 틀림없다.

"—아앗! 그거!"

여자애가 내 가슴팍을 보고 놀란 소리를 질렀다.

"이치로 오빠 글씨!"

여자애가 내 가슴 주머니에서 사토의 편지를 가로챘다.

"이 편지 어디서 났어?"

"사— 스즈키 이치로 씨한테서, 그의 가족에게 건네달라고 부탁 받았어."

여자애는 코하이 미츠미. 스즈키 이치로의 소꿉친구로, 가족이나 마찬가지인 사이라고 한다.

스즈키 가에 편지를 전달하러 갔다가 문전박대를 당했다고 얘기하자—.

“이치로 오빠는 대학의 합숙에서 행방불명이 됐어.”

그 이유를 가르쳐 주었다.

“코하이 씨는—.”

“히카루면 돼. 코하이는 후배 같잖아.”

이름을 부를 거면 미츠미가 아닌가 생각했지만, 본인의 요청대로 해주면 되겠지.

“히카루는 내 이야기를 믿는 거야?”

“그야 믿어야지. 왜냐면, 이건 이치로 오빠 글씨인걸.”

“그러면 이 편지를 스즈키 이치로 씨의 가족에게 건네줄래?”

“알았어. 꼭 아줌마한테 건네줄게. 약속해.”

만화처럼 가슴을 두드리면서 받아준 히카루에게 편지를 건넸다.

……후우, 이걸로 사토와 한 약속은 지켰군.

“사토?”

히카루가 고개를 갸웃거렸다.

아무래도 목소리를 낸 모양이다.

“이치로 오빠네 할아버지가 기르는 개 말야?”

“—개? 아니, 스즈키 이치로 씨의 별명이었어.”

“아~ 게임 같은 거에 자주 썼으니까.”

뜻밖의 곳에서, 사토란 이름의 기원을 알아버렸다.

그리고 잠시 히카루와 사토의 이야기를 나눴는데, 비가 그친 걸 계기로 어느 쪽이랄 것도 없이 해산이 됐다.

그리고, 강아지는 내가 맡기로 했다.

집에 널찍한 마당도 있고, 여동생이 개를 키우고 싶어하니까.

『집을 만들어라, **용사**.』

뒤에서 목소리가 들렸다.

돌아보자, 팔짱을 낀 히카루가 버티고 서 있었다.

방금 전까지 검었던 머리칼이, 프리즘에 비춘 빛처럼 무지개색으로 보인다.

"—집?"

『사람이 들어갈 수 있는 사이즈라면 개집이라도 상관없다. 이 표찰을 집에 붙이는 게다.』

무심코 받아 든 표찰에 「사토」라고 적혀 있었다. 굉장히 달필이다. 히카루는 서도의 단증 같은 걸 가졌을 거야.

"뭘 위해서—."

만드는 건지 물어보려고 했지만, 고개를 든 곳에 히카루의 모습은 없었다.

어쩐지 여우에게 홀린 기분이야.

품 속의 강아지가 왕하고 짖었다.

"네가 살 집이라도 만들어야겠다."

"왕!"

강아지가 기쁜 기색으로 내 얼굴을 핥았다.

사람을 잘 따르는 강아지 너머로, 손에 들고 있는 표찰이 보였다.

"좋아! 네 이름은『사토』다!"

나는 강아지를 안고서 선언했다.

◆

"하야토빠아, 머해애?"

이제 막 세 살이 된 여동생 아이카가 서투른 발음으로 나에게 말을 걸었다.

"개집을 만들고 있어."

"개애! 개키어?"

아이카가 내 등에 기어오르면서 기쁜 기색으로 물었다.

오늘도 최고로 귀엽다.

그야말로 천사다.

"그럼, 귀엽다!"

강아지를 집으로 데리고 오자마자, 어머니가 예방접종을 하러 간다면서 데리고 가버렸다.

"와~아!"

아이카가 기쁜 기색으로 폴짝 뛰었다.

내 등에서 떨어질뻔한 아이카를 재빨리 받쳐주고, 잔디 땅바닥에 내려줬다.

"개등에타꼬야!"

"그래그래. 그러면 얼른 자라야겠다."

그 강아지는 크게 자라는 견종이니까 문제없다.

"네잉!"

개 등에 탄 프리티한 여동생 사진이 앨범에 늘겠군.

아이카는 그 다음에 잠시 내가 개집 만드는 걸 보고 있었는데, 중간에 꾸벅꾸벅 졸기에 거실 소파에 재웠다.

"—좋아, 완성."

나는 마지막으로「사토」라고 적힌 네임 플레이트를 개집에 달았다.

이 네임 플레이트는 무지개색 머리칼 버전 히카루에게 받은 거다.

그 히카루는 사람이 아닌 것— 그것도 요괴나 괴이 같은 게 아니라, 나를 이세계로 소환한 어린 여신 같은 신격을 가진 누군가가 아니었을까 생각한다.

뭣 때문에 개집을 만들고, 이 네임 플레이트를 붙일 필요가 있는지는 모르겠다.

하지만, 분명히 뭔가 의미가 있을 거다.

"어쩌면 또 사토 일행과 만날 수 있을지 모르지."

나는 기지개를 한 번 켜고, 혼잣말을 중얼거렸다.

짝짝 손뼉을 쳐서, 톱밥이나 먼지를 떨쳐냈다.

"하야토 있어~?"

현관에서 소꿉친구인 타치바나 유미리의 목소리가 들렸다.

요전에 재회하고서, 그녀는 나를「마사키 군」이 아니라 옛날처럼「하야토」라고 부르게 됐다.

학교에서는 실컷 놀림을 받았지만, 어쩐지 잃어버린 청춘을 되찾은 것 같아 기뻤으니까 놀리는 대로 냅뒀더니, 어느샌가 놀리는 것도 시들해졌다.

"있어~!"

개집을 자랑하려고, 마당에서 유미리에게 외쳤다.

차고에 어머니의 차가 들어오는 게 보였다. 강아지의 예방접종이 드디어 끝난 모양이다.

강아지의 활기찬 소리도 들린다.

오늘은 떠들썩한 날이 되겠어.

"사토, 일본은 오늘도 평화롭다."

나는 이세계에 있는 친구에게 말하고, 봉오리가 부풀기 시작한 벚나무 너머로 보이는 파란 하늘을 올려다보았다.

EX-2: 히카루와 코치와 나나 자매

"나는 코치라고 하면, 재방송으로 본 명작 스포콘 애니메이션을 맨 먼저 떠올리려나? 중학교 고등학교 부활동에는 고문은 있어도 코치는 없었으니까, 조금 동경한다니까. ―타카츠키 미츠코."

"헤에, 여기가 전이 포인트구나~."
"예스 히카루. 이 슬롯에 마핵을 넣어 기동한다고 고합니다."
"전이 게이트를 통과하려면, 이 인증 아이템이 필요하다고 주의합니다."
"아하하하, 레트로 게임 좋아하는 이치로 오빠다운 초이스네."
여덟 자매의 5녀 퓐프와 6녀 시스가 전이 게이트 사용법을 가르쳐주었다.
"연내에는 일반 공개를 하고 싶다고 마스터가 말했습니다."
"응, 나도 들었어."
장녀 아진의 말에 고개를 끄덕였다.
태수나 길드장에게 알려졌을 때 대응을 부탁 받았지.
"아진, 카리나를 데리고 왔다고 보고합니다."
막내인 위트가 건너편에서 손을 흔든다.
미궁 안인데 주룡을 타고 있다. 차녀인 이스난도 기승하고 있었다. 3녀인 트리아와 초폭유미녀인 카리나, 조신한 미소녀 제나는 도보. 카리나의 호위 메이드인 에리나와 신입 아가씨도 함께다.

"오늘은 제나도 함께?"

"예스 히카루. 카리나를 마중하러 갔을 때 만나서 데리고 왔습니다. 마스터의 허가는 받았습니다."

"미토 씨! 왕도에 계신 거 아니었어요?"

"방금 도착한 참이야. 양육원 아이들을 마중하러 왔어."

하늘을 날아온 건 비밀로 해두었다. 왕도 밖에서는 비상 신발로, 중간부터는 친해진 와이번 버언 군을 타고 왔다.

"평안하신가요, 미토 님."

"아하하— 평안하신가요. 카리나는 오늘도 미인이네."

카리나에게 「평안하신가요」라는 인사를 불어넣은 건 아리사가 틀림없을 거야.

"미토는 히카루라고 정정합니다."

"—네?"

"어떻게 된 건가요?"

당황하는 제나와 카리나에게, 미토 말고도 히카루란 이름도 있다는 얘기를 했다.

"어느 쪽으로 부르면 될까요?"

"어느 쪽이든 괜찮아~."

두 사람은 고민한 다음, 자매와 똑같이 「히카루」로 불러주었다.

"그러고 보니, 제나뿐이야? 존 군의 여친은?"

"릴리오랑 동료들은 영지군의 훈련으로 평소와 같은 장소에 갔어요."

그쪽도 이치로 오빠가 제나 일행의 육성을 위해 정돈한 사냥터인가 보다.

여전히—가 아니지. 어느 세계의 이치로 오빠든 사람을 잘 보살피네.

"제나는 땡땡이인가요라고 묻습니다."

"아니에요. 새로운 주문의 시험을 해볼까 해서요."

"요전의 『칼날 폭풍』보다도 위력이 있는건가요라고 묻습니다."

"중급에서 가장 위력이 강한 건 『칼날 폭풍』이니까. 저는 아직 상급 마법은 못 써요."

제나는 주눅이 들어서 말하지만, 그 레벨에 중급 상위인 「칼날 폭풍」을 쓸 수 있으면 충분해.

"제나는 바람 마법뿐이야?"

"네, 저희 집은 바람 마법의 가계라서요."

"그렇구나. 마물 퇴치를 할 거면 불 마법이나 벼락 마법을 보조로 익히면 섬멸 속도가 올라가."

불길을 키울 수 있고, 번갯불을 동반한 폭풍 같은 것도 위압 효과가 뛰어나니까.

"아리사가 불 마법이니까, 사토 일행과 연계를 생각하면 벼락 마법이 좋을까?"

"벼락 마법이요……?"

제나가 조금 불안해 보인다.

"바람 마법도 중급까지밖에 못 쓰는데, 제가 배울 수 있을까요?"

"할 수 있어 할 수 있어. 마법은 하나 쓸 수 있으면, 다른 걸 배우는 건 그렇게 힘들지 않으니까."

필요한 스킬 포인트도 줄어들고.

그런 생각을 하면서, 제나에게 벼락 마법의 입문서를 건넸다.

"사토 씨한테 도움이 된다면, 저 힘낼게요."

사랑하는 소녀의 노력하는 포즈가 귀엽다.

노리고 한 게 아니니까 요망한 느낌이 없어서 응원하고 싶어져버린다니까.

"응, 힘내! 모르는 부분이 있으면 가르쳐줄게. 언제든지 물어보러 와."

사토가 이치로 오빠 본인이 아닌 건 알고 있지만, 왠지 모르게 NTR 느낌이라서 조금 마음이 꾸물꾸물한다.

하지만, 사랑에 빠진 소녀를 응원하기 위해서니까, 확실하게 격려해뒀어.

◆

"도착이라고 고합니다."

위트가 선언했다.

우리는 전이 거울을 넘어서 미궁 안쪽으로 찾아왔다. 생각보다 낯익다.

"아~ 여기구나."

"전에 온 적이 있는 건가요라고 묻습니다."
"응, 옛날에. 분명히 사흘 정도 걸려서 왔었어."
여기는 지형이 좋으니까, 마법 기사나 마법사의 레벨 올리기에 좋단 말이지.
역시 이치로 오빠. 눈썰미가 샤프하네.
"굉장하네요. 사흘 걸리는 장소까지 한순간에 올 수 있다니."
"그래요, 제나."
제나와 카리나가 감동하고 있다.
"세상은 그야말로 대미궁시대로 돌입이네."
""""대미궁, 시대?""""
위트와 자매들이 고개를 갸우뚱 기울였다.
안 통할 거라고 생각은 했지만, 자매들이 나란히 고개를 갸우뚱하는 건 디스 당하는 것 같아서 괴로우니까 그러지 말자.
아아, 여기에 아리사나 이치로 오빠가 있었다면, 태클을 걸어줬을 텐데.
조금 쓸쓸해지면서, 「다들 미궁 안쪽으로 갈 수 있게 된다는 거야」라고 의역해서 전달했다.
"그건 그렇고, 굉장한 마법장치인걸요."
"네, 대발견이에요."
카리나와 제나가 전이 거울을 둘러보았다.
"포상금 같은 건 나오는 걸까요?"
"에리나 씨. 정보 공개는 자작님이 정하실 거라고 생각하는데요?"
눈이 달러마크가 되었을 법한 에리나를 신입 아가씨가 타일렀다.

신입인 리에나는 에리나랑 이름이 비슷해서 헷갈리니까, 신입이라고 불리는 모양이다. 뭔가 상하관계에 눌린 것 같아서 가여운데, 본인이 「신경 쓰지 마세요. 이건 이거대로 마음에 들어요」라고 하니까 외부인이 뭐라고 하는 건 삼가고 있다.

"적입니다!"

"—맡겨둬."

이야기를 하다 보니, 장애물 뒤에서 전투 사마귀가 나타났다.

전투 준비를 못한 모양이니까, 무영창의 「유도 화살」로 쓰러뜨렸다.

몰래 다가오던 그림자 소귀(고블린 어새신)는 신체 강화한 킥으로 처리했다.

"……괴, 굉장하군요."

"무영창이라니, 전설의 왕조 야마토 님 같아요!"

"아하하, 고마워~."

나에 대한 걸 「전설」이라고 하니까 좀 쑥스럽네.

"히카루는 어떻게 강해진 건가요라고 묻습니다."

"역시, 나나 일행처럼 수행을 한 건가요?"

위트와 아진이 물었다.

"우~응, 수행만 한 게 아니고. 나는 재능이 없어서 굉장한 사람들한테 배우면서 간신히 싸울 수 있게 됐어."

사가 제국에 소환됐을 당초에는 싸우지도 못하는 꽝 용사 취급이었으니까.

"저희들도 히카루 씨한테 배우면, 그렇게 강해질 수 있는 걸까요?"

"응, 맞아!"

이 세계는 노력이 확실하게 보답 받는 레벨 제도의 세계니까.

◆

"그러면 HBC— 히카루 부트 캠프를 시작할게!"

모두에게 교습을 부탁 받아서, 전이 거울 주변의 마물을 술리 마법 「유도 화살」로 청소한 다음에 단기 집중 강좌를 열었다. 강좌명을 짓는 것은 분위기다.

"일단은 마력을 몸에 채워봐."

이건 모두 할 수 있었다.

"다음은 마력을 순환시키는 거야. 마력 조작 스킬이 있으면 할 수 있어!"

"마법을 유지하면서 다른 마법을 쓰는 것과는 다르게 어렵네요."

"아하하, 그걸 할 수 있으면 금방 할 수 있게 될 거야."

제나는 아리사나 미아한테, 효과 지속 계통 마법을 유지하면서 다른 마법을 쓰는 훈련을 받은 모양이다.

"어려움 이전에 잘 모르겠습다."

"마법 도구에 마력을 주입하는 거랑 같은 느낌이야~."

"그렇게 말해도 어렵군요."

위트랑 시스가 조금 고전중. 에리나와 신입 아가씨 둘은 마력 조작 스킬이 없으니까 나중에 개별적으로 레슨이 필요해 보인다.

"이렇게인가요?"

『그거다, 카리나 님. 그 위화감에 집중하면 쓸 수 있게 된다.』

"저는 힘낼 거랍니다!"

카리나도 마력 조작 스킬이 없지만, 「지성이 있는 마법 도구」인 라카 군이 서포트해주니까 괜찮은가 보다.

"됐다! 위트도 됐다고 고합니다."

"언니의 존엄이 위험. 지금이야말로 진심을 다한다고 선언합니다."

위트가 먼저 성공해 버리자 시스가 굉장한 기합으로 성공시켰다.

머리 모양 말고는 다들 같은 얼굴로 보이는데, 성격은 이래저래 다르단 말이지.

"다음은 에리나 씨뿐이에요. 힘내요."

"신입인데 잘난 기색임다— 됐다? 혹시 흐르고 있어?"

"오~ 역시 대단해. 느낌이 좋아! 마력 흐르고 있어!"

에리나와 신입 아가씨도 손을 잡고서 레슨했더니 잘할 수 있게 됐다.

가능해졌으니까, 이번에는 장시간 유지다.

"위트, 발끝이 약해. 긴장 풀지 말고 발끝까지 제대로 흘리기!"

처음에는 집중이 흐트러지면 끄트머리까지 마력이 안 흐른다니까.

"됐어? 응, 좋아! 그러면 다음으로 가자!"

젊은 애들은 배우는 게 빠르네.

"다음은 말야. 무기나 갑옷에도 마력을 흘려봐."

이게 의외로 어렵단 말이지.

특히 갑옷이 어렵다. 미스릴제라면 난이도가 내려가지만, 역시 손으로 잡고 있는 무기나 방패 같은 건 잘 흘리지 못하는 사람이 많다.

"어려워? 하지만 모두라면 할 수 있을 거야! 힘 내!"

모두가 진지한 표정으로 노력한다.

가려운 곳에 손이 안 닿는 느낌으로, 모두 고전중이다.

"오옷! 역시 장녀! 아진이 해냈어. 다들 아진을 따르라!"

혼자서 해낸 탓인지, 다른 애들도 아진에게 지지 않으려는 듯 클리어했다.

두 번째는 라카 군에게 서포트를 받은 카리나. 역시 라카 군은 프루 제국 시절의 동갑주를 제어하고 있던 마도 AI파츠의 커스텀 메이드품이겠지~.

다른 애들도 두 사람보다 조금 늦었지만, 가능하게 됐다.

"좋아좋아. 조금 어려웠지만 다들 해냈네."

모두를 칭찬하고 조금 휴식시켰다.

처음에는 순환 중의 손실이 많으니까, 마력회복약을 먹이지 않으면 마력이 부족할 것 같다.

"이게 기본형이야!"

"기본형, 인가요라고 묻습니다."

호기심 왕성한 3녀 트리아가 손을 척, 깔끔하게 들고서 질문했다.

"그래, 이걸 하루 종일 유지할 수 있도록 하는 게 목표!"

""""—유지?""""

자매들이 소리를 모았다.

"그걸 할 수 있게 되면, 검을 감싸는 마력을 날카롭게 만들어서 마인으로 만들거나, 갑옷이나 몸을 뒤덮은 마력을 두껍고 단단하게 해서 마력 갑옷으로 만들 수 있어!"

""""마인!""""

""""마력 갑옷!""""

마인은 반응이 좋았다.

옛날에는 할 수 있는 사람이 많았는데, 현대에는 달인 레벨인 사람밖에 못 쓰는 기술 같은 느낌인 것 같아.

그 무렵은 대륙 전체에서 전쟁을 했었고, 마법 금속의 무기도 많아서 그랬었을까?

그런 옛날이야기는 제쳐두고, 눈빛을 반짝거리는 아이들에게 교습을 했다.

"무기 끝부분까지 마력을 채우고, 마법사도 지팡이 끝까지 순환시키는 거야."

"히카루, 그건 무모하다고 항의합니다."

"몸 바깥쪽에 나간 마력은 되돌리지 못한다고 주장합니다."

"무기나 지팡이도 몸의 일부라고 생각하면 되는 거야. 자, 이런 느낌."

나는 「무한수납」에서 꺼낸 지팡이로 보여줬다.

"자아, 다음은 모두가 해볼 차례야. 조금 지나면 점심 먹을 거니까, 원모어 트라이야!"

비명을 지르는 모두를 격려하며 챌린지 시켰는데, 아무래도 하루아침에 무기나 방어구까지 마력을 순환시키는 건 무리였다. 뭐 그렇겠지.

◆

"점심은 샌드위치야!"

왕도의 미츠쿠니 공작 저택 요리장 씨가 만들어준 호화로운 샌드위치 세트다.

식기와 음료수까지 확실하게 준비해주는 게 얄밉다니까. 부족한 건 무한수납의 스톡에서 꺼냈다.

""""잘 먹겠습니다!""""

아리사가 가르쳤는지, 자매들뿐 아니라 제나와 카리나까지 식사 전에 「잘 먹겠습니다」 하고 손을 마주쳤다. 손을 씻는 것도 가르쳤나 보네. 역시 아리사.

"트리아는 달걀 샌드로 정했어요!"

"위트는 돈가스 샌드를 먹는다고 선언합니다."

기뻐하며 샌드위치에 손을 댄 트리아와 위트의 손을 때려줬다.

"히카루, 심술을 부리지 말아달라고 고합니다."

"트리아도! 트리아도 심술은 안 된다고 생각해요!"

예상대로, 위트와 트리아가 항의했다.

"아냐아냐. 밥 먹을 때도 순환을 멈추면 안 돼."

"식사 중에도 인가요라고 묻습니다."

위트가 놀랐다.

"그럼~. 하루 종일 유지하라고 했잖아."

"트리아는! 트리아는 밥 먹을 때는 밥 먹는 것만 생각하고 싶다고 주장합니다."

"그건 좋지만, 다른 자매들보다 뒤쳐질걸? 괜찮아?"

"우우, 트리아는…… 트리아는 힘 낼 거예요."

흑흑흑 우는 시늉을 하는 트리아의 머리를 쓰다듬으며, 「힘내」라고 격려했다.

"맛있다고 고합니다!"

"달걀이 폭신폭신말랑말랑이에요! 트리아는 제조법이 신경 쓰입니다!"

"돈가스는 고기가 두툼하고 소스가 참으로 잘 어울린다고 위트는 절찬합니다."

"고상한 맛이에요. 조금 들어간 고추가 액센트가 되어서 맛있어요."

"네, 참 맛있는걸요. 치즈와 햄 샌드위치가 마음에 들었어요."

"자작님이나 루루가 만드는 샌드위치에 지지않습다."

"에리나 씨, 맛있는 건 알겠지만, 양손에 들고 먹는 건 그만둬요~."

다들 마음에 든 모양이야.

"히카루가 만든 건가요라고 묻습니다."

“아니야~. 저택에서 나올 때, 맛있으니까 모두에게 먹여주고 싶어서 요리장한테 만들어달라고 부탁했어.”

“납득했다고 고합니다. 역시 쉐프의 맛이라고 찬사를 보냅니다.”

“우욱, 위트 너무해.”

뭐, 함께 반점에서 아르바이트 할 때 요리를 까맣게 태워먹은 걸 몇 번이나 봤으니까 어쩔 수 없지.

◆

“자, 후반전이야!”

이번에는 오전중의 연습을 실전에서 써보자.

“위트 쪽의 목표는 5레벨 업! 제나랑 카리나 쪽은 3레벨업을 목표로 힘내자!”

여기는 마물이 많으니까, 치트 기술인 「초인 강화(히어로 플레이)」를 쓰면 상당한 페이스로 사냥할 수 있을 거야.

포치 일행에게 들었던 이치로 오빠의 스파르타 레벨 올리기보다는 나을 거야.

“히카루 씨, 아무리 그래도 그건 무리가 아닌가요?”

“무리를 하는 건 위험하다고 생각합니다.”

신중한 제나와 아진이 재고를 요구했지만, 지금은 전진 있을 뿐.

“괜찮아, 위험해지면 지원할 테니까 힘내보자~!”

만에 하나의 경우에는 「유도 화살」이나 클라우 솔라스를 춤추게 만들면 어떻게든 되거든.

"네, 히카루 씨. 저 힘내겠어요!"

응응, 아가씨 같은 카리나는 적극적이라 참 좋아.

"그러면, 가보자~!"

""""노 히카루. 재고를.""""

"아하하하. 렛츠 파리~."

비명을 지르는 아이들을 제쳐두고, 나는 마물을 부르는 술리 마법을 썼다.

"히카루! 적이! 적이 잔뜩 온다고 고합니다!"

"아진, 도발을! 저희들이 벽이 되어야 한다고 주장합니다."

『카리나 님! 돌진하면 안 된다! 주위와 동조를!』

"다들, 힘 내~."

나는 패닉 기미인 모두에게 응원을 보냈다.

그리고, 저녁까지 목표 레벨에 이른 것을 기록해둔다.

끝난 다음에 모두가 넋이 나간 것 같은 표정으로 주저앉았지만, 결과는 좋잖아.

제2회 부트 캠프 개최를 기획하면, 분명히 다들 더 기뻐해줄 게 틀림없어.

이치로 오빠에게 비밀로 모두를 육성해서, 놀래주는 것도 즐거우려나!

■ 작가 후기

안녕하세요? 아이나나 히로입니다.

이번에 「데스마치에서 시작되는 이세계 광상곡」의 제20권을 집어주셔서, 정말로 고맙습니다!

지난 2020년 3월에 데스마치 WEB판이 완결됐습니다. 2013년 3월에 「소설가가 되자」에서 연재를 시작한 본작입니다만, 7년이 넘어서야 드디어 END 마크를 찍을 수 있었습니다.

물론 완결된 것은 WEB판뿐입니다.

데스마치(서적판)은 아직 더 이어지니까 안심하세요! WEB판하고는 최종장의 흐름이나 기믹을 전혀 다른 것으로 바꿀 생각이니, WEB판을 읽으신 분도 기대해 주세요.

남은 행수가 적으니 짤막하게 본권의 볼거리를— WEB판의 파리온 신국편과 족제비 제국의 데지마 섬 편을 베이스로 새롭게 이야기를 재구축했습니다. 용사 일행과 사토 일행의 활약을 즐겨주세요.

행수가 다 될 것 같으니 늘 하는 인사를! 담당자 I 씨와 S 씨와 A 씨, 그리고 shri 씨, 그밖에 이 책의 출판이나 유통, 판매, 선전, 미디어믹스에 연관된 모든 분께 감사를!

그리고 독자 여러분. 본작품을 마지막까지 읽어주셔서 정말 고맙습니다!

그러면 다음 권, 파리온 신국 〔관광〕편에서 만나요!

아이나나 히로

■역자 후기

안녕하세요? 불초 역자 돌아왔습니다!

최근 충격적인 소식을 들었습니다. 페이스가드나 밸브 달린 마스크가 방역 효과가 거의 없대요! 이게 무슨 소리요 연구자 양반!

워낙 집에서 안 나가고 일도 집에서 하는 역자는 가끔 나갈 때마다 KF94 인증 밸브 마스크를 썼기 때문에 충격을 받았습니다. 그나마 다행인 것은 밸브 마스크가 들숨보다 날숨에 별 효과가 없다는 사실이었죠.

그렇습니다. 애당초 하도 집에서 안 나가는 역자는 남을 감염시킬 위험이 거의 없습니다. 그나마 다행이죠.

여기저기 실험 결과나 중앙대책본부의 정보를 취합해 보니 가장 중요한 것은 얼굴에 밀착이라고 합니다. 가능하면 KF 인증을 받은 얼굴에 밀착이 잘 되는 마스크를 사용하고 마스크 스트랩이나 고정 밴드를 이용해서 끈을 쭉 당겨서 완전 밀착이 되도록 착용해야 하겠습니다.

말해두지만 마스크 스트랩의 주요 기능은 머리 뒤쪽에서 끈을 죽 잡아당겨서 얼굴에 완전히 밀착시키는 겁니다. 마스크 벗었을 때 목에 걸 수 있는 건 아주 가끔 가다 쓰라고 있는 부가 기능일 뿐이죠.

출근이나 필수적인 용건이 아닌 한 집에서 나가지 말고 밖에 나갈 때는 반드시 마스크를 올바르게 착용하도록 합시다.

그러면 코로나 조심하시고 다음에 또 만나요!

데스마치에서 시작되는 이세계 광상곡 20

초판 1쇄 발행 2020년 10월 10일

지은이_ Hiro Ainana
일러스트_ shri
옮긴이_ 박경용

발행인_ 신현호
편집부장_ 윤영천
편집진행_ 김기준 · 김승신 · 원현선 · 권세라 · 유재슬
편집디자인_ 양우연
국제업무_ 정아라 · 전은지
관리 · 영업_ 김민원 · 조은걸 · 조인희

펴낸곳_ (주)디앤씨미디어
등록_ 2002년 4월 25일 제20-260호
주소_ 서울시 구로구 디지털로 26길 111 JnK디지털타워 503호
전화_ 02-333-2513(대표)
팩시밀리_ 02-333-2514
이메일_ lnovelpiya@naver.com
L노벨 공식 카페_ http://cafe.naver.com/lnovel11

ISBN 979-11-278-5710-3 04830
ISBN 979-11-278-4247-5 (세트)

값 9,000원

흔해빠진 직업으로 세계최강 1~11권, 단편집

시라코메 료 지음 | 타카야Ki 일러스트 | 김장준 옮김

『흔해빠진 직업으로 세계최강』 시리즈로
집필한 많은 특전 소설이 단편집으로 등장!
게다가 이 서적에서만 볼 수 있는 신작 소설도 수록!

【메르지네 해저 유적】 공략 후 하지메는
다시 여행을 떠나기 위해 뮤와 헤어져야 한다는 사실에 고민했다.
추억을 만들어주려고 뮤와 『에리센 7대 전설』을 찾으려고 하지만
결과는 모두 허탕. 그리고 일곱 번째 모험을 나섰다가 정체 모를
거대 생물과 만나서 기묘한 세계에 떨어진다!
떨어진 동료와 합류하고자 움직이는 하지메는
거기서 기적적인 만남을 이루는데—『환상의 모험과 기적의 만남』.

인터넷 미공개 에피소드를 수록한 최초이자 『최강』의 단편집!

곰 곰 곰 베어 1~11.5권

쿠마나노 지음 | 029 일러스트 | 김보라 옮김

게임이 현실보다 재밌습니까?—YES
현실 세계에 소중한 사람이 있습니까?—NO

……온라인 게임 설문 조사에 대답했을 뿐인데
말도 안 되는 이세계(아마도)로 내던져진 나, 유나.
은톨이 경력 3년의 폐인 게이머.
맨 처음 장착하게 된 장비템이 『곰 세트』라니…….
이게 무어야—!?
하지만 세고 편하니까 뭐, 괜찮으려나?
울프를 쓰러뜨리고, 고블린을 쓰러뜨리고
극강 곰 모험가로서 일단 해볼까요.

은둔형 외톨이 소녀, 이세계에서 무적의 곰 모험가가 되다!